野火

它的外表彷彿是平靜的，內中卻像水鍋裡的水在鼎沸

魯彥 —— 著

遠遠近近的樹林只剩下疏疏落落的禿枝
河流、田野和村莊凝成了一片死似的靜寂

目錄

目錄

一

　　天色漸漸朦朧了。空中的彩雲已先後變成了魚肚色，只留著一線正在消褪的晚紅在那遠處的西山上。映著微笑似的霞光的峰巒，剛才還清晰地可辨的，一轉眼間已經凝成了一邊海中崛起來，中斷三四處，便爬上陸地，重疊起伏的占據了片，露著陰暗森嚴的面容。它從更遠的西北許多面積，蜿蜒到正南方，伸出被名為太甲山的最高峰，隨後又漸漸低了下去，折入東北方的大海。

　　這時西邊的山麓下起了暮煙。它像輕紗似的飄浮著，蕩漾著，籠罩上了那邊的樹林，田野和村莊。接著其他的山麓下也起了暮煙，迷漫著，連接著，混和著，一面向山腰上掩去，一面又向中部的村莊包圍著過來。

　　最後的一線晚紅消失得非常迅速。頃刻間，天空變成了灰色，往下沉著。地面浮動了起來。大山擁著灰色的波浪在移動，在向中部包圍著。它越顯得模糊，越顯得高大而且逼近。近邊的河流，田野，樹林和村莊漸漸消失在它的懷抱中。

　　傅家橋夜了 ── 這一個面對著太甲山的最中心的村莊。黑暗掩住了它的房屋，樹木和道路。很少人家的窗子裡透出黯淡的燈光來。大的靜默主宰了整個的村莊。只有橋上，街頭和屋前偶然發出輕微的和緩的語聲，稍稍振動著這靜默的空氣。這是有人在休息納涼。他們都很疲乏地躺著，坐著，望著天空或打著瞌睡，時時用扇子拍著身邊的蚊子。

一

閃爍的星光漸漸布滿了天空，河面和稻田中也接著點點亮了起來。隨後這些無數的可愛的珍珠便浮漾起來，到處飛舞著，錯綜著，形成了一個流星的世界。

這時傅家橋的東南角上的沉默被突破了。有一群孩子在田邊奔跑著，追撲著，歡唱著：

火螢兒，夜夜來……
一夜勿來，陳家門口搭燈臺……
有人撲到了螢火蟲，歌聲停頓了一會，又更加歡樂地繼續著：
燈臺破，牆門過，陳家嫂嫂請我吃湯果！
湯果生的，碗漏的，筷焦的，
凳子高的，桌子低的，
陳家嫂嫂壞的！

歌聲重複著，間斷著，延續著，清脆而又流利。不到一刻鐘，孩子們的手掌中和衣袋中多射出閃爍的亮光來。

「我捉到三個！」尖利的叫聲。

「我五個！」另一個尖利的聲音。

「我最多！——八個！」第三個提高了叫聲。

「我最多——數不清！數不清！喏，喏，喏。」又一個揮著手，踏著腳。

「亂說！你是騙子……」別的叫著說，「你一個也沒有！」

「誰是騙子？你媽的……誰是騙子？打你耳光！」那個說著，在黑暗中故意蹬著腳，做出追逐的樣子。

於是這隊伍立刻紊亂了。有人向屋前奔跑著，有人叫著媽媽，

有人踏入了爛泥中怔住著。

　　同時屋前納涼著的一些母親們也給擾亂了。大家叫著自己的孩子，或者罵著：

　　「你回來不回來呀……等一下關起門來打死你！── 你敢嗎……」

　　待到孩子們回到她們身邊，她們也就安靜下來，彷彿沒有發生過什麼事情似的。有的用團扇拍著孩子們身邊的蚊子，仰望著天上的星兒，開始低低地唱了起來：

　　一粒星，掉落地，兩粒星，拖油瓶，油瓶油，炒碗豆，碗豆生，加生薑，生薑辣……

　　孩子們聽著這歌聲，也就一齊跟著唱了：

　　蟹腳長，跳過牆，蟹腳短，跳過碗！碗底滑，捉隻鶴！鶴的頭上一個瘩，三斗三升血！

　　於是笑聲、語聲、拍手聲和跳躍聲同時在黑暗中響了起來，歡樂充滿著周圍，憂慮和疲勞暫時離開了各人的心坎。

　　但在許多母親們中間，葛生嫂卻滿懷的焦急不安。她抱著一個三歲的女孩，身邊靠著兩個八歲上下的兒子，雖然也跟著大家的歌聲喃喃地哼著，卻沒留心快慢和高低，只是不時的間斷著。她的眼睛也沒注意頭上的天空和面前的流螢，只是望著西邊黑暗中的一段小路。

　　「唉……」她不時低聲地自言自語說，「什麼時候了，還不回

來呀……」

「真奇怪，今天回得這樣遲！有什麼要緊事嗎，葛生嫂？」一個鄰居的女人聽見她的不安的自語，問了。

「那有什麼要緊事！不去也可以的！」葛生嫂埋怨似的低聲回答說。

「老是這樣，不曉得夜晚……」

「漆黑的，也虧他走得。」

「可不是！說是摸慣了，不要緊。別人可給他擔心呀……駝著背，一天比一天厲害了。眼力也比一年前差得多。半夜裡老是咳嗽得睡不熟……」葛生嫂憂鬱地說。

接著沉默了。葛生嫂的眼光依然不安地望著西邊的一段小路。

那邊依然是一樣的黑暗，只不時閃亮著散亂的螢光。有好幾隻紡織蟲在熱鬧地合唱著，打破了附近的沉寂。葛生嫂一聽到蟲聲的間歇，便非常注意地傾聽著。她在等待腳步的聲音。

過了不久，那邊紡織蟲的歌聲果然戛然中歇了。淡黃的燈光在濃密的荊棘叢邊閃動著。

「到底來了……」葛生嫂喃喃地說，「也曉得黑了，提著燈籠……」

然而燈光卻在那邊停住了，有人在低聲地說著：

「這邊，這邊……」

「不是的！在那邊……不要動，我來捉……」

「嗨！只差一點點……跳到那邊去了……」

葛生嫂知道是捉紡織蟲的，失望地搖了一搖頭。隨後聽清楚了

是誰的聲音，又喃喃地自語了起來：

「咳，二十一歲了，還和小孩一樣愛玩……正經事不做……」
她說著皺了一陣眉頭，便高聲叫著說：「華生！什麼時候了，還不
回來嗎……捉了做什麼呀……」

「曉得了！」華生在那邊似理不理的回答說。「哥哥回來了
嗎？」

「沒有呀……你不能去尋一尋嗎？」

「尋他做什麼呀……又不會逃走……誰叫他給人家買這麼多東
西呀……」華生說著帶著同伴往西走了。

燈光立刻消失了。黑暗與沉寂又占據了那邊的荊棘叢中。

葛生嫂重又搖著頭，嘆息起來：

「這個人真沒辦法，老是這樣倔強……」

「有了女人，就會變的呀！」坐在她身邊的阿元嫂插入說。

「說起女人，真不曉得何年何月。自己不會賺錢單靠一個阿
哥。吃飯的人這麼多，拚著命做，也積不下錢……唉，本來也太沒
用了……」

「老實人就是這樣的。」阿元嫂插入說。「所以人家叫他做彌
陀佛呀。我看阿弟到比阿哥本領大得多了，說到女人，怕自己會有
辦法哩……」

「二十一歲了，等他自己想辦法，哼，再過十年吧……」

「這倒難說。」阿元嫂微笑地諷示說，「走起桃花運來，也是
很快的哩……」

葛生嫂驚詫地沉默了。她知道阿元嫂的話裡有因，思索了

起來。

「難道已經有了人嗎……是誰呀，你說……」過了一會，葛生嫂問。

阿元嫂含笑地搖了搖頭：

「這個，我不曉得，應該問你呢……嫡親嫂子不曉得，誰人曉得呀……」

葛生嫂又沉默了。阿元嫂第二次的回答更加肯定了華生有女人，而且似乎很清楚他們的底細，只是不肯明說罷了。

那是誰呢？葛生嫂一點也推測不出來。她一天到晚在家裡洗衣煮飯，帶小孩，簡直很少出去，出去了也不和人家談話，一心記掛著家裡的孩子，匆匆忙忙的就回了家。這消息是不容易聽到的。而且，也不容易想到。她家裡的雜事夠多了，三個孩子又太頑皮，一會兒這個哭了，那個鬧了，常常弄得她沒有工夫梳頭髮，沒有心思換衣服，有時甚至連扣子也忘記扣了一二粒，她哪裡會轉著許多彎兒，去思索那毫沒影子的事呢？

但現在，她有點明白了。她記起了華生近幾個月來確實和以前不同的多。第一是他常常夜裡回來得遲，其次是打扮得乾淨，第三是錢花得多，最後是他懶得做事，心思不定。要沒有女人，她想，是不會變得這樣的。

但那女人是誰呢？是周家橋的還是趙隘的呢？這個，她現在無法知道了。阿元嫂是個牙關最緊，最喜歡賣祕訣，越問她越不肯說的。這只好緩緩的打聽了。

然後她心裡卻起了異樣的不安。葛生只有這一個親兄弟，父母

早已過世了，這段親事照例是應該由兄嫂負責的，雖然度日困難到了絕點，仍不能不設法給他討個女人，現在華生自己進行起來，於兄嫂的面子太難堪了。

「看哪，二十一歲了，阿哥還不給他討女人，所以阿弟自己軋姘頭了呀！」

她想，人家一定將這樣譏笑他們。剛才阿元嫂說，「你是親嫂子，應該問你呀！」這話就夠使她難受了。阿元嫂顯然是譏笑著他們的。她們自己還像睡在鼓裡似的，什麼都不曉得，又哪裡知道現在外面的人正在背後怎樣笑罵了呢⋯⋯

她想到這裡，兩頰發起燒來，心裡非常的煩躁。但過了一會，她的心突突地跳起來了，她在想那個未來的弟媳婦是一個什麼樣的人了。

倘若是個奸刁的女人，她想，他們這一家將從此不能安寧了，他們兄嫂將時時刻刻受到她的譏笑、簸弄、干涉、辱罵。眼前的例子太多了，分了家的尚且時常爭吵，何況他們還沒有分家，葛生是個那麼老實無用的人，而華生卻是脾氣很壞的少年，一有了什麼糾葛，又是葛生吃虧是不用說的。為了葛生，她現在對什麼事情已經忍耐得夠了，難道還能天天受弟媳婦的委屈嗎⋯⋯

她想著，不覺非常氣憤起來，恨不得葛生就在面前，對他大罵一頓，出一出胸中的積氣。但是她念頭一轉，忽然又憂鬱起來，呼吸也感到困難了。

她想到了華生結婚前後的事。要是華生真的已經有了女人，他們得立刻給他結了婚，再也不能延遲的。而這一筆款子，一下子叫

葛生怎樣張羅呢？聘金家具酒席，至少要在六百元以上，平日沒有一點積蓄，借債糾會也湊不到這許多。湊齊了以後又誰去還呢？華生這樣懶得做事，不肯賺錢拿什麼去還呢？即使能夠賺錢，結了婚就會生下孩子來，用費跟著大了，又哪裡能夠還得清！這個大擔子又明明要落在葛生的肩上了。葛生又怎麼辦呢？掙斷了腳筋，也沒⋯⋯

「喔，我道是誰！怎麼還不進去呀？」一種乾啞的聲音忽然在葛生嫂的耳邊響了起來。

葛生嫂清醒了。站在面前的是葛生哥。他什麼時候走過來的，她竟沒有注意到。

「什麼時候了，你也曉得嗎？」葛生嫂忿忿地說，「老是起早落夜，什麼要緊事呀⋯⋯漆黑的，也不拿一個燈籠，叫人家放心不下⋯⋯」

「你看，月亮不是出來了，還說黑漆的。」葛生哥微笑地指著東邊。

葛生嫂轉過頭去，果然看見微缺的月亮已經升到了東山的上面。近邊樹林間迷漫著一派濃厚的夜氣。她的四周已經極其明亮。葛生哥露著一副蒼白的面孔站著，顯得很憔悴。

「剛才可是漆黑的⋯⋯」她喃喃地說，口氣轉軟了。

「進去吧，已經到了秋天，孩子們會著涼的。」葛生哥低聲地說。

葛生嫂給提醒了。她才看見自己手裡的孩子早已睡熟，兩邊站著的孩子也已坐在地上，一個靠著椅腳，一個伏在椅腳的橫檔上睡

的很熟。周圍坐著的一些鄰居，不曉得是在什麼時候散去的，現在只留著一片空地。時候的確很遲了，有一股寒氣從地面透了上來。

「還不是因為等候你！」她又埋怨似的說，一面扯著地上的一個孩子。「你看呀，一年到頭給人家差到這裡，差到那裡，自己有什麼好處呢！只落得一個『彌陀佛』的綽號！」

「人家沒有人好差……」

「太多了，這傅家橋！都比你能幹，比你走得快！」

「能有幾個靠得住的人……」

「要靠得住，就自己去呀！一定要你去的嗎？」

「相信我，沒辦法……」

「你也可以推託的！一定要你做什麼，你就做什麼的嗎？」

「好了，好了，進去吧，我還沒吃飯呢……」葛生哥說著，給抱上地上的兩個半醒的孩子往裡走了。

「又是沒吃飯！什麼時候了，老是叫我去弄飯給你吃！給人家做事，不會在人家家裡吃飯嗎？」葛生嫂咬著牙齒，忿恨地說，跟著走了進去。

「人家已經睡覺了……」葛生哥喃喃地說，聲音非常的低，幾乎聽不出來。

月光透過東邊的樹隙，在檐下的泥地上灑滿了交織的花紋，蓋平了凸凹不平的痕跡。一列染著黑色的水漬的泥牆，映出了青白的顏色。幾家人家的窗子全關了，非常沉寂。只有葛生哥夫妻兩人的腳步聲悉率地響著。

進了沒有門的弄堂門限，他們踏上了一堆瓦礫，從支撐著兩邊

傾斜的牆壁的幾根柱子間，低著頭穿了過去。這是一所老屋，弄堂已經倒圮了一部分，上面還交叉地斜掛著幾根棟梁，隨時準備頹了下來的模樣。隨後經過一個堆滿農具的小天井和幾家門口，他們到了自己的家裡了。

這房子雖然和別的屋子連著，卻特別的低矮和破舊。葛生哥推開門，在黑暗中走到裡間，把孩子放在床上，擦著洋火，點起了一盞菜油燈。於是房子裡就有了黯淡的亮光，照見了零亂的雜物。

這是一間很小的臥室，放著一張很大的舊床，床前一口舊衣櫥，一張破爛的長方桌子，一條長板凳，這裡那裡放著穀籮，畚斗和麻袋，很少轉身的空隙。後面一門通廚房，左邊通華生的臥房，外面這間更小的堆著穀子和農具，算是他們的棧房了。

「這時候還要我弄飯，幸虧曉得你脾氣，早給你留下一點飯菜了……」葛生嫂喃喃地埋怨著，把孩子放在床上，到廚房裡去端菜了。

「來四兩老酒吧，走得疲乏了呢……」

「什麼時候睡覺呀！又要四兩老酒……」葛生嫂拿著碗筷，走了出來。「老是兩個鐘頭也喝不完，慢慢的，慢慢的，喝起酒來，早夜也沒有了，什麼事情都忘記了……」

但是她雖然這樣說著，一面回轉身，卻把酒杯帶了出來，又進去暖酒了。

葛生哥坐在桌邊，摩弄著空杯，高興起來，映著淡黃的燈光的臉上漸漸露出了一點微笑的折皺。

廚房裡起了劈拍的爆烈聲，柴草在燃燒了。接著一陣濃煙從門

邊捲了進來，霧似的矇住了臥床，衣櫥，桌子，最後連他的面孔也給掩住了。

「唉，給關上門吧……這樣煙……」葛生哥接連咳嗽了幾聲說。

「你叫我煙死嗎？關上門！」葛生嫂在廚房裡叫著說。「後門又不許人家開，煙從哪裡出去呀？」

但她顯然這樣怨埋著，卻把臥房的門關上了。

過了一會臥房中的煙漸漸淡了下去，葛生嫂端著一壺酒和一碟菜走了出來。她罩著滿頭的柴灰，一對赤紅的眼睛流著眼淚，喃喃地說：

「真把我煙死了……」

她把酒菜放在葛生哥面前，捲起衣襟，拭著眼，又繼續著說：

「沒有什麼菜了，那兩個大的真淘氣。總是搶著好的東西吃……這一點豆腐乾和乳腐還是昨天藏起來的……」

「有酒吃就夠了。」葛生哥微笑著，拿起酒杯。「就把這兩樣菜留給他們明天吃吧。」

「唉，老是這麼說，酒哪裡會飽肚……」

「你不會吃酒，不會懂的。」他用筷子輕輕地撥動著菜，只用一隻筷子挑了一點乳腐嚐著。「孩子們大了，是該多吃一點菜的……你也不要老是一碗鹹菜……這樣下去，身體只有一天比一天壞──餵奶的人呀。」

「可不是！你拿什麼東西給我吃呀……這個要吃，那個要穿，你老是這麼窮……明天……米又要吃完了……」葛生嫂憂鬱地說。

一

「不是有四袋穀子嗎？去軋一袋就是。」

「你拿什麼去換現錢？穀價不是高了起來，阿如老闆說要買嗎……」

「慢慢再想辦法。」葛生哥緩緩地喝著酒說。

「又是慢慢的！自己的事情總是慢慢的……碰到人家的事情，就不肯拖延！」

「算了，算了，老是這樣釘著我，你有什麼不知道，無非都是情面……哦，華生呢？」

「華生！」葛生嫂忿然的說。「一天到晚不在家，什麼事情也不管……又是你不中用呀！」

「只有這一個兄弟，我能天天打他罵他嗎？二十一歲了，也要面子的。總會慢慢改過來的……」葛生哥說著，嘆了一口氣。

「你也曉得 —— 二十一歲了？親事呢？」

葛生哥沉默了。他的臉上掠過了一陣陰影，心中起了煩惱。

但是葛生嫂仍埋怨了下去：

「人家十七八歲都娶親了，你到現在還沒給他定下女人……喂，我問你，他近來做些什麼事情，你知道嗎？」

「什麼呢。」葛生哥懶洋洋的問。

「虧你這個親哥哥……」

葛生哥睜著疲乏的眼睛望著她，有點興奮了。

「你說呀，我摸不著頭腦！」

「人家說他，有了……」她的話忽然中斷了。

外面有人推開門走了進來。

「華生……」葛生嫂驚訝地說著，隨後連忙裝著鎮靜的態度，埋怨似的說：「你這麼遲了才回來！」

華生不做聲。他冷冷地看了阿哥一眼，打開前胸的衣襟，泰然坐在床沿上，想著什麼似的沉默著。

他有著一個高大的身材，粗黑中略帶紅嫩的面龐，闊的嘴，高的鼻子，活潑而大的眼睛，一對粗濃而長的眉毛掃帚似的斜聳地伏在眉稜上。在黯淡的燈光下，他顯得粗野而又英俊。

葛生哥喝了一口酒，抬起頭來望著他，微笑地說：

「華生，你回來了嗎？」

「回來了。」華生懶洋洋地回答了這一句話，又沉默了。

葛生哥看見他這種冷淡的神情，皺了一皺眉，緩慢地喝著酒，沉思了一會，注視著挑在筷尖的乳腐，又和緩的說了：

「以後早一點回家吧，華生。」

華生瞪了他一眼，冷然的回答說：

「以後早一點吃飯吧，阿哥！」

葛生哥驚訝地抬起頭來，望了他一眼，搖了一搖頭，臉上顯出不快的神情來。但忽然他又微笑著，說：

「早起早睡，華生，身體好，精神好，好做事哩。」

「你自己呢？什麼時候了，才吃飯！」華生說著，射出犀利的眼光來。

葛生哥又沉默了，低著頭。

「可不是」葛生嫂插入說。「十點鐘應該有了，才吃飯，才吃酒……」

「我有事情呀⋯⋯」葛生哥帶著埋怨的口氣，轉過臉去對著葛生嫂。

「什麼鳥事！全給人家白出力！」華生豎起了眉毛，忿然的說。

「可不是！可不是！」葛生嫂高興地點著頭，說。「一點不錯—— 白出力！」

「都是熟人，也有一點情面⋯⋯」葛生哥喝著酒和緩地回答著。「你們哪裡懂得⋯⋯」

「情面！」華生譏刺地說，「撈一把灰！我們沒吃飯，誰管！」

「可不是！撈一把灰！」葛生嫂接著說，「明天米就吃完了，你能賒一斗米來嗎？阿如老闆自己就開著米店的！」

「對人家好歹，人家自會知道的。」

「哼！」華生豎著眉毛，睜著眼睛，說。「有幾個人會知道你好歹呀？你自己願意做牛馬，誰管你！阿如老闆那東西就是只見錢眼，不見人眼的！你曉得嗎？」

「閉嘴！」葛生哥驚愕地挺起他凹陷的胸部，四面了一望，低聲地說，「給人家聽見了怎麼辦呀？」

「你怕他，我就不怕⋯⋯什麼東西，阿如老闆！」華生索性大聲罵了起來。

葛生哥生氣了。他丟下杯筷，站起身，睜著疲乏的紅眼，憤怒地說：

「你想想自己是什麼東西吧⋯⋯」

華生也霍的站了起來，仰著頭：

「我是人！」

「你是人！我是牛馬……！看你二十一歲了，對我這樣……什麼事情也不做，一天到晚在外面玩！這時候才回來，倒罵起我來！你是什麼東西呀……你是人……」

「我——是人！」華生拍著胸膛說。

「你——是人……」

「我——不做人家的牛馬！」

葛生嫂驚慌了。她站在他們中間，一手拖住了葛生哥，一手搖著說：

「你讓他一步吧！他是阿弟呀……華生，不要動氣！他是你阿哥呀……」

「阿弟……」葛生哥憤怒而又傷心的說。「我對他多麼好，他竟這樣報我呀……阿弟，這還是我的阿弟嗎……」

「阿哥……」華生也憤怒地說，「我看不慣這樣的阿哥，專門給人家做牛馬的阿哥……」

「你殺了我，你不要我這做牛做馬的阿哥……」

「算了，算了。」葛生嫂急得流淚了。「是親兄弟呀！聽見嗎？大家都有不是，大家要原諒的……孩子們睡得好，不要把他們鬧醒吧。」

「我有什麼不是呀，你說！」葛生哥憤怒地說。「我一天到晚忙碌著，他一天到晚玩著，還要罵我，要是別人，要是他年紀再輕一點，看我不打他幾個耳光……」

「我有什麼不是！我說你給人家做牛馬，說錯了嗎……」

「你對……」

「我對！」

「你對？你對……」

「對，對，對……」

「好了，好了，大家都對！大家都對……你去休息吧，華生，自己的阿哥呀……走吧，走吧，華生……聽我的話呀！我這嫂子總沒錯呀……大家去靜靜的想一想，大家都會明白的……」

「我早就明白了，用不著細想！」華生依然憤怒地說。

「你走不走呀……我這嫂子在勸你，你不給我一個面子嗎……聽見嗎？到隔壁房子裡睡覺去呀！」葛生嫂睜著潤溼的眼睛望著華生。

華生終於讓步了。他沉默地往外面走了出去。

「睡覺呀，華生！這時候還到哪裡去呀！」她追到了門口，「不是十點多了嗎？」

「就會回來的，阿嫂，那裡睡得熟呀！」

他說著已經走得遠了。

「唉……從來不發脾氣的，今天總是多喝了一杯酒了吧……」

葛生嫂嘆著氣，走了回來，但她的心頭已經安靜了許多。

葛生哥一面往原位上坐下去，一面回答說：

「他逼著我發氣，我有什麼辦法！」

「到底年紀輕，你曉得他脾氣的，讓他一點吧……」

「可不是，我總是讓他的……只有這一個親兄弟……看他命苦，七八歲就沒了爹娘……唉……」

葛生哥傷心了。他咳嗽著，低下頭，弓起背來，顯出非常痛苦的模樣，繼續著說：

「做牛做馬，也無非為了這一家人呵⋯⋯」

「我知道的，華生將來也會明白⋯⋯這一家人，只有你最苦哩⋯⋯」葛生嫂說著，眼中含滿了眼淚。

但他看著葛生哥痛苦的神情，又趕忙忍住了淚，勸慰著說：

「你再吃幾杯酒吧，不要把這事記在心裡⋯⋯酒冷了嗎？我給你去燒熱了吧⋯⋯」

「不必燒它，天氣熱，冷了也好的，你先睡吧，時候不早了哩⋯⋯」

葛生哥說著，漸漸平靜下來，又拿起酒杯，開始喝了。

二

　　微缺的月亮漸漸高了。它發出強烈的青白的光，照得地上一片明亮。田野間迷漫著的一派青白的夜氣，從遠處望去，像煙似的在捲動著。然而沒有一點微風。一切都靜靜地躺著。遠處的山峰彷彿在聳著耳朵和肩膀傾聽著什麼。

　　這時傅家橋的四周都靜寂了，只有街頭上卻顯得特別的熱鬧。遠遠聽去，除了淒涼的小鑼聲和合拍的小鼓聲以外，還隱約地可以聽見那高吭的歌聲。

　　華生無意識地繞過了一個籬笆，一個屋弄，循著曲折的河岸往街頭走了去。他心中的氣憤仍未消除。他確信他說阿哥給人家做牛馬這一句話並沒錯。

　　「不是給人家做牛馬是什麼？」他一路喃喃地說。「實在看不慣……」

　　但是他離開街頭漸遠，氣憤漸消了。他的注意力漸漸被那愈聽愈清楚的歌聲所吸引：

　　結婚三天就出門，
　　不知何日再相逢。
　　秀金小姐淚汪汪，
　　難捨又難分。
　　叫一聲夫君細細聽，
　　千萬不要忘記奴奴這顆心。

二

天涯海角跟你走，
夢裡魂裡來相尋。

鑼鼓聲停住了。唱歌的人用著尖利的女人的聲音，顫慄地叫
著說：

「阿呀呀，好哥哥，你真叫我心痛死哉……」

華生已經離開街頭很近了。他聽見大家忽然騷動了起來。有人
在大聲叫著說：

「不要唱了！來一個新的吧！你這瞎子怎麼唱來唱去總是這幾
套呀。」

「好呀！好呀！」有人附和著。

歌聲斷了。大家鬧嚷嚷的在商量著唱什麼。

華生漸漸走近了那聽眾，射著犀利的眼光望著他們。

那裡約莫有二三十個人，男的女的，老的少的。有些人坐在凳
子上，有些人躺在石板上。也有蹲著的，也有站著的。中間一把高
椅上坐著一個瞎子。他左手拿著一個小銅鑼，右手握著一片敲鑼的
薄板又鉤著一根敲鼓的皮錘，膝上綁著一個長而且圓的小鼓。

「那邊有椅子，華生哥。」一個女孩子低聲地在他身邊說著。

華生笑了一笑，在她的對面坐下了。

「唱了許久嗎？」

她微笑地點了一點頭。

她很瘦削，一個鵝蛋臉，細長的眉毛，細長的眼睛，小的嘴
巴，白嫩的兩頰。她雖然微笑著，卻帶著一種憂鬱的神情。

「時候不早了，就唱一曲短的吧……大打東洋人，好不好呀？

這是新造的，非常好聽哩！」賣唱的瞎子說。

「也試試看吧，唱得不好，沒有錢！」有人回答著。

「那自然？我姓高的瞎子從來不唱難聽的！」

「吹什麼牛皮！」

「閒話少說，聽我唱來！」賣唱的說著，用力敲了一陣鑼鼓，接著開始唱了：

十二月裡冷煞人，

××鬼子起黑心：

占了東北三省不稱心，

還想搶我北京和南京。

調集水陸兩路幾萬人，

先向上海來進兵。

飛機大砲數不清，

槍彈滿天飛著不肯停。

軋隆隆，軋隆隆，轟轟轟轟！

劈劈拍，劈劈拍，西里忽剌！

他用著全力敲著鼓和鑼，恨不得把它們敲破了似的，一面鐙著腳，搖著身子，連坐著的竹椅子也發出嘰咕嘰咕的聲音，彷彿炮聲響處，屋子牆壁在接連地崩頹著，有人在哭喊著。

一會兒各種聲音突然間斷了。他尖著喉嚨，裝出女人的聲音，顫慄地叫著說：

「阿呀呀，天呀媽呀，哥呀姐呀，嚇煞我哉，嚇煞我哉！××人來了呀！」

二

聽眾給他的聲音和語氣引起了一陣大笑。

「呔！毛丫頭」他用鎮靜的宏亮的男聲喊著說。「怕什麼呀！那是我們十九路軍的炮聲哩！你看，兩邊的陣勢……」

鑼敲聲接著響了一陣，他又開始唱了：

××鬼子矮又小，
彎下膝來只會跪著爬，
摸西媽西，哭哭摸西。
講的都是野蠻話。
中國男兒個個七尺高，
頂天立地是英豪，
怕你矮子怎做人，
大刀闊斧鬼也號。
死也好，活也好，
只有做奴隸最不好！

歌聲和樂器聲忽然停止了，他又說起話來：

「諸位聽著，做奴隸有什麼不好呢？別的不講，且單舉一件為例：譬如撒尿……」

聽眾又給他引起了一陣不可遏抑的笑聲。

「勿笑，勿哭。」他莊嚴地說。「做了奴隸，什麼都不能隨便，撒尿也受限制！」

「瞎說！」有人叫著說。「難道撒在褲襠裡嗎？」

「大家使月經布呀……」有人回答說。

於是笑聲掩住了歌聲，聽眾間起了紊亂了。一些女人在罵著：

「該死的東西……誰在瞎說呀……」

「是我，是我！怎麼樣呀？」說話的人故意挨近了女人的身邊。

他們笑著罵著，追打起來了。大家拍著手，叫著說：

「打得好！打得好！哈哈哈！」

有什麼東西在周圍的人群間奔流著，大家一時都興奮了。有的人在暗中牽著別人的手，有的人踢踢別人的腳，有的人故意斜臥下去，靠著了別人的背，有的人附耳低語著。

華生看得呆了。他心裡充滿了不可遏抑的熱情。

「他們鬧什麼呀，菊香？」他湊近對面的那個瘦削的女孩，故意低聲地問。

「嗤……誰曉得！」她紅了臉，皺著眉頭，裝出討厭他的神情。

「那到底是什麼東西呀？你說來！」他熱情地握住了她的手。

猛烈的火在他的心頭燃燒著。

「放手！」菊香掙扎著脫了手，搬著椅子坐到別一個地方去了。她顯得很驚懼。

華生微笑地望著她，站起來想追了去，但又立刻鎮靜了。

他注意到了左邊一個老年人的話。

「唔，管它誰來，還不是一樣的！」那老人躺在一張竹床上，翹著一隻腳，得意地摸著鬍鬚說。「說什麼中國，滿洲，西洋，東洋……」

「阿浩叔說的對。」坐在床沿上的一個矮小的四五十歲的人點

著頭。「皇帝也吧，總統也吧，老百姓總歸是老百姓呀……」

「可不是，阿生哥！我們都是田要種的，租要付的……」阿浩叔回答說。

「從前到底比現在好得多了。」坐在床沿上的一個光著頭的五十多歲的人說。「捐稅輕，東西也便宜……」

「真是，阿品哥！」阿生哥回答著，「三個錢的豆腐比現在六個銅板多的多了。」

「從前豬肉也便宜，一百錢一斤。」另一個人插入說。「從前的捐稅又哪裡這樣重！」

「鬧來鬧去，鬧得我們一天比一天苦了。」阿品哥接了上來。「從前喊推翻滿清，宣統退位了，來了一個袁世凱，袁世凱死了，來了一個張勛，張勛倒了，來了一個段祺瑞，段祺瑞下臺了，剩共產黨。現在共產黨還沒完，東洋人又來了。唉，唉，糧呀稅呀只在我們身上加個不停……」

這時賣唱的喉音漸漸嗄了，鑼鼓聲也顯得無精打彩起來，聽眾中有的打起瞌睡來，有的被他們的談話引起了注意，漸漸走過來了。有人在點著頭，覺得津津有味的樣子，也有人不以為然的搖著頭。

華生坐在原處好奇地傾聽著。他有時覺得他們的話相當的有理，有時卻不能贊成，想站起來反對，但仔細一想，覺得他們都是老頭子，犯不著和他們爭論，便又按捺住了。

然而一個三十歲左右的人卻首先反對了起來。他仰著頭，摸著兩頰濃密而粗硬的鬍髭，用宏亮的聲音說：

「阿品哥，我看宣統皇帝管天下管到現在，租稅也會加的，東西也會貴的吧……這一批東西根本不是好東西，應該推倒的！」

「推倒了滿清，好處在什麼地方呢，阿波？」阿品哥聳一聳肩。「我看不到一點好處。」

「到底自由得多了。」阿波回答說。

「自由在哪裡呢。」阿品哥反問著。

「什麼自由，好聽吧了！」阿生哥插入說。「我們就沒有得到過！」

「原來是哄你們這班年青人的，我們從前已經上過當了。」阿浩叔的話。

「照你們說，做滿洲人的奴隸才自由嗎？」阿波譏刺地問著。

「現在比滿清更壞，要說那時是做奴隸，現在更是做著奴隸的。」阿生哥這樣的回答。

「好了。好了，阿波哥。」站在他身邊的一個二十幾歲的青年，叫做明生的說，「願意做奴隸，還有什麼話說呀！」

「奴隸就奴隸。」阿品哥不在乎似的擺著頭。

「你們還不是和我們一樣，哈哈！」阿浩叔笑著。「都是爹娘養的，都要穿衣吃飯，我們老頑固是奴隸，你們也是奴隸呀！」

「東洋人來了，亡了國，看你們老頑固怎樣活下去。」另一個二十歲的瘦削的青年，叫做川長的說。

「哈哈，亡了國，不過調一批做官的人，老百姓亡到哪裡去……」

華生聽到這裡，不能按捺了。他憤怒地突然站了起來，插

二

入說：

「滅了種，到哪裡去做老百姓呀？哼！老百姓，老百姓……」

阿浩叔轉了一個側，冷笑著：

「哈哈，又來了一個小夥子……看起來不會亡國了……」

「個個像我們，怎會亡國！」明生拍著胸膛。

「不見得吧？」阿生哥故意睜著眼睛，好奇似的說。

「唔，不會的，不會的。」阿品哥譏刺地說著反話。「有了這許多年青的種，自然不會亡國了。」

「你是什麼種呢？」華生憤怒地豎著眉毛和眼睛。

阿浩叔又在竹床上轉了一個側，玩笑地說：

「我們嗎？老種，亡國種……」

「算了，算了，阿浩叔。」旁邊有人勸著說。「他們年青人，不要和他們爭執吧……」

「可不是！承認了亡國種還要怎樣？」

「不是亡國種是什麼？」華生咬著嘴唇。

「看你們救國了。」阿品哥說。

「你們看吧！」阿波哥回答。

「看吧，看吧！」阿浩叔說。「我看趁現在年紀輕，多生幾個孩子，就不會滅種了，就不會亡國了……」

「也就不會做奴隸了。」阿品哥接了上來。

華生緊握著拳頭，兩隻手臂顫慄了起來。烈火在他的心頭猛烈地燃燒著，幾乎使他管束不住自己的手腳了：

「先把你們剷除！」

阿浩叔故意慌張地從竹床上跳了下來：

「阿呀呀！快點逃走呀！要革命了！要剷除老頭子了，來，來，來，阿生，阿品，幫我抬著這個竹床進去吧……」

「哈，哈，哈……」

一陣笑聲，三個老頭子一齊抬著竹床走了，一路還轉過頭來，故意望望華生他們幾個人。

四圍的人都給他們引得大笑了。

「這麼老了，還和小孩子一樣。」有人批評說。

「真有趣，今晚上聽唱的人，卻看到老頭子做戲了。」

「猴子戲！」華生喃喃地說。

「算了，華生。」明生拉拉他的手臂，「生氣做什麼，說過算了。」

「哼……」

華生氣憤地望了他一眼，獨自踱著。

時候已經很遲，月亮快走到天空的中央。天氣很涼爽了。歌聲息了下來，賣唱的瞎子在收拾樂器預備走了。

「今晚上唱的什麼，簡直沒有人留心，一定給跳過許多了。」有人這樣說著。

「我姓高的瞎子從來不騙人的！明天晚上再來唱一曲更好的吧……」

「天天來，只想騙我們的錢……」

「罪過，罪過……喉嚨也啞了，賺到一碗飯吃……」

大家漸漸散了，只留著一些睡熟了的強壯的男子，像留守兵似

的橫直地躺在店鋪的門口。

沉寂漸漸統治了傅家橋的街道。

華生決定回家了。他走完了短短的街道，一面沉思著，折向北邊的小路。

前面矗立著一簇樹林。那是些高大的松柏和繁密的槐樹，中間夾雜著盤屈的野藤和長的野草。在濃厚的夜氣中，望不出來它後面伸展到哪裡。遠遠望去，彷彿它中間並沒有道路或空隙，卻像一排結實高大的城牆。

但華生卻一直往裡面走進去了。

這裡很黑暗，涼爽而且潮溼，有著強烈的松柏的清香和泥土的氣息。遠近和奏著紡織娘和蟋蟀的鳴聲，顯得非常的熱鬧。華生懶洋洋地踏著柔軟的青草走著。他的心境漸漸由憤怒轉入了煩惱。

他厭惡那些老頭子已經許久了。無論什麼事情，他們總是頑固得說不明白。他們對青年人常常擺出老前輩的架子，說：

「年青人，懂得什麼！要你們插什麼嘴呀？」

他們這樣無理的閉住了年青人的嘴，彷彿眼前這些二十歲左右的人和三四歲的孩子一樣，在他們的眼光中。

「我們多吃了幾十年的飯來！」

這就是那些老頭子比年青人聰明的唯一理由了。

噓！聰明得連亡國滅種都看穿了！什麼都不怕！

然而金錢，生命，名譽，權勢呢？比什麼都要緊！

而那態度是叫人作嘔的。對著這些東西，他們簡直和哈巴狗一樣，用舌頭舐著人家的腳，搖著尾巴，打著圈兒，用兩隻後腳跪

著，合著兩隻前腳拜著。你越討厭，牠做出的醜態越多，怎樣也踢牠不開，打牠不走。

而剛才，又是什麼態度呢？一點理由不講，只是輕視別人的意見，嘻嘻哈哈開著玩笑走了。把亡國滅種的大事，一點不看在眼裡。

「先得剷除這些人！」華生反覆地想著。

但從哪裡入手呢？華生不由得煩惱了。整個的傅家橋就在他們手裡的。他們說一句話，做一件事情，自有那太多的男男女女相信著，服從著。他們簡直在傅家橋生了根一樣的拔不掉。華生要想推倒他們是徒然的。

那等於蒼蠅撼石柱。

華生憂鬱地想著，腳步愈加遲緩了。眼前的黑暗彷彿一直蒙上了他的心頭。

「吱嘰，吱嘰……其……，吱嘰，吱嘰，其……」

一隻紡織娘忽然在他的近邊叫了起來。

華生詫異地站住了腳，傾聽著。

「吱嘰，吱嘰……其……，吱嘰，吱嘰，其……」

那聲音特別的雄壯而又清脆，忽高忽低，像在遠處又像在近處，像在前面又像在後面，像是飛著又像是走著。牠彷彿是匹領導的紡織蟲，開始了一兩聲，遠近的蟲聲便跟著和了起來；牠一休息，和聲也立刻停歇了。

「該是一隻大的……」華生想，暗暗惋惜著沒帶著燈籠。

「吱嘰，吱嘰，其……吱嘰，吱嘰，其……」

二

　　華生的注意力被這歌聲所吸引了。他側著耳朵搜尋著牠的所在。

　　「吱——」

　　遠近的蟲聲忽然吃驚地停歇了。

　　沙沙地一陣樹葉的聲音。接著悉悉率率的像有腳步聲向他走了過來。

　　「誰呀……」華生驚訝地問。

　　沒有回答。樹葉和腳步聲靜默了。

　　「風……」他想，留心地聽著。

　　但他感覺不到風的吹拂，也聽不見近處和遠處有什麼風聲。

　　「吱嘰，吱嘰……」

　　蟲聲又起來了。

　　「是自己的腳步聲……」華生想，又慢慢向前走著。

　　「吱——」

　　一忽兒蟲聲又突然停歇了。只聽見振翅跳躍聲。

　　樹葉又沙沙地響了一陣，悉悉率率的腳步聲比前近了。

　　「誰呀……」他站住腳，更加大聲的喊著。

　　但依然沒有回答。頃刻間，一切聲音又寂然了。

　　「鬼嗎……」他想。

　　他是一個膽大的人，開始大踏步走了。

　　「管它娘的……」他喃喃地說。

　　但樹葉又沙沙的作響了。

　　華生再停住腳步時，就有一根長的樹枝從右邊落下來打著了他

的背。

「阿呀！」

華生吃驚地往前跳了開去，躲避著。

「嘻嘻嘻……」

一陣女孩子的笑聲。

華生愕然地站住腳，轉過頭去，只看見一件白的衣服在樹叢間刷的穿過去，隱沒了。

「你是誰呀？」華生大聲地問。

遠遠地又是一陣吃吃的笑聲。

「那一個毛丫頭呀？」

華生說著，往那邊追了去。

但什麼聲音也沒有了。樹林間漆黑的，沒有一點光。只聞到一陣醉人的脂粉的氣息。

「不是女孩子是誰？」華生想著，停住了腳步。

擦的，一根樹枝又從左邊落下來打著了他的肩膀。

「哈哈！毛丫頭……」華生說著突然轉過身去。

一件白色的衣服在樹叢間幌了一幌，又立刻不見了。

又是一陣吃吃的笑聲。隨後低低的說：

「蟋蟀呀蟋蟀……」

「菊香……你做什麼呀……站住……」

華生現在聽清楚是誰了。他叫著往那邊撲了過去。

但菊香並不在那裡。一陣悉悉率率的草響，樹林北頭進口處幌過一個穿白衣服的瘦削的身材。

二

　　華生急忙地追出樹林，已不見那影蹤。

　　一排高高低低的屋子沉默地浸在青白的夜氣裡。田野間零亂地飛著的螢火蟲彷彿黎明時候的失色的星光，偶然淡淡的亮了一下，便消失了。遠近和奏著低微的蟲聲，有時從遠處傳來了一陣犬吠聲。

　　月亮到了天空的中央。時間已經很遲了。

　　華生沉默地站了一會，悵惘地重新走進了樹林。

　　他的心中充滿了煩惱。

　　那幽暗，那蟲聲，那氣息，和那細徑上的柔軟的野草，彷彿夢裡遇到過似的。

三

第二天清晨,東方開始發白,華生就起來了。

他一夜沒有睡熟,只是在床上輾轉著。剛剛疲乏地合上眼,什麼思想都襲來了。

菊香,阿浩叔,葛生哥,阿如老闆,阿生哥,賣唱的瞎子,紡織娘,月亮,街道……無窮盡的人和物彷彿坐著車子前前後後在他的腦袋上滾了過去又滾了過來。

喔喔的雞聲才啼第一遍,他就下了床,打開門,離開了那沉悶的房子,呼吸著清新涼爽的空氣,在田野間徘徊著。

這時四周非常的沉寂。蟲聲已經靜止。沒有一點風,月亮到了西山最高峰的頂上,投著淡白微弱的光。東方的天空漸漸白亮起來,疏淡寥落的晨星在先後隱沒著。弧形地圍繞著的遠處的山,隱約地成了一橫排,辨不出遠近。朦朧的晨氣在地面上迷漫著。掩住了田野,河流,村莊和樹林。

一會兒,黃昏上來似的,地面上黑了起來。月亮走進了西山頂上的黑雲後背。

第二遍的雞聲喔喔地遠近回答著,打破了沉寂。

天又漸漸亮了。

地面上的晨氣在慢慢地收斂,近處的田野,河流和村莊漸漸顯露了出來,模糊的山峰一面清晰起來,一面卻像被田野和村莊推動著似的反而遠了。

三

　　華生穿著一件白衣，一條藍色的短褲，打著赤腳，獨自在潮溼的田塍間走著。

　　青綠的晚稻已經有他的膝蓋那麼高，柔弱地向田塍間斜伸著，愛撫地拂著華生的兩腿，落下了點點的露水。華生感覺到清涼而舒暢。

　　他在默想著昨夜的事情。

　　那真是夢一樣。

　　菊香對他特別要好，他平日就感覺到了的。但昨夜的事情，他卻永不曾預料到。

　　她姓朱，本是離開傅家橋五里地的朱家村人。她父親朱金章從小就是在傅家橋做生意的，後來自己有了一點積蓄，就在傅家橋開了一爿寶隆豆腐店，把家眷也搬來住了。那時菊香才八歲，拖著兩根辮子，比華生矮了一點點，常常和他在一處玩著。

　　一連幾年，豆腐店的生意很不壞，也買進了幾畝田。遠近知道了便紛紛的來給菊香做媒。

　　她父親選了又選，終於將她許配給了周家橋一家很有錢的人家。那時菊香才十二歲。

　　但訂婚後三年，他們一家人走了壞運了。最先是菊香的母親生起病來，不到兩個月死了，留下了一個十五歲的菊香和七歲的男孩。她父親照顧不過來，本想半年後，待她到了十六歲，就催男家迎娶的，不意那一年下半年，她的未婚夫也死了。

　　第二年，豆腐店的生意又遭了一個打擊。

　　四鄉鎮的一家豆腐店竟想出了主意，來奪他的生意，每天天

才亮，就派了一個人挑著擔子，到傅家橋來，屋屋弄弄的叫著賣豆腐，這麼一來，雨天不要說，人家連晴天也懶跑到街上去買豆腐，就照顧了上門的擔子。她父親雖然在傅家橋多年，家家戶戶有來往，但到底是別一村人，和傅家橋人不同姓，生意就突然清淡了下來。

虧得菊香這時已經長得高大，也很能幹，能夠幫著她父親做生意，於是他父親就退去了兩個夥計，減少了一點開支。

菊香是一個天生成聰明的女孩子。她沒有讀過書，沒有學過算術。因為華生常到她店裡去，他曾經進過初等小學，認得一些字，略略懂得一點珠算，她就不時的問他，居然也給她學會了記帳算算了。

這樣的女孩子在附近是不易找到的：既會刺繡挑花，又會識字記帳，而且又生得不壞。

她雖然很瘦削，卻很清秀。眉目間常含著一種憂鬱的神情，叫人見了生憐，而性情卻又很溫和。

一班人都稱讚她，又紛紛的來說媒了。但那中間很少人家能夠比得上從前周家橋的那一家，因此都給她父親拒絕了。

她父親自從受了幾次的打擊以後，脾氣漸漸變壞了。他愛喝酒打牌，老是無節制的喝得大醉，罵夥計打學徒，荒廢了工作。要不是菊香給他支持著，這爿豆腐店早就該關門了。

她父親知道自己的資本和精力的缺乏，因此對菊香很重視。他不願意把菊香輕易地許配給人。他要找一個有錢的人家，而且那女婿願意養活他。

三

　　但這條件是頗不容易達到的。有錢的人未見得就喜歡和他這樣的人家對親，他們一樣的想高攀。

　　因此一年一年的蹉跎下去，菊香到了二十歲還沒有許配人家。

　　在傅家橋，和菊香相熟的青年自然不少，但華生卻是她最喜歡的一個。他們從小一處玩慣了，年紀大了，雖然比較的拘束，也還來往的相當的密。

　　華生也曾想到娶她，但他知道她父親的意思，覺得自己太不夠資格，是絕不會得到他同意的。他想，女人多得很，只要自己有了錢是不怕娶不到的。

　　然而昨夜的事情，卻使他大大地驚詫了。

　　菊香雖然常和他開玩笑，卻從來不曾來得這麼奇突。半夜三更了，一個女孩子竟敢跑到樹林裡去逗他，這是多麼大膽呀！她父親昨夜當然又吃醉了酒。然而她向來是膽子很小的，不怕給別人知道了，被人譏笑議論嗎？不怕妖怪或鬼嗎？不怕狗或蛇嗎……

　　她為什麼這樣呢？華生能夠了解。

　　他喜歡，他也憂愁。

　　這明明是一件不可能的事：他這裡有兄嫂，她那裡有父親。

　　此外，還有許多人……

　　華生苦惱地想著，不覺走完了一條很長的田塍，到了河邊。

　　這是一條可愛的小河。河水來自東南西三方的山麓，脈管似的粗粗細細布滿了平原，一直通到北邊的海口。

　　它從傅家橋南邊的曠野間流來，到了傅家橋東北角分成了兩支，一支繞著傅家橋往東北流，一支折向西北，從傅家橋的中心穿

了過去。

它只有二三丈深，四五丈寬，溝似的，彷彿人可以在水中走過，在水面跨過。

這時，許久沒有下雨了，農夫們天天從河中戽水到田裡去，盛在河中的水只有一半了，清澈得可以望見那長著水草的淤泥的底。河的兩岸長滿了綠的野草。沿著田野望去，這裡那裡有很大的缺口，長的水車，岸上是水車的盤子。

太陽不曉得是在什麼時候出來的，這時已經浮到河東的一顆槐樹間，暗藍的河面給映得一片金黃色。

白天的喧囂，到處蕩漾著。沿著傅家橋的埠頭上跪下了一些淘米的女人，平靜的金色河面給撩動得像千軍萬馬在奔騰。

隨後船來了。最先是一些柴船，裝得高高的滿滿的左右幌搖著。搖船的右手握著櫓帶，左手扳著大而且長的櫓，小腳姑娘似的在水裡擺著過去。那是天還未明就從吞裡出發，打從這經過去趕市集的。接著是一些同樣的冬瓜船，穩重地呆笨地像老太婆似的緩緩走了過去。隨後輕快的小划船出現了。它們有著黑色的或黃色的船篷，尖的頭尖的尾，前面一個人倒坐著扳橫槳，發出嘰咕嘰咕的聲音，後面一個人用一支小槳輕快地斜劃著。它們像風流的少年，一眨眼就穿著過去了。最後來了巨大的野獸般的軋米船，搜尋著什麼似的靜靜地走了過來，停止在傅家橋街道的埠頭邊，隨後啃咬著骨頭一般軋軋地響了起來。

華生靜默地望了許久，心中的煩惱不由得消失了。他的注意力完全集中在眼前的景物上。這些船和船下的人幾乎全是他認識的。

三

連那河水和水草以及岸上的綠草和泥土的氣息，他都非常的熟識，一一分辨得出來。他是在這裡生長的，從來不曾離開過，每一樣東西在他都有著親切的情感，隨時能引起他的注意。

但是過了一會，他聽見他的嫂子的叫聲了：

「華生……回來吃飯呀！」

接著他的大侄兒阿城站在屋前空地上也喊了起來：

「叔叔……叔叔！飯冷了，你來不來呀……不來嗎？媽要打的呀……」

華生笑了一笑，搖著手，從田塍裡跑到屋前，熱情地抱著阿城走了進去。

「睡得那麼遲，起得那麼早，一定餓了。」葛生嫂跟在後面喃喃地說。

華生沒有回答，只是摸著阿城的豐肥的兩頰。

的確的，他現在真的餓了。一進門就坐在桌邊吃了起來，也不和葛生哥打招呼。

葛生哥早已把昨晚上的一場爭吵忘記了。他一面吃著飯，一面埋怨似的說了起來：

「這麼早就空肚出門了……也該吃一杯熱開水……受了寒氣，不是好玩的……田裡的水滿滿的，我昨天早晨看過一遍了，忘記告訴你……你看了還不是一樣的……再過兩天不落雨，再去車水不遲……」

華生聽著，不覺好笑起來。他哪裡是在看田裡的水呢？他雖然走過那邊自己種的田，天曉得，他可一點也沒有注意呢。

但華生不願意告訴他哥哥這個，他故意埋怨似的說：

「少做一點事，就得聽你埋怨，多做一點事，你也要怪我！」

「身體更要緊呀……」葛生哥憂鬱地回答說。

華生沉默了。他的眼眶裡貯滿了眼淚。

他哥哥對他向來就和母親那樣的慈愛，不常責備他的。昨天晚上要不是他自己太暴躁了一點，他哥哥絕不會生氣。他哥哥老是愛護著他們一家人的，但對於他自己，卻從來不曾注意到。他已經上了年紀，駝著背，彎著腰，耳朵和眼睛都遲鈍了，還害著咳嗆的老病，又消瘦又憔悴，卻什麼事情都搶著自己做，不辭勞苦，沒有一句怨言，說自己老了，乏了，得休息休息，得吃一點好的東西補養補養。而對於兄弟子女和妻子，卻總是隨時勸他們保養身體，事情忙了寧可讓給他去做。

昨晚上的事情，華生現在想起來，覺得多麼的懊惱。他實在不該那樣的粗暴的。阿哥已經忘記了，完全和平日一樣的愛護著他。但他卻不能忘記，卻更覺得慚愧。

他不安地趕忙吃完飯，羞見他阿哥的臉似的，走開去逗著小侄女玩著。

葛生哥一面夾著菜給孩子們，一面自言自語的說：

「今天反而熱了，怕會下雨哩……但願多落幾次雨……華生。」他轉過頭來問，「你看今天會落雨嗎？」

「好天氣，沒有一點風……」華生回答說。

葛生哥微微笑了一笑：

「你沒留心。剛才地面有一種暖氣，就要起風了……這應該是

東南風。白露以後起東南風是會落雨的⋯⋯」

「等一會看吧。」華生不相信地說。

葛生哥又笑了一笑，緩慢地吃著飯。

「軋米船已經來了，停在橋邊，快點吃好飯，抬穀子出去吧。」葛生嫂催著說。「米已經完了，真要下起雨來，候不到軋米船呢！」

「讓我挑出去！」華生說著從門後拿了一根扁擔。

「慢些吧，等我吃完飯，抬了去。」

「能有多少重，要兩個人抬！」

華生說著從床邊拖出了兩袋穀子。

「這一擔有一百念斤呢。」

「管他一百念，兩百四⋯⋯你拿兩個籮來盛糠灰吧。」

華生挑著走了。

「不要亂撞呢，寧可多息幾息⋯⋯」

「哼！又不是三歲小孩子！」華生喃喃地自語說。

這一擔穀子在他毫不吃力。嘰咕嘰咕，扁擔兩頭響著，柔軟地輕鬆地蕩著。他轉了幾個灣，沿著河岸往南走去。

風果然起來了。太陽的光變得很淡薄。但天氣卻反而悶熱了。河水起了皺紋，細微得像木刻的條紋一樣。

「軋軋軋軋⋯⋯」

軋米船靠在橋的西南面埠頭邊，忙碌地工作著。岸上堆積著許多穀袋，佇候著好幾個女人和男人。

華生過了橋，把擔子放在岸上，知道還有一些時候，便豎著扁

擔，坐在穀袋上等候著。

這是四鄉鎮的軋米船，在所有的軋米船中間最大的一隻。它有方的船頭和方的船梢，約有二丈多長，有著堅固的厚板的方篷，裡面有人在撥動著機器。一支黑煙囪從那裡伸了出來，噴著黑煙。船邊一根水管吐著水。方篷的後面近船梢的地方，左邊安置著一個方斗圓盤的軋穀機，穀子從方斗裡倒下去，圓盤裡面的機器轉動著，下面就出來了分離了的米和糠。有人從這裡用小籮盛著，拿起來倒在右邊的一隻舊式的但用皮帶拖著的風箱的斗裡，米就從風箱下面落了下來，糠被扇到後面的另一個洞外。這個人用另一隻籮接著米，一面畚著往後面的軋米機的斗裡倒了下去，於是糙米就變成了白米，和細糠分成了兩路落了下來。

機器轉動得非常迅速，一轉眼間，一袋穀子便變成了熟米。岸上的人抬著米和糠回去了，又來了一批抬著穀子的人。

「從前要費一天工夫，現在一刻鐘就夠了 —— 嘿，真奇怪！」華生的身邊忽然有人這樣說著。

他轉過頭去，微微笑了一笑。

那是阿波哥，生著一臉的鬍髭，昨晚上首先和阿浩叔他們爭執的。他現在也來軋米了，和他的一個小腳的痲臉的妻子抬著一籮穀。

隨後討飯婆似的阿英也來了。她是一個聾耳的寡婦，阿英是她的名字，因為她很神經，人家就不分大小，單叫她名字，有時索性叫她做聾子。她已有了五十八歲，但她身體還很強健，有著一雙大腳，走起路來比男人還快。在傅家橋，人家一有什麼事情，就少不

了她。她現在挑著的約八十斤的穀子是阿元嫂的。

接著葛生嫂也來了，她和她的大兒子抬著個空籮在地上磨了過來。

「你阿哥等一會就來，他說要你軋好了米，等他抬呢。軋米錢，他會帶來的。」

她放下空籮，說了這話，就和阿城回去了。

隨後人越來越多了，吉祥哥，新民伯，靈生公，長石嬸……最後還有順茂酒店的老闆阿生哥。

華生輕蔑地望了他一眼，轉過臉去，和阿波哥對著笑了起來。

風越來越大了。果然是東南風。軋米船裡的黑煙和細糠時時給捲到岸上來，迷住了他們的眼，蒙上了他們一身的灰，最後竟吹到坐北朝南的頭一家店鋪門口去了。

那是阿如老闆的豐泰米店兼做南貨生意的。店鋪的左邊是店堂，擺著紅木的椅桌，很闊氣。右邊是櫃檯和貨物。

阿如老闆這時正在店堂裡坐著。他的肥胖的身體打著赤膊，揮著扇子，還流著一身的汗。

他在店堂裡望著前面埠頭邊的軋米船和那些穀子，心裡早已感到不很痛快。

不料風勢越來越大了，忽然間一陣旋風似的把軋米船上的菸灰和細糠捲進了店堂，黏住了他的上身和面孔。

他突然生氣了。用團扇遮著面孔，一直迎風奔到了橋上，大聲罵了起來：

「你媽的！早不軋，遲不軋，偏偏要揀著這時候來軋……」

這時船上正在軋華生的米。華生支著扁擔站在埠頭邊望著。

他驚詫地轉過臉來，望著阿如老闆，還不曉得他在罵誰。他看見岸上的人全轉過了頭，對阿如老闆望著。

阿如老闆張著兩手，開著闊口，連牙齒都露出來了。他對著華生惡狠狠地瞪著眼，叫著說：

「你這小鬼！你的埠頭在哪裡呀？跑到這裡來了……不許你軋米……」

華生清楚了，這是在罵他，立刻氣得一臉通紅。他沉默地瞪著眼望著他，一面提著扁擔走了上來。

阿如老闆立刻從橋上退下了，回到店堂裡拿了一根竹槓，重又氣洶洶的走了出來。

「你這豬玀……你罵的誰……」

華生離開阿如老闆幾尺遠，站住了。

阿如老闆也站住了腳，握緊了竹槓，回答說：

「罵的你！你這小鬼！」

「什麼！這埠頭是你私造的嗎……」

「橋西人家的！你沒有份！」

「誰說的……不是傅家橋的埠頭嗎？」

阿如老闆理屈了。他一時回答不上話來，心裡更加氣忿，就舉起竹槓對著華生的頭頂劈了下去：

「你媽的……」

華生偏過身，用扁擔用力一擊，那條竹槓便嘩浪浪地被擊落在地上。

三

　　華生火氣上來了，接著衝了過去。

　　阿如老闆跑進店堂，從那裡摔出一個大秤錘來。

　　華生往旁邊一閃，躲過了，便拾起那秤錘往店堂裡摔了進去。

　　格勒格勒，裡面一陣亂響，貨櫥被擊倒了，接著一陣嘩浪浪的瓶子和玻璃聲。

　　華生提著扁擔，一直衝進店堂。阿如老闆不見了。外面的人也已擁了進來，拖住了華生的兩臂。

　　「出去！華生！要引他出去，不要被引到店堂來！——這是規矩！」阿波哥叫著說。

　　「管什麼規矩不規矩，打死那豬玀再說！」華生氣得青了臉，掙扎著還想衝到裡面去。

　　但幾分鐘後，他終於給大家擁到外面來了。

　　這時軋米船停止了工作。遠遠近近的人都跑了過來，站滿了橋上，街道和埠頭。

　　「阿唷天呀……」阿英聾子摸摸自己的胸膛，「嚇煞我了，嚇煞我了……好大的秤錘……這打在腦殼上還了得……真險呀，真險……」

　　「什麼話！這埠頭是大家的！我們用不得！」阿波哥憤怒地說。「大家聽見嗎，有沒有道理？」

　　「沒有道理……沒有道理……」

　　四圍的人答應著。

　　「該打！該打！欠打得凶！太便宜了他……」

　　有些人喃喃地說著。

葛生哥在大風中跑來了，一面咳嗆著。

「咳，咳，華生！你怎麼呀……」

「怪他不得！誰也忍不住的，彌陀佛！」有人對他說。

「頂多爭兩句吧，相打做什麼呢……」

「那除非是你，彌陀佛……」

「碰著你就好了，一句也不會爭的……」

「可是彌陀佛只有一個呀……」

大家回答著。

「幸虧是華生呀，我的天呵！」阿英聾子叫著說。「要是你，彌陀佛，哈哈，早就上西天了！ —— 那麼大的秤錘 —— 嘭……」

「到底是彌陀佛的兄弟，要是別人，早就把他店堂打得粉碎了……」又有人這樣說著。

葛生哥憂鬱地皺著眉頭，痛苦地說：

「這樣的事情，還要火上加油！ —— 華生。」他轉過去對華生說，「你回去吧。」

華生還氣得呼呼地喘著，站著不肯動。他緊握著扁擔，彷彿在等待阿如老闆出來似的。

但阿如老闆早從後門溜走了，有人見到。豐泰米店裡冷清清的，只剩著一個學徒在那裡張皇地探著頭，又立刻縮了進去。

這時橋東的保衛隊來了：是三個武裝的兵士。他們剛從睡夢中給鬧了醒來，便得到了鄉長的命令。

「華生，到鄉公所去，鄉長要問你呀……」

他們一面扣著皮帶和衣襟，一面揉著眼，懶洋洋的一臉青白

三

色，菸癮上來了，振作不起精神。

華生剛剛平靜了一點，正想回去，現在又給激起了憤怒。他倒豎著眼睛和眉毛，叫著說：

「什麼東西！去就去！看他把我吞吃了！」

「唔，鄉長出場了！」阿波哥習慣地摸著鬍髭，「還派武裝的保衛隊⋯⋯哈，哈，真要把窮人吞吃了的樣子！── 我們一道去！」

大家又喧鬧起來，擁過了橋：

「一道去⋯⋯一道去⋯⋯」

橋西的男子全走了，只留下一些女人。阿英聾子在那邊驚惶地叫著說：

「阿唷唷媽呀，不得了了⋯⋯華生給保衛隊捉去了⋯⋯」

葛生嫂抱著最小的孩子，慌慌忙忙的從小路上迎了過來。

「華生！華生！」她叫著想擠進人群去，但沒有人注意到她，也沒把路分開來。

「不礙事，我一道去。」葛生哥聽見她的聲音，擠了出來。「你叫阿英把米抬回去吧⋯⋯」

「你怎麼呀⋯⋯你怎麼讓華生給保衛隊捉去呀⋯⋯你這沒用的人！」

「怕什麼，到鄉公所去的⋯⋯」

葛生哥這樣回答著，跟著大家走了。

但他心裡卻起了從來不曾有過的恐慌。他知道鄉長一出場，這禍事就不小了。

鄉長傅青山是借過阿如老闆許多錢的。

但華生卻並不這樣想。他生來膽子大，也向來看不起傅青山的鬼頭鬼腦。一句話不合，他還準備痛打他一頓的。這三個拿手槍的保衛隊是菸鬼，當不住他一根指頭。

他們走完街道，往北轉了兩個灣，鄉公所就在眼前了。

那是一所高大的樓房，是用傅家橋人的公款興築的，現在也就成了鄉長傅青山的私人住宅。門前豎著黨國旗，掛著一塊很大的牌子：濱海縣第二區第三鄉鄉公所。

兵士到得門口，把門守住了，只許華生和葛生哥進去。

過了院子，走進大廳，領路的一個兵士叫他們站住了：

「在這裡等。」他說著獨自往裡走了進去。

華生輕蔑地望了一望廳堂的華麗的陳設，揀著中間一把靠背椅子坐下了。

葛生哥不安地皺著眉頭，不時咳嗆著，踱著。

廳的正中央掛的一幅很大的孫中山的像。兩邊交叉著黨國旗。下面一橫幅大字的遺囑。偉人的相片和字畫掛滿了牆壁。一些紅木的椅子和茶几。正中的桌上陳列著好幾隻古玩似的磁器。

兵士進去了許久，不見裡面的動靜。華生不耐煩起來了。他拍著桌子，大聲叫著說：

「肚子餓了！快來說話！」

「你不要心急呀……」葛生哥驚惶地說，「他總要吃足了菸……」

「哼……看我給他一頓點心！」華生氣沖沖地說。

三

「哈，哈，哈……」

裡面一陣笑聲，鄉長傅青山出來了。

他瘦削蒼白，戴著黑眼鏡，八字鬍鬚，穿著白紡綢長衫，黑紗馬掛，白底布鞋，軟弱地支著一根黑漆的手杖，一手揮著摺扇，笑嘻嘻地緩慢地擺了出來。

「喔，難得，難得，彌陀佛，你真是好人！不要說傅家橋找不到第二個，走遍天下，怕也難得的……請坐，請坐，怎麼站著呀？都是自己人……」

葛生哥張惶地不曉得怎樣才好，只是呆呆地站著垂著手，喃喃地說：

「承鄉長……」

「喔，這位是誰呀？」傅青山轉過頭去，從眼鏡邊外望了一望不動地坐著的華生。「就是令弟華生嗎？生得好一副相貌，少年英俊……」

「不錯！我就是華生！」

華生輕蔑地望著他，把左腿叉到右膝上。

「有人到我這裡來訴苦，說是你，彌陀佛。」他轉過臉去，對著葛生哥，「說是令弟打毀了豐泰米店，這是真的嗎……」

「打死了他，又怎樣？」

華生說著，把兩腳一蹬，霍地站了起來，憤怒地望著他。

「華生！這算什麼呀！」葛生哥著了慌。

「打就打！我怕誰！」華生大聲回答著。

「鄉長……」

「哈，哈，哈，沒有什麼，小事，彌陀佛，你兄弟年紀輕，阿如老闆本不好，埠頭是大家的……你兄弟氣還沒消，我們以後再說吧，自己人，我會給你們講和的……」

「誰給他講和！」

「平一平氣吧，年青人……彌陀佛，你真是好人，帶著你兄弟回去吧，你晚上再來。」他低聲加上這一句。

「全靠鄉長幫忙……」葛生哥感激地說。

「看你怎麼講來！我怕誰？」

華生說著往外走了。

「哈哈哈，慢走慢走，彌陀佛，自己人，有話好說的……」

傅青山支著手杖，望著他們出去了，搖了一搖頭，喃喃地說：

「好凶……那樣子！」

接著他提高喉嚨，命令著門口的兵士說：

「給大門關上！」

隨後他轉過身，搖擺著軟弱的身子，往裡走了進去，低聲地：

「請阿生哥。」

三

四

雨點跟著風來了。最先是零亂的，稀疏的，悄聲的灑著，彷彿偵察著什麼似的，接著便急驟地，密集地，怒號地襲擊著田野，樹木，河流，道路與房屋，到處激起了奔騰的，濃厚的煙幕，遮住了眼前的景物。天空壓迫地低垂了下來。地面發散著鬱悶的窒息的熱氣。傅家橋起了一陣驚惶的，匆忙的紛亂以後，不久便轉入了安靜，彷彿到了夜晚似的，屋外的工作全停止了。

葛生哥從鄉公所出來後，只是低著頭走著，什麼也沒有注意。那些喧嚷的人群是怎樣散去的，他的阿弟華生在什麼時候和他分了路，到哪裡去了，他都不知道。他甚至連那大滴的雨落了下來，打溼了他的頭髮和衣服，也沒有注意到。他的腳步本來是慢的，現在更加慢了。他的心裡充滿了懊惱和憂愁。年紀過了半百了，苦味的生活原也嘗夠了的，看慣了的，但這次的事情卻使他異常的恐慌，感覺到未來的禍事正不可估量。倘使是他自己闖下的禍，那是絕不會有什麼問題的。他能忍耐，最能忍耐，怎樣也可以屈服。但是華生，可就不同了。他是有著一個怎樣執拗，怎樣倔強的性格。他什麼事情都不能忍耐，不肯屈服。他太直爽，太坦白，太粗暴，太會生氣，而他又年紀輕，沒有經驗，不曉得厲害。他現在竟和阿如老闆結下了怨，還衝犯了鄉長傅青山。那是多麼厲害的對手！一個是胖子，一個是瘦子；一個有錢，一個有勢；一個是凶橫的惡鬼，一個是狡詐的狐狸。這兩個人，這個靠那個，那個靠這個，有著非常

四

密切的關係。現在華生和他們一道結下了仇恨，他們愈加要合得緊緊的來對付華生，那是必然的。而華生，又怎樣能對抗他們呢⋯⋯

葛生哥這樣想著，不由得暗地裡發抖起來了。他是最怕多事的人，現在這天大的禍事竟橫在他眼前，將要落到華生頭上了⋯⋯不，這簡直是落在他頭上，落在他一家人的頭上！他和華生是親兄弟，而華生還沒有結婚，沒有和他分家。誰是華生的家長呢？葛生哥！無論誰說起來，都得怪他葛生哥一個人。不，即使他是一個有名的好人，人人稱他為「彌陀佛」，誰也不會因華生闖了禍來怪他，責備他，做出於他不利的事情，但華生的不利也就是他的不利，也就是他一家的不利。他和華生是手足，是左右兩隻手臂，無論在過去，在現在，在未來，都是不能分離的，都是互相倚靠著的。況且他現在已經老了，精力已經衰退得厲害，華生還能再受到打擊嗎？他只有華生這一個兄弟。從華生七八歲沒了爹娘，他愛護著他一直到現在，雖然費了多少的苦心苦力，他可從來不曾起過一點怨恨。他是多麼的喜歡他，多麼的愛憐他。他簡直為了華生，是什麼都願意犧牲的，甚至連自己的生命。華生從小就是一個非常淘氣的孩子，現在也還沒有十分變。他雖然對他不大滿意，他可不願意怎樣的埋怨他，要勸他也是很委婉的繞著圈子說話，怕傷了他這個可憐的七八歲就沒了父母的兄弟的心。他知道自己這一生是沒有什麼希望了，但他對於華生卻抱著很大的希望，很大的信仰。他希望他什麼呢？信仰他什麼呢？甚至連他自己也很模糊。但總之，他希望華生有一個比他更好的將來，也相信他一定會做到這步田地。然而現在，不幸的預兆卻來到了⋯⋯

「又是這個樣子！」葛生嫂忽然在他面前叫了起來，睜著驚異的眼睛釘著他，又生氣又憐憫似的。

葛生哥清醒過來了：原來他已經到了家裡。

「你看呀，你這個不中用的人！」葛生嫂繼續地焦急的叫著。「衣服全打溼了，衣服！落水狗似的！這麼大的雨不曉得在哪裡躲一躲嗎？不曉得借一頂傘嗎？什麼了不得的事呀，又苦惱得糊塗了！哼！你簡直……」

「什麼了不得，你看吧……」葛生哥喃喃地回答說。

「又是天大的事來了呀，又是！就不要做人了嗎？你看你淋得什麼樣！再淋出病來嗎？」葛生嫂一面說著，一面開開了舊衣櫥，取出一套破舊的藍布衣服來。「要是一連落上幾天雨，我看你換什麼衣服，穿來穿去只有這兩套！兩三年來也不做一件新的……還不趕快脫下來，一定要受進溼氣嗎？生了病，怎麼辦呀？哪裡有錢吃藥……」

她這樣說著就走近葛生哥身邊，給解起鈕釦來。葛生哥彷彿小孩似的由她擺布，一面也下意識地動著手臂，換上了乾衣服。他到現在也還沒有仔細注意到自己身上的衣服溼得什麼樣子和葛生嫂的一大串埋怨話。他的思想全被那苦惱占據了。

他在想怎樣才能使這件事情平安的了結。阿如老闆在他的村裡雖然也不是一個好人，但他對阿如老闆可是相當的好的，如同他對待所有的傅家橋人的一樣。他並不向任何人討好，向任何人獻殷勤，也不得罪任何人。誰要是用著他，托他做事情，要他跑腿，要他買東西，要他送信，要他打雜，他總是不會推卻的，即使病了，

四

也只要有幾分氣力可用。他對阿如老闆，一向就是這樣，什麼事情都幫忙，只要阿如老闆託了他。昨天下午，他還給阿如老闆到城裡去來，背著一袋，提著一籃。

他們中間，他想，情面總是有的。華生的事情，不管誰錯誰不錯，看他的情面，說不定阿如老闆是可以和平了結的。阿如老闆需要他幫忙的事情正多著……

「又是半天沒有話說。」葛生嫂抱著一個最小的孩子說了。「皺著眉頭煩，惱著什麼呀？」

「我在想怎樣了結那……」

「要鄉長傅青山立一個石碑，說那個埠頭是傅家橋人都有份的！要阿如老闆消我們的氣！」葛生嫂立刻氣沖沖的說，她的眼光發火了。

葛生哥搖了一搖頭：

「你女人家懂得什麼，這是小孩子的話……」

「什麼！看你這個男人……」

「華生打壞了人家的店鋪，你知道嗎？」

「沒打得夠！」葛生嫂咬著牙齒說。

「這就不該了。」

「誰叫他丟出秤錘來呀！好野蠻！打在華生的頭上還活得成嗎？」

「華生先打了他。」

「誰先動手？誰先動手呀？華生站在埠頭上好好的，又沒理他，他要跑出來罵他，要拿棍子來打他！風吹了糠灰進他的店堂，

和華生有什麼相干！他為什麼不把店堂的門關起來？為什麼不把這爿店開到別處去？軋米船停在那裡，我們就不能軋米嗎？我們不要吃飯嗎？埠頭是他的嗎？是他造的嗎？他是什麼東西呀！哼⋯⋯」葛生嫂一連說了下去，彷彿瀑布似的。

「算了，算了，你又沒在那裡⋯⋯」

「許多人在那裡！誰都看見的！你聾了耳朵，沒聽見大家怎麼說嗎？」

「你老是這樣，對我這樣狠做什麼⋯⋯我又沒偏袒誰⋯⋯」

「羞呀，像你這樣的男人！還說我女人家沒見識！誰吃的米？誰家的穀子？華生是誰的親兄弟？你還說沒偏袒誰！一家人，拳頭朝外，手腕朝裡，忘記了這句俗話嗎？你現在倒轉了來說華生不對，不就是偏袒著人家嗎⋯⋯」

「兩邊都有錯，兩邊都有對，就好了。」

「華生錯在哪裡，阿如老闆對在哪裡呀？你說！你忘記了華生是誰了！倘若真是親兄弟，就是錯了也該說對的！你不能叫華生吃虧⋯⋯」

「我自然不會叫華生吃虧⋯⋯我無非想兩邊都勸解勸解，和平了結。」

「虧你這個不中用的男人，說什麼和平了結！人家一秤錘打死了華生，你也和平了結嗎⋯⋯」

「算了，你不會知道我的苦處的，唉⋯⋯」

「你的苦處，你的苦處！再老實下去，我們都沒飯吃了！」葛生嫂說著氣忿忿地走進了廚房。

四

「唉，天下的事真沒辦法，連自己一家人也擺不平直……」

葛生哥嘆著氣喃喃地自言自語著，心中愈加苦惱了起來。他很清楚，倘若他和華生一樣的脾氣，那他早和自己的妻子和華生鬧得六神不安了。他能退步，他能忍耐，所以他這一家才能安靜地過著日子。傅家橋人叫他做「彌陀佛」粗看起來彷彿在稱讚他和氣老實，骨子裡卻是在譏笑他沒一點用處，連三歲小孩子也看他不起。然而他並不生氣，他覺得他自己這樣做人是很好的。做人，做人，在他看起來是應該吃虧的，而他不過是吃一點小虧，欺侮他的人，怨恨他的人可沒有。他相信這是命運，他生下來就有著一個這樣的性格。他的命運裡早已注定了叫他做這樣的一個人。華生為什麼有著一個和他這樣相反的性格呢？這也是命運，命運裡注定他是不吃小虧，該吃大虧的人，今天的事就很清楚。倘若他不和阿如老闆爭罵，就不會相打，就不會闖下禍事來。埠頭，埠頭，管它是誰的，反正不在他自己的門口，以後不去用也可以的。和阿如老闆爭執什麼呢？

「唉，真是沒辦法……」他嘆著氣，失望地說。

「你老是這樣。」葛生嫂從廚房走出來，把酒菜擺在桌上，瞪了他一眼，「一點點小事就搖頭嘆氣的！」

「一點點小事，你就偏不肯和平了結……」

「氣受不了。」

「什麼受不了，事情既不大，委屈也不大的。」

「日子久著呀！」葛生嫂又氣忿起來，叫著說了。「我們能夠不到那個埠頭去嗎？不到橋西去嗎？不在他的店門口走過嗎？這

次被他欺了，以後樣樣都得被他欺！那埠頭是公的，我們傅家橋人全有份！」

「還不是，大家都有份的！你又不能搬到家裡來，和他爭什麼呢？」

「有份就要爭！不能讓他私占！」

「爭下去有什麼好處呢？」

「沒有好處也要爭的，誰像你這樣不中用！」

「唉，你和華生一樣說不明白……」

「你和華生一樣，就不會被人欺了，我們這一家！」

「算了，算了，你們哪裡明白。唉，我不過看得遠一點，也全是為的華生呵……」

葛生哥說著嘆著氣，咳嗆起來了。他心裡是那樣的苦痛，彷彿鉤子扎著他的心似的。他一片苦心，沒有誰了解他：連他自己的妻子也這樣。

「是命運呵，命運注定了，沒辦法的……」他翕動著嘴唇，暗暗自語著，但沒有清晰地發出聲音。他不想再說什麼了，他知道是沒用的。他只是接連咳嗆著，低著頭弓著背，半天咳不出一口痰來，用手捫著自己的心口。

葛生嫂看見他這樣子，立刻皺起了眉頭，走過去拍著他的背。她的口氣轉軟了：

「有痰就好了，老是咳不出一口痰來……隨你去辦吧，急什麼呢？我是氣不過，才這樣說說的，本來是個女人家哪……你常常勸我們要度量寬些，你做什麼要著急呢……酒冷了，你還是喝兩杯酒

四

吧，解解悶也好⋯⋯做人總要快樂一點才是⋯⋯」

她說著給滿滿的斟了一杯，但同時又痛苦地皺上了眉頭。她知道這酒是有害處的，尤其是對於咳嗽的人，然而葛生哥卻只有這酒才能消遣他心中的苦悶。

葛生哥一提起酒，果然又漸漸把剛才的事情忘記了。他並不會喝酒，以前年青的時候，他可以喝兩斤，帶著微醺的酒意，兩斤半加足了，三斤便要大醉。現在上了年紀，酒量衰退了，最多也喝不上兩斤，一斤是最好的。但為了咳嗽病，不能多喝，又為了酒價貴，也只得少喝了。因此他決定了每餐喝二兩到四兩。平常總是每餐二兩，早晨是不喝的，遇到意外的興奮，這才加到了四兩。他平生除了酒，沒有什麼嗜好。菸草聞了要咳嗽，麻將牌九是根本不懂的。只有酒，少不了，彷彿他的生命似的。好像是因為不敢多喝，不能多喝的緣故，和他的生成了一個不會性急的性格，近來愈加喝得慢了。他總是緩慢地一點一點的啜著，彷彿兩唇才浸到酒裡，酒杯就放下了，然後嘖嘖地用舌頭在兩唇上舐著，愛惜地細嘗那餘味。這應該是不會使他的神經興奮或者痺的，然而不知怎的，他這時卻把什麼事情都忘記了，愉悅得像是在清澈的微波上蕩漾著的小舟。他一天到晚，不是為自己忙碌著，就是為人家忙碌著，沒有一點休息，只有酒一到手，便忘記了時間，成了他的無限止的休息。

他現在又是這樣。外面的風聲已經平靜下來，雨小了，他沒有注意到，這本來是他平常最關心的。每餐吃飯，華生總是坐在他對面，現在華生沒有回來，他也沒有問，沒有想到。孩子們在爭著搶菜吃，一個鬧著，一個哭著，他彷彿沒有看見，沒有聽到。他低著

頭，眼光注視著杯中的酒，眼珠上蒙著一層朦朧的薄膜，像在沉思似的，實際上他什麼也沒有想。除了他的嘴唇和舌頭對於酒的感覺以外，一切都愉悅地休息了。大家都已經吃好了飯，他的大兒子跑到鄰居去玩耍了，兩個小的孩子午睡了，葛生嫂冒著雨到河邊去洗衣服了，他的酒還只喝完一半。平常葛生嫂總要催他好幾次，今天卻只是由他緩慢地喝著。她知道他心裡憂悶，誰也不能安慰他的，除了酒。

但是他今天愈加喝得慢了，也似乎有意的想混過這半天苦惱的時光。一直延長了兩個鐘頭，他才站起來在房中踱著，這時他還保留著喝酒時候的神氣，平常的景物都不能使他注意。半小時後，他於是像從夢中醒來似的重又自動地記起了一切，憂愁痛苦也就接著來了。

他記起了今天晚上必須到鄉長傅青山那裡去。那是傅青山對他當面叮囑的，低聲地不讓華生知道。為什麼要避免華生呢？這個很清楚。當時華生正發著氣。這事情，如果看得小一點，別的人也就可以出來和解，例如阿浩叔，既是長輩，又是保長，而且傅家橋有什麼事情也多是他出來說話的。鄉長出場了，自然當做了大事。這是可憂的。但是葛生哥卻還不覺得完全絕望。一則他過去對傅青山並沒錯，二則剛才要他晚上單獨去似乎正是要他做一個緩衝人，使這事情有轉圜的餘地。傅青山是個很厲害很能幹的人，從這裡可以窺見他的幾分意見。是值得感激的。

今天晚上！這是一個多麼重要的晚上！這是決定華生和他的一生命運的晚上！他將怎樣去見鄉長傅青山呢？他決計不讓華生

四

知道也不讓葛生嫂知道，而且要在天黑了以後去，絕對瞞過他們。
這事情，不管怎樣，他是決計受一點委屈的。他準備著聽鄉長的埋
怨，對阿如老闆去道歉，他不願意華生和人家結下深怨，影響到華
生的未來。他自己原是最肯吃虧的人，有名的「彌陀佛」，老面皮
的，不算什麼丟臉。

「大事化小事，小事化無事……」他喃喃地自言自語著，彷彿
在暗地裡祈禱似的。

他時時不安地往門外望著，看華生有沒有回來，雨有沒有停
止，天有沒有黑下來。他希望華生暫時不要回來，免得知道他往哪
裡去，希望雨不要停止，出門的時候可以撐起一把傘，不給別的人
看見，他希望天早點黑了下來，在華生沒有回來之前和雨還沒有停
止的時候。

「你放心好了，老是在門口望著做什麼，華生總是給他的朋友
拉去勸解了。」葛生嫂這樣勸慰著他，以為他在記掛著華生。

葛生哥笑了一笑，沒做聲。

但等到天色漸漸黑上來，他開始一次又一次的說了：

「我得去找華生回來……我不放心呢。」

「又不是三歲小孩子！」

「我要勸勸他……」

「你勸他有什麼用處呀！他的朋友的話要聽得多了！」

「不，也總要早點回來的，落雨天……」

最後等到天色全黑，他終於撐著一頂紙傘走了，偷偷地，比什
麼時候都走得快。這條路太熟了，幾乎每一塊石板的高低凸凹，他

的腳底都能辨別。

傅家橋彷彿睡熟了。一路上除了淅瀝的雨聲，聽不見什麼。路上沒有其他的人，家家戶戶都關上了門。葛生哥走著，心裡不覺輕鬆起來。空氣特別的新鮮涼爽，他知道真正的秋天的氣候要從此開始了。這是可喜的，夏天已經過去。一年四季，種田的人最怕夏天，因為那時天氣最熱，也最忙碌，而且都是露天的工作。秋天一到，工作便輕鬆，只要常常下點雨，便可以縮著手等待晚稻收割。種田的人靠的誰呢？靠的天……

一所高大的樓房，突然擋住了他的去路，他的兩腳立刻無意識地停了下來。這就是鄉公所了，他一面蓬蓬地敲著大門，一面心跳起來。再過一會，他將站在鄉長的面前，聽他的裁判了。

大門內起了一陣凶殘的狗嗥聲。有人走近門邊叱吒著說：

「什麼人？」

「是我呢，李家大哥。」葛生哥低聲和氣的回答說，他已經聽出了問話的是保衛隊李阿福。

但是李阿福彷彿聽不出他的口音似的，故意恫嚇地扳動著來福槍的機關，大聲罵著說：

「你是誰呀？你媽的！狗也有一個名字！」

葛生哥給呆住了，半晌說不出話來。他是傅家橋有名的好人，沒有誰對他這樣罵過，現在竟在這裡受了侮辱。他感覺到非常的苦惱。

「李家大哥，是我 —— 我傅葛生呀。」過了一會，他只得又提高著喉嚨說。

四

　　裡面的人立刻笑了：

　　「哈哈，我道是那個狗養的，原來是彌陀佛……進來吧。」

　　李阿福說著扳下門閂，只留了剛剛一個人可以擠進的門縫，用手電照了一照葛生哥的面孔，待葛生哥才踏進門限，又的一聲把門關上了，慌忙地，像防誰在葛生哥後面衝了進來似的。隨後他又用手電照著路，把葛生哥引到了廳堂。

　　「你在這裡等一會吧，讓我去報告一聲。」李阿福說著往裡走了進去，把葛生哥丟在漆黑的廳堂裡。傅青山養著的大花狗這時早已停止了嚎叫，它似乎認識葛生哥，走近他身邊搖著尾巴嗅著。

　　過了一會，李阿福出來了。他笑著說：

　　「彌陀佛，鄉長叫你裡面坐，哈哈，你做了上客了呀……」

　　葛生哥不安地疑惑著，跟著李阿福朝裡走了進去。大廳後面是一個院子。兩旁是兩間廂房，正屋裡明晃晃的燃著一盞汽油燈，許多人圍著兩張桌子在劈拍地打麻將。

　　鄉長傅青山戴著黑色眼鏡坐在東邊的桌子上首，斜對著門口，臉色被汽油燈的光照得特別的蒼白。葛生哥一進門，就首先看見了他，在門邊站住了，小心地說著：

　　「鄉長，我來了。」

　　但是傅青山沒有回答，也沒抬起頭望他。

　　「碰！」坐在他上手的人忽然叫了起來。

　　葛生哥仔細一望，卻是阿如老闆，胖胖的，正坐在汽油燈下，出著一臉的油汗，使勁地睜大著眼睛望著桌面，非常焦急的模樣。他的大肚子緊貼著桌子邊，恨不得把桌子推翻了似的。背著門邊坐

著的是孟生校長兼鄉公所的書記，瘦瘦的高個子。另一個坐在傅青山下手的是葛生哥那一帶的第四保保長傅中密，也就是傅家橋濟生堂藥店的老闆，是個黃面孔，中等身材的人。

西邊一桌，斜對著門坐著的是矮小的阿生哥，順茂酒店的老闆。他的上手是餅店老闆，光著頭的阿品哥。背著門坐著的，是寶隆豆腐店老闆朱金章，菊香的父親，留著很長的頭髮和鬍鬚，帶著一點酒氣。阿生哥的下手，正和阿如老闆貼著背的是黑麻子溫覺元，綽號叫做「瘟神黑麻子」，他是鄉公所的事務員。

這些人，平常和葛生哥是都有來往的，一見面就彼此打招呼，但現在卻像沒有一個人看見他，只是低著頭打麻將。葛生哥不覺砰砰地心跳起來了。他感覺得這事情不大妙。全屋子裡都是鬧嚷嚷的，牌聲，叫聲，說話聲，汽油燈燃燒聲，只有葛生哥一個人默著，站在門邊也不敢動。

「阿呀！這事情怎麼辦呀！」傅青山忽然叫著說，摸著一張牌，狡猾地望望桌上，望望其他三個人的面色，「要我放炮了，阿如老闆，哈哈哈……就用這張牌來消你的氣吧 —— 發財！」他說著輕輕把牌送到了阿如老闆的面前。

「碰！」阿如老闆果然急促地大聲叫了起來。

「呵呵，不得了呀！你鄉長拿這張牌來消他的氣，別人怎麼辦呀？」孟生校長聳了一聳肩。「發財全在他那邊了！」

「還要開個花！」阿如老闆說著，把剛摸來的牌劈的往桌上一拍，順手推翻了豎在面前的一排。

「完了，完了！」中密保長推開了自己面前的牌，「這個消氣

四

可消的大了，三翻滿貫！」

「哈哈哈，我是莊家，最吃虧！」傅青山笑著說。

「應該，應該！」阿生哥從隔壁一桌伸過頭來，開玩笑似的說。「這好比做鄉長呀！」

「說得對！說得對！」阿品哥和朱金章一齊和著。

「消我的氣！那還差得遠呀！」阿如老闆沉著面孔說。「我非一刀殺死那狗東西不可……」

「呵，那大可不必！那種人不值得……」傅青山回答說。

「你們也得主張公道！」

「那自然，那自然，我們都說你沒有錯的。來吧，來吧，再來一個滿貫……什麼事都有我在這裡……現在要給你一張中風了……」

「哈哈哈……」大家一齊笑了起來，好幾個人甚至側過面孔望了一望門邊，明明是看見葛生哥的，卻依然裝著沒看見。

葛生哥站在那裡簡直和站在荊棘叢中一樣，受盡了各方面的刺痛，依然不能動彈絲毫。他知道他們那種態度，那種語言和那種笑聲都是故意對他而發的。但是他不能說半句話，也不敢和誰打招呼，他只是靜靜地等待著，又苦惱又可憐。他的心中充滿了懷疑和恐懼，他摸不著一點頭緒，不曉得他們到底是什麼用意。

麻將一副又一副，第四圈完了，傅青山才站起身來，望見了門邊的葛生哥。

「呵，彌陀佛在這裡！」

「是的，鄉長……」葛生哥向裡走了幾步。

「幾時進來的，怎麼沒看見呀！」

「有一會了……」

「哈哈哈，真糊塗，打起牌來。請坐請坐。阿如老闆。」他轉過臉去對著阿如老闆說，「彌陀佛來了，大家談談吧。」

「我要你把他兄弟捉了來！」阿如老闆氣沖沖的說。「我不能放過他，我要他的命！」

「阿如老闆，彌陀佛來了，再好沒有了，別生氣了吧。」阿生哥從那邊站了起來。

「看我葛生面上吧……」葛生哥囁嚅地說。

「你那華生不是東西！哼！他想謀財害命了，我絕不放過他！連你一道，你是他的阿哥！」

「那孩子的確不成材。」阿品哥插了進來，「但彌陀佛可是好人，你不能怪他。」

「誰都知道他是壞人，我是這保保長，很清楚的。」中密保長說。

「我好好對他說，他竟背著扁擔來打我，一直衝進店堂，打毀了我的東西！阿生哥那時親眼目見的，是不是這樣？」

「一點不錯，我可以做證人。但是，阿如老闆，我勸你看彌陀佛面上，高抬貴手吧，那種人是不值得理的呀，是不是呢？」

「咳，這就是沒受教育的緣故了。」孟生校長搖著頭說，「只讀兩三年書呢。」

「學了生意也不會這樣的。」豆腐店老闆朱金章接了上來。

「這種人，多打幾頓就好了！」黑麻子溫覺元說。「他應該拜

你朱金章做師父,哈哈哈⋯⋯」

「我說,彌陀佛,你聽我說。」傅青山點著一支香菸,重又坐了下來。「這事情,不能全歸罪到你了。你懂得嗎?你是他阿哥,你沒教得好!要不是我肚量寬,要不是看你彌陀佛面上,我今天下午就把他捆起來了,你懂得嗎?」傅青山越說越嚴厲激昂起來。

葛生哥愈加恐慌了,不知怎樣才好,只是連聲的回答說:

「是,鄉長⋯⋯」

「這樣的人,在我們傅家橋是個害蟲!我們應該把他攆出去!像他這麼輕的年紀就這樣凶橫,年紀大了還了得!他不好好做工,不好好跟年紀大的人學好,憑著什麼東衝西撞得罪人家呀?一年兩年後,傅家橋的人全給他得罪遍了,他到哪裡去做人?除非去做強盜和叫化子!他從小就是你養大的,現在這個樣子,所以我得怪你!你是個好人,我知道,但你也太糊塗了!這樣的兄弟,豈止丟你的臉,也丟你祖宗的臉,也丟傅家橋人的臉!我現在看你面上放過了他,你以後必須好好的教訓他,再有什麼事情,就要和你算帳了⋯⋯阿如老闆。」他轉過臉去,說,「你也依從我把事情放鬆些吧。為了要消你的氣,我已經放了發財,給你滿貫,我們輸了許多錢,等一會還要請你吃飯呢。依我的話,大家體諒我一番好意,明天彌陀佛到你店堂裡去插上三炷香,一副蠟燭,一副點心,安安財神菩薩,在店門口放二十個大爆仗,四千鞭炮道歉了事!打毀了什麼,自己認個晦氣吧,彌陀佛很窮,是賠不起的⋯⋯」

「鄉長的話句句有理,不能再公平了,真叫人佩服。」阿生哥嘖嘖地稱讚著。

「那自然，否則就輪不到他做鄉長了！」阿品哥和著說。

「現在你們都能依我嗎？」

「謝謝鄉長，我照辦……」葛生哥首先答應了下來。

「咳，我真晦氣，得自己賠償自己了。」阿如老闆假意訴苦說。

「那不用愁，鄉長又會放你一張白牌的！」中密保長笑著說。

大家全笑了。只有葛生哥呆著。

「我的話是大家都聽見的，彌陀佛，你知道嗎？好好的去管束你的兄弟呀……孟生，你打完了牌，把我的話記在簿子上吧，還要寫明保長傅中密，和你們幾個人都在場公斷的。」

葛生哥又像苦惱又像高興，和他們一一打著招呼，低頭走了。

鄉長傅青山站起來望了一會，疲乏地躺倒後面的臥榻上，朝著一副精緻的菸具望著，說：

「阿如老闆，抽幾口菸再打下四圈……來人呀！給我裝起菸來！」

四

五

次日清晨雨停了。河水已經漲了許多。它捲著浮萍在激急地流著。西北角的海口開了閘了。雖然只有那麼久的雨而且已經停息，山上的和田裡的水仍在不息地湧向這條小小的河道。田野裡白亮亮的一片汪洋，青嫩的晚稻彷彿湖中的茭兒菜似的沒了莖，只留著很短的上梢在水面。沿河的田溝在淙淙泊泊的響著。種田的人又有幾天可以休息了。喜悅充滿了他們的心。

華生自從昨天由鄉公所出來後便被阿波哥拉了去，一夜沒有回家。阿波哥是個精明能幹的人，他知道傅青山的陰謀毒計很多，不放心華生在家過夜。他要先看看外面的風勢，硬把華生留下了。他邀了兩個年青人川長和明生，就是頭一天晚上和阿浩叔反對的，隨後又邀了隔壁的秋琴來。她是一個十九歲的姑娘，讀過五六年書，不但在傅家橋的女人中間最開通，就是男人中間也很少有她那樣好的文墨。她比什麼人都能談話，常常看報，知道一些國家大事。她有著一副很大方的相貌，寬闊的額角和寬闊的下巴，大的眼睛，高的鼻子。她的身材也高大豐肥。她的父母已經死了，沒有兄弟姊妹。現在只留著一個七十幾歲但還很強健的祖母。她們倆是相依為命的，不忍分離，因此她還沒有許配人。她父親留下了幾十畝田，現在就靠這維持日子。

他們最先談到華生和阿如老闆的爭吵，都起了深深的憤怒，隨後又談到頭一天晚上和阿浩叔幾個人爭執的事來，隨後又轉到了亡

五

國滅種的事。過去的，現在的，國家大事，家庭瑣事，氣候季節，無所不談，一會兒哈哈笑了起來，一會兒激昂起來，這樣的白天很快過去了，阿波哥就藉著天黑下雨的理由，硬把華生留住了一夜。

但華生的氣雖然消去了一大半，卻一夜翻來覆去的沒有睡得安穩。他想著這樣，想著那樣，尤其是一天不曾看見菊香了，她的影子時刻在他眼前幌動著。

天一亮，他就從床上翻了起來要回家。但阿波哥又硬要他吃了早飯，還到田頭去看了一遍他所種的幾畝田。指手劃腳的說了許多話。華生終於只聽了一半，就跑著走了。

他從橋西那邊跑過來，走過豐泰米店的門口，狠狠地往店堂裡望著，故意遲緩著腳步，向阿如老闆示威似的。但阿如老闆並沒有在那裡，他也一夜沒有回來，這時正在傅青山家裡呼呼睡著。店堂裡只剩著一個學徒和工人。他們一看見華生，就恐慌地避到店堂後去了。

「有一天，燒掉你這店堂……」華生憤怒地暗暗的想，慢慢踏上了橋頭的階級。

橋下的水流得很急，泊泊地大聲響著，這裡那裡轉著漩渦，翻著水泡。隱約地可以看見橋邊有許多尖頭的鳳尾魚。牠們只是很小的魚兒，扁扁的瘦瘦的，不過二三寸長，精力是有限的，但牠們卻只是逆著那急湍的流水勇往地前進著，想鑽過那橋洞。一浪打下去了，翻了幾個身，又努力頂著流水前進著，毫不退縮，毫不休止，永遠和那千百倍的力量搏鬥著，失敗了又前進。牠們的精力全消耗在這裡，牠們的生命也消失在這裡。橋上有好些人正伸著長的釣竿

在引誘牠們一條一條的縶了上來。

「這些蠢東西，明知道鑽不過橋洞去，卻偏要拚命的游著哪！——噴！又給我釣上一條了。」釣魚的人在這樣說著。

但華生卻沒注意到這些，他一路和大家打著招呼，慢慢地往街的東頭走去了。

這街並不長，數起來不過四五十步。兩邊開著的店鋪一共有十幾家：有南貨店，醬油店，布店，菸紙雜貨店，藥店，理髮店，銅器店，鞋店，餅店……中間還夾雜著幾家住家。

街的東頭第三家是寶隆豆腐店，坐南朝北，兩間門面，特別深寬，還留著過去開張時堂皇的痕跡。這時是早晨，買豆腐的人倒也不少。菊香拖著一根長辮子正在櫃檯邊側坐著，一方望著夥計和學徒做買賣，一面和店內外的人打著招呼，有時稍稍談幾句話。

華生遠遠地望見她，就突突地心跳起來，什麼也忘記了，很快的走近了櫃檯邊。

「菊香……」他溫和地叫著。

菊香驚訝地轉過身來，立刻浮上笑容，含情地望著他的眼睛。

「昨天的事情怎麼呀？真把人駭壞了……」她說著像有餘悸似的皺上了眉頭。

「有什麼可怕！十個傅阿如也不在我眼裡……你的爸爸呢？」

「還不是又去打麻將了。」她憂鬱地回答說。「一夜沒回來……請裡面坐吧。」

華生搖了一搖頭，他覺得她父親不在家，反而進去不便了，寧可在外面站著，免得別人疑心。

五

「前天晚上呢？」他釘住了她的眼睛望著，微笑地。

菊香的兩頰立刻通紅了，她低下頭，搓捻著白衣衫上的綠色鈕扣，沉默了一會，然後又微微仰起頭來說：

「那還用問嗎……」隨後她又加上一句，像是說的是她父親，「喝得大醉了呢。」

華生會意地笑了起來。他覺得自己才像是喝醉了酒似的渾身的血液在強烈地激盪著。他看見菊香的眼光裡含著無限的熱情和羞怯。他彷彿聽見了她的心在低聲的對他密語。他幾乎遏制不住自己，要把手伸了過去，把她抱到櫃檯外來，狠狠地吻著她。

但他忽然聽見後面的腳步聲，來了人，立刻又驚醒過來，說：

「昨天的雨真大呵……」

「一直到早晨才停呢……」

「落得真好，田裡的水全滿了……」

「你們又可以休息幾天了。」

「今年的雨水像是不會少的。」

「是秋天了呀……」菊香說，緊蹙著眉頭，顯得很憂鬱的樣子。

華生的臉上掠過了一陣陰影，他的心感到了悵惘。

「嗯，是秋天了呵……」他喃喃地重覆著。

「喂！菊香……」街上忽然有人叫著走了過來。

華生轉過身去，原來是阿英聾子。她穿著一雙露著腳趾的破鞋，叭嗒叭嗒的走得很快。她驚訝地走到華生身邊，睜著一對掛著黃眼屎的風火眼，只是貼近著他望著，對著他的面孔和他的頭髮，

彷彿要從他身上嗅出什麼氣味來似的。

華生不覺笑了起來，站著不做聲，也故意學著她的表情，奇怪地望瞭望她的面孔，她的頭髮和她的衣衫。

阿英聾子睜著眼睛，一直從他的上身望到了兩腳，隨後驚訝地捻了捻他的粗大的手和強健的臂膀，拍拍他的背，大聲的說了：

「你真是個好漢呀！」她伸著一個拇指。「嘭⋯⋯打得真妙！」她舉起兩手，彷彿捧著一個大秤錘似的，用力往街上一揮。

「哈哈哈⋯⋯」店堂內的人全笑了。

她轉過頭去，對著店堂裡的學徒和夥計瞪了一眼，然後又對著華生挺著肚子，再用兩手遠遠的圍了一圍，表示出一個大胖子是阿如老闆。

「碰到你沒有一點用處！」她搖著手，隨後伸著一枚食指對著地上指了一指，「老早鑽到洞裡去了！」她又用兩手抱著頭，望著華生做出害怕的神情，叱嗒叱嗒地踏著兩腳往店堂內逃進去。

「哈哈哈⋯⋯」店堂內的人又全笑了起來。

「神經病！一點也不錯！」一個買豆腐的人說。

華生笑著往裡一跳，立刻抱住了她的臂膀。她笑著叫了起來：

「做什麼呀？我又不是那胖子⋯⋯阿唷唷⋯⋯」

華生指了一指她那雙露著腳趾的又破又溼的鞋子。她會了意，瞪了華生一眼，也望望他的腳。

「我買不起鞋子呀！」

華生做著手勢，叫她脫掉鞋子。

但是她搖了一搖頭，又尖利地叫了起來：

「你是男子呀，可以打赤腳！」

「哈哈哈……五十八歲了，還要分男分女……」

華生笑著用指頭指了她的掛黃眼屎的眼角，又指了指櫃檯內的菊香。

「她是二十歲姑娘呀，自然要打扮漂漂亮亮的！好叫你喜歡她呀！嘻嘻嘻……我老了，有什麼要緊！這是風火眼，一年到頭揩不乾淨的。」

但是她這樣說著，已經拉起前襟，揩去了眼角上的眼屎，一面走近到菊香身邊了。

菊香給她說得通紅著臉，低著頭，不做聲。

「喂菊香……做什麼呀！給我寫封回信呀……」她看見菊香不理她，立刻明白了，扳起了她的頭說，「生什麼氣呵，同你開玩笑的！你姓朱，他姓傅，一個二十，一個二十一，也不壞呀！嘻嘻嘻……」

「該死的聾子！神經病……」菊香在她面前幌了一幌手。隨即貼近她的耳朵，大聲問著，「寫什麼話呀？你說來！」

「謝謝你，謝謝你……」她貼著菊香的耳朵，大聲回答著，彷彿菊香也是聾子一樣。

她從懷裡取出來一個折皺的紅格的信封和信紙，另又一封來信，放在菊香的面前。

「你給她寫吧，華生，我來給你磨墨。」菊香示意地說。

華生這時已跟著阿英聾子走進了店堂，明白菊香的意思，就在帳桌前坐了下來，握著筆。菊香搬了一條凳子給阿英聾子，推著

她，叫她在旁邊坐著，自己就坐在華生的對面給磨起墨來。

「我來磨，我來磨……要你寫嗎？罪過罪過……」阿英聾子感激地說。

菊香沒有把墨交給她，對她搖了一搖頭。隨後把桌上的來信打開，看了一會，交給了華生：

「錢寄到了，怪不得今天這樣喜歡。」接著她提高了喉嚨，「二十元，對不對呀？」

「對的，對的，二十元呀……我兒子寄來的……告訴他收到了。」

「他問你身體好不好呢！」

「好的，非常好，告訴他，我很好呀！聽見嗎……嘻嘻嘻，真是個好兒子呀……」

「他現在到了大連了，在一個洋行裡做事呢！」

「我的天呀！走得好遠！兩天好到了嗎……洋行裡做事體，哈，洋行裡一定是好生意呀！」

「那自然，你要是給他讀了書，一定做買辦呢！」

「那好極了，有買辦好做，就好極了。」

「嘻，聾子，只聽見一半，想他的兒子做買辦了……一個什麼樣的兒子呵……」菊香喃喃地說著。

「還有別的話嗎？」

「沒有了，只叫你收到了錢，寫回信。」

「過年回來嗎？」

「沒有說。」

五

「叫他下次寫信，千萬提明……三年沒回來了，三年了，好回來總要回來呀，你聽見嗎？」

「要提上一筆，叫他下個月再寄錢給你嗎？」

「不必提了，他有錢就會寄來，他都曉得……告訴他，這三年來怎麼連平信也沒有，以後多來幾封吧，兩個月一封總是要來的呀！」

「還有呢？」

「說我很好，叫他冷熱當心呀。」

「這麼大了，二十四歲了，還要她叮囑……還有什麼話嗎？」

「多得很，話多得很……問他年內能不能回來。」

「給你寫上了。」華生擱著筆，仰起頭來說。

「叫他多寫幾封信回來。」

「又來了，這個神經病！—— 還有什麼話嗎？」

「冷熱要當心呀！」

「哈哈，說來說去是這幾句！」

「還有，請你告訴他，我這三年來欠了很多的債，現在都還清了，一共是十二元呀……」

「喂！你真的瘋了嗎，聾子？」華生突然把筆一拍，站了起來，憤怒地對著她的耳朵大聲喊著說。「三年不來信了，你就只欠十二元債嗎？」

「不錯的！一共十二元！」

「就不能告訴他，欠了一百二十元債嗎？」菊香喊著說，「三年不寄一個錢來了呀！」

「嘻嘻嘻，你真不是好人，騙他做什麼呀？害他嚇煞去！」

「你這傻瓜！一個月五元，一年六十元，三年也要一百八十呀！他不寄一個錢來，叫你吃點什麼？吃屎嗎？屎也要錢買的！」華生喊著說。

「你就多報一點虛帳說欠了五十元債吧，叫他趕快寄來！」菊香扯扯她的耳朵。

「不對，不對，只欠十二元呀！」

「你還要吃苦嗎？一個兒子，三年不寄錢來，誰養你這五十八歲的老太婆呀？沒有田，沒有屋子！」

「我自己會賺的，我會給人家做事情……」

「我不管你！就給你寫上欠了五十元債，這已經夠少了，叫他趕快寄錢來！」華生大聲說著，提起筆，預備寫了下去。

但是她立刻扳下面孔，按住了華生的手腕，焦急地叫著說：

「我不要你寫！天呀！我只有這一個兒子！我騙他做什麼呀？叫他急死嗎……」

她焦急得眼淚快落下來了，眼眶裡亮晶晶地閃動著。

華生立刻心軟了，點點頭。

「不寫了，就依你的話，欠了十二元債，現在還有八元。」菊香安慰著她。

「這不是叫他兒子再過兩年寄錢來嗎？咳，真想不通！」華生一面嘆著氣，一面準備依她的話寫了。

但是她又緊緊地按住了華生的手：

「我不要你寫了，你這個人靠不住！菊香給我寫吧，你才是好

人⋯⋯」

「剛才說我不是好人，現在說是好人了。」菊香喃喃地說。

「我要寫！」華生喊著說，「照你的話就是了。」

「不要你寫！不要你寫！」她說著把那張信紙搶了過來給菊香。「告訴他，欠十二元債，現在都還清了。對親生的兒子說謊話是罪過的！我只有這一個兒子，三歲就死了爸爸，我苦守了二十幾年，全為的他呵⋯⋯」她的聲音有點哽咽了。

菊香蹙著眉頭，給她寫了下去，不時紅著眼圈，苦惱地對華生低聲地說：

「這日子也虧她過得⋯⋯我八歲搬到傅家橋來，就看見她給人家礱穀，舂米，洗衣，磨粉⋯⋯，苦惱地把兒子養大到十八歲出門，滿了三年學徒，就應該賺錢來養娘了，那曉得不走正路，這裡做上三天走了，那裡做上四天走了，只愛嫖賭⋯⋯這次寄來二十元錢，真是天良發現了⋯⋯她這幾年來老了許多，只會給人家跑跑腿，這個給她幾個銅板，那個給她一碗剩飯，一件破衣服，一雙舊鞋子⋯⋯腳上這一雙破鞋穿了一年多了，還是男人穿下的，大了許多，腳尖塞著棉花呢⋯⋯虧的有點神經病，一天到晚嘻嘻哈哈的，叫我們就活不下去⋯⋯她雖然窮，給人家買東西從來不賺錢，有時拿錢給她，她還不要，除非連一粒米也沒有了，這才羞慚地拿著跑了，幾天不見面⋯⋯真是太好了⋯⋯」

「所以她窮得這樣，所以要吃苦。」華生咬著嘴唇，忿忿地說，「這世界，只有壞人才有好的日子過，才有好的福享！越老實，越被人家欺！我阿哥就是這樣！他平日要是凶一點，你看吧，

昨天傅阿如就絕不會對我那樣的！」

「寫好了。」菊香擱了筆，大聲說著。「還有別的話嗎？快點說來呀！」

「沒有了，只說冷熱要當心，過年要回來，錢收到了……呵，說我欠了十二元債，現在還清了，是嗎？」

「是的，你放心去吧，不會作弄你的。」

「謝謝你，菊香，你真是個好人，又聰明，又能幹 —— 你曉得嗎？」她拍拍華生的肩膀，翹起一個拇指，「這樣的姑娘，全天下找不到第二個呀……」

於是她又嘻嘻地笑了起來，眼眶裡含著黃亮亮的像是眼淚，也像是眼水的東西，收了信，孩子似的跳著走出了店堂。

但是一到街上，她忽然停住了：

「阿呀呀，我的天呀！」她大聲叫了起來，蹬著腳，往橋西望著。

菊香首先跑到櫃檯邊往那邊望了去。她看見兩個人走進了豐泰米店。前面是葛生哥，低著頭，手中拿著一捆紅紙包的東西，腋下夾著許多紅紅綠綠的東西，像紙爆。

華生遲到櫃檯邊，沒看見葛生哥，只見著中密保長跨進店堂的背影。橋上有幾個人在走動。

「什麼事情大驚小怪的，這聾子！」華生埋怨似的說，「老是這樣！」

「我的天呀！這還了得嗎……」她依然蹬著腳，回過頭來，望著櫃檯內的華生。「那是，做什麼呀……」

五.

「你這傻瓜！」菊香在她面前揮著手，驚慌地站到華生的前面，當住了他的視線，一面驚慌地對著阿英做眼色。

她吃了一驚，了解了，立刻轉了語氣，喊著說：

「阿呀呀，我的天！我做什麼來的呀……把華生要緊事情忘記了，這還了得嗎……」

「什麼？」華生偏開身子。

「你阿哥叫你去，有要緊事情呀……他本來托我來叫你的，我這個神經病，到現在才記起來……」

「真是神經病，大驚小怪的，我道又是什麼大事情了。」華生笑著說。「一夜沒回去，有什麼要緊。」

「真是神經病。」菊香轉過臉來對著華生，「你快點回去看看吧，一夜不回家，葛生哥和葛生嫂自然著急得厲害呢。」

「喂喂，快走呀……」阿英從外面跑了進來，推著華生。「和我一道走呀！我的天！」

「你走吧。」華生立刻把她推開了，「我不走！我還有事情。」

「你來得太久了，華生。」菊香低低地說，做著眼色，「這裡不方便，過一會再來吧……」

華生立刻看見街上有許多人在來往，而且感覺到有些人正睜著驚異的眼對他和菊香望著，便同意了菊香的話，一直走出店堂往東走了。

「快走吧，快走呀！」阿英跟在後面只是催促，不時哈哈地笑著，回頭望望街上。

華生低著頭走著，心裡怪難受的。他在店堂裡許久，沒和菊香

講什麼話，便被迫離開了她。阿英聾子還在後面囉蘇著，使他生氣。倘是別的女人，他便要對付她，但無奈那是她，連生氣也不該。她是一個多麼可憐的，又是多麼善良的女人，他覺得。

「啊啊，快點走吧，我還有別的事呀！」快要走近華生的家，她忽然轉過身，又向著街的那面大踏步跑了，混身搖擺著，慌急地幌著兩手，彷彿小孩子跳著走的姿勢，不時轉過頭來望望華生。

「真是個瘋婆！」華生喃喃地說著，已經到了屋前的空地。

劈劈拍拍，劈劈拍拍……通……兵……

鞭炮和炮竹聲忽然響了。許多人從屋內跑了出來，驚異地向著河邊走了去。

「什麼事呀……」有人在問。

華生沒有留意，一直往自己的家裡走了去。這聲音是他聽慣了的，喜事，喪事，做壽，請菩薩，全是這樣的。

「阿哥！」他叫著。

葛生嫂突然從裡面跑出來了。她驚訝地望了一望華生。

「他到城裡去了……」

「又到城裡去了！不是說在找我嗎？」

「找你嗎……昨晚上就冒著雨到處去找你，沒一點消息。你哪裡去了呀？叫人好不放心！」

「就在阿波哥家裡，有什麼不放心。他叫我做什麼事嗎？」

「他嗎……啊，他說田溝該去關了，去遲了，水會流完，但他沒有工夫，要我去呢，這麼爛的田塍……」

「什麼話！自己的事情不管，又給別人到城裡去了！怎麼要一

五

個女人家到田裡去呀，家裡又有三個小孩！── 我去來！」華生說著從門後取出一把鋤頭，背著走了。

劈劈拍拍……通……乒……

鞭炮聲依然熱烈地響著，間歇地夾雜著炮竹聲。華生往東南的田野走去，漸漸有點注意了。這不像普通的放法。普通是只放三個爆竹千把個鞭炮的，現在卻繼續得這麼久。他轉過頭去，看見傅家橋南邊的兩邊河岸站滿了人，都朝著橋那邊望著。他沒有看見那橋，因為給屋子遮住了。但他估計那聲音和往上飛迸著的火星與紙花，正在傅家橋橋上。這聲音是這樣的不安，連他附近樹林上的鳥兒也給驚駭得只是在他頭上亂飛著。

他漸漸走到自己的田邊。附近靠河處有不少農夫站著或蹲著，在用鋤頭撥泥溝。眼前的田水這時正放流得相當的小了。他也開始用鋤頭崛起溝邊的泥土來，往溝的中間填了去。

「今天的爆仗是頂大的。」忽然有人在附近說著。

「也頂多呀……」另一個人回答著。

華生停了鋤頭，往前面望了去，卻是鄰居立輝，一個枯黃臉色的人。隔著一條田塍蹲著瘦子阿方。

「這已經是第十九個爆仗了。」立輝說著一面鏟著泥土。

「我早就猜想到有二十個。」阿方回答說。

「六千個鞭炮怕是有的。」

「大約五千個。」

華生的呼吸有點緊張了，他彷彿感覺到一種窒息的空氣似的。

「這樣，他的氣可以消了吧……」

「華生可不……」

「噓……」立輝忽然瞥見了華生，急忙地對阿方搖著手。

華生的臉色全青了，全身痙攣地顫慄著，眼睛裡冒出火來。他現在全明白了！

「切！」他舉起鋤頭用著所有的氣力往眼前的田溝邊了下去。整個的鋤頭全陷沒在深土中。

「通……乒！」最後的一個炮竹響了。

華生倒豎著眉毛，緊咬著牙齒，顫慄了一刻，痙攣地往田邊倒了下去……

五.

六

華生突然站起來了，他的手才觸著田溝中的混濁的水泥，上身還未完全倒下的時候，他清醒了。一種堅定的意志使他昂起頭來：

報復！他需要報復！他不能忍受恥辱！

他握住鋤頭的柄，從泥土中拔了出來。他有著那麼樣的大的氣力：只是隨手的一拉，鋤頭的柄就格格地響著，倘若底下是堅固的石頭啃住了他的鋤頭，這鋤頭的柄顯然會被猛烈地折成了兩截。但現在因為是在相當鬆散的潮溼的泥土中，它只帶著大塊的汙泥，從他的身邊跳躍到了他的背後，紛紛地飛迸著泥土到他的身上。

華生沒注意到自己給染成了什麼樣可怕的怪狀，立刻轉過身，提著鋤頭跑了。他忘記了他到這裡來是為的什麼，他沒想到他反而把田溝開得寬了許多，田裡的水更加大量地往河裡湧著出去了。

他要跑到傅家橋橋頭，衝進豐泰米店，一鋤頭結果了阿如老闆！他相信他這時一定在那裡，甚至還得意地驕傲地挺著大肚子在橋上站著。

「這樣更好！」他想，「一鋤頭砍開他那大膿包！」

他的腳步非常的迅速，雖然腳下的田塍又狹窄又泥濘，他卻像在大路上走著的一樣。他的臉色很蒼白，這裡那裡染著黑色的汙泥的斑點，正像剛從戰壕裡爬出來，提著上了刺刀的槍桿往敵人陣線上衝鋒的兵士。他什麼也沒有想，只有一個念頭：報復！

誰判定他放爆竹賠罪的呢？誰答應下來，誰代他履行的呢？

六

這些問題，他不想也明白：是鄉長傅青山，和自己的哥哥葛生。

他絕不願意放過他們。倘若遇見了傅青山，他會截斷他的腿子！就是自己的哥哥，他也會把他打倒在地上。

他忍受不了那恥辱！

「你看，你看……華生氣死了……」站在後面的立輝露著驚疑的臉色望著華生。

「誰也要氣死的！」瘦子阿方在田塍那邊站了起來回答說。

附近許多農夫見華生那樣的神情，也都停止了工作，露著驚異的目光望著他，隨後見他走遠了，便開始喃喃地談論了起來。有些人甚至為好奇心所驅使，遠遠地從背後跟了去。

但是華生一點沒有注意到。他眼前的一切彷彿都沒有存在著似的。他的目光尋找著那個肥胖的，大肚子的，驕傲凶狠的阿如老闆。

「華生……」忽然對面有了人迎了過來，叫著他的名字。

華生仰起頭來，往遠處望去，這才注意出來是阿波哥向他這面跑著。他的神情很驚惶，詫異地望著華生的臉色和衣衫。

「你在做什麼呀，華生！」

「我嗎……關水溝。」華生簡短地回答說，依然向前面跑著。

「站住，華生！」阿波哥攔住了他的路。「我有話對你說！」

華生略略停了一停腳步，冷淡地望了他一眼，一面回答著，一面又走了。

「我有要緊的事情，回頭再說吧。」

「我的話更要緊！」阿波哥說著，握住了他的鋤頭和他的手，

堅決地在他面前擋住了路。

　　華生遲疑了一下，讓步了：

　　「你說吧，我的事情也要緊呢。」

　　「到這邊來。」阿波哥說著牽了華生的手往另一條小路走了去。「你這樣氣忿，為的什麼呢？」

　　「我要結果傅阿如那條狗命！」華生憤怒地說，「你有什麼話，快點說吧……」

　　「噓……低聲些吧……」阿波哥四面望了一望，走到一株大樹下，看見沒有什麼人，站住了。「為的什麼，你這樣不能夠忍耐呢？」

　　「忍耐……你看，二十個大砲仗，五六千個鞭炮已經放過了……這是什麼樣的恥辱……」華生依然激昂地說。

　　「等待著機會吧，華生，不久就來到了……現在這樣的舉動是沒有好結果的……他現在氣勢正旺著……」

　　「那要等到什麼時候呀？」華生憤怒地截斷了他的話，又想走了，「照你的說法，等他氣勢衰了，那時還用我報復嗎？」

　　「你不知道，華生，現在是惹不得的。他和傅青山勾結得很緊，幫助他的人很多，因為大家相信他有錢……哼！你說他有多少錢呢？」

　　「誰管他這些！」

　　「你不知道底細。」阿波哥說著笑了起來。「他從前比我們還窮，是在上海給人家看門的，因為姨太太看上了他，捲了錢一道躲了起來，後來又丟棄了姨太太，把幾萬元錢全吞吃了，才偷偷地回

到家鄉，慢慢造起屋子，開起店鋪來，不曉得走了什麼運，一連幾年，年年賺錢……」

「天沒有眼睛！」華生恨恨地叫著說：「這樣黑心的人，偏偏走狗運……」

「你不要說得太早。」阿波哥繼續著說。「不錯，這也已經很久了，大概到現在有十一二年光景。他從前是很瘦的，有了錢，就肥了，不但飯菜吃得好，一年到頭只是吃補藥。」

「我們天天愁沒有米！」華生倒豎著眉毛。

「但這樣的日子怕也不久了。他倒下來比誰都快，比誰都窮，那時會遠不如我們呢，你看著吧，華生……前兩年傳說他有八萬家產，但是你曉得他現在有多少嗎……這幾年來生意虧本，又加上愛賭愛弄女人，吃好穿得好 —— 我剛才聽見的消息，他負著十二萬的債呢……」

「這是謠言。」華生搖著頭說，但他心裡卻也相當的高興。「我不相信他有這許多錢，也不相信他負著這許多債。」

「那不是謠言。」阿波哥堅決地說。「不管他有多少錢，生意虧本是可以看得出來的，這傳家橋有多少人到他那裡去籴米的呢？有穀子的人家不會到他那裡去籴米，籴米吃的人都嫌他升子小，又不肯賒帳，寧可多跑一點路到四鄉鎮去，南貨愈加不用說了，四鄉鎮的和城裡的好得多，便宜得多了。吃得好穿得好，愛弄女人，是大家曉得的。說到賭，你才不曉得呢！據說有一次和傅青山一些人打牌九，輸了又輸，脾氣上來了，索性把自己面前放著的一二百元連桌子一齊推翻了。傅青山那東西最奸刁，牌九麻將裡的花樣最

多……你不相信嗎？俗語說：『坐吃山空，』這還是坐著吃吃的。他只有這一點家產，哪裡經得起這樣的浪用呀？」

「那也好。」華生冷淡地說，心裡卻感到痛快。「要不然，他還要了不起哩。」

「可不是。」阿波哥笑著說，「所以我勸你忍耐些，眼睛睜得大一點望著他倒下去……現在傅青山那些人和他勾得緊緊的，惹了他會牽動許多人的，你只有吃虧……」

「傅青山是什麼東西！我怕他嗎？」華生又氣了。「吃虧不吃虧，我不管！我先砍他一鋤頭。」

「不是這樣說的，你這樣辦，只能出得眼前的氣。尤其是阿如老闆，即使你一鋤頭結果他，反而便宜了他。過了不久，他活著比死了還難受。有一天倒了下來，傅青山那些人就不再理他。你為什麼不等待那時來報復呢？你聽我的話吧，華生，慢慢的來，我不會叫你失望。你應該讓他慢慢的死，吃盡了苦；那才痛快呀。」阿波哥說著又笑了起來，習慣地摸著兩頰的鬍髭。

華生沉默了，阿波哥的想法是聰明的，而且是惡毒的，對於他的仇人，這比他自己的想法高明的多了。

「讓他慢慢的死！」

華生想到這句話，不覺眉飛色舞起來。他彷彿已經看見了阿如老闆像一隻關在鐵絲籠裡的老鼠，尾巴上，腳上，耳朵上，一顆一顆地給釘下了尖利的釘子，還被人用火紅的鉗子輕輕地在牠的毛上，皮上燙著，吱吱地叫著，活不得又死不得，渾身發著抖。

「你的話不錯，阿波哥！」華生忽然叫了起來，活潑地歡喜地

六

望著他，隨後又丟下了鋤頭，走過去熱烈地握住了他的手。

「是呀，你是一個聰明的人。」阿波哥歡喜地說。「現在時候還沒有到，你一定要忍耐。」

「我能夠！」華生用確定的聲音回答說。

「那就再好沒有了，我們現在走吧，到你家裡去坐一會……呵，那邊有許多人望著我們呢。」阿波哥說著，往四面望了一望，「你最好裝一點笑臉。」

華生從沉思中清醒了過來，才明白自己在什麼地方，轉過身，往前面望去，果然遠遠地站著許多背著鋤頭的人在田間注意地望著他們。

「你要心平氣和。」阿波哥在前面走著，低聲地說，「最好把剛才的事情忘記了……那原來也不要緊，是你阿哥給你放的，又不是你自己。丟臉的是你阿哥，不關你的事。呵，你看，你們屋前也有許多人望著我們呢。」

華生往那邊望了去，看見不少的男人中間夾雜著許多的女人，很驚異地對他望著，有些女人還交頭接耳的在談話。

「記住我的話，華生。」阿波哥像不放心似的重複地說著，「要忍耐，要忘記，要心平氣和。有些人是不可靠的，不要把你剛才的念頭給人家知道了，會去報告阿如老闆呢。」

「這個，我不怕。」華生大聲說，又生氣了。

「不，你輕聲些吧，要做什麼事，都得祕密些，不要太坦白了……」阿波哥回轉頭來，低聲地說。「要看得遠，站得穩，不是怕不怕，是要行得通……呵，你看……你現在不相信我的話嗎？我

敢同你打賭，今年雨水一定多的，年成倒不壞⋯⋯」

阿波哥一面走著，一面摸著自己的鬍髭，遠遠地和路旁的人點點頭，故意和華生談著別的話。

「我們總算透一口氣了。」他只是不息地說著，「只要一點鐘雨，這地上就不曉得有幾萬萬種田人可以快活兩三天，種田人靠的是天，一點也不錯，天旱了，真要命，苦死了也沒飯吃⋯⋯第二還要太平，即使年成好，一打仗就完了⋯⋯像這幾年來，天災人禍接連起來，真是非亡國滅種不可了⋯⋯」

一路上注意著他們的人，聽見他這樣說著走了過去，一時摸不著頭腦，只是露著驚訝的疑問的眼光。

華生提著鋤頭，在後面走著，他不大和人家打招呼，只是昂著頭像沒有看見別人似的，時或無意地哼著「嗯，是呀。」回答著阿波哥。他的臉色也真的微微地露出了一點笑容，因為他想到了不久以後的阿如老闆，心裡就痛快得很。

不久以後，阿如老闆將是什麼樣子，他是可以想像得到的：店封了，屋子封了，大家對他吐著涎沫，辱罵著，鞭打著，從這裡拖到那裡，從那裡拖到這裡，叫他拜，叫他跪，叫他哭，叫他笑，讓他睡在陰溝裡，讓他吃屎和泥，撒尿在他的頭，撒灰在他的眼睛裡，拿針去刺他，用剪刀去剪他⋯⋯於是他拿著鋤頭輕輕地慢慢地在他的鼓似的大肚子上耙著，鏟著，刮去了一些毛，一層皮，一些肉，並不一直剮出腸子來，他要讓他慢慢的慢慢的死去，就用著這一柄鋤頭 —— 現在手裡拿著的！

這到底痛快得多了，叫他慢慢的死，叫他活不得死不得，喊著

六

天喊著地，叫著爸叫著媽，一天到晚哀求著，呻吟著。

那時他將笑嘻嘻地對他說：

「埠頭是你的，你拿去吧！」

而且，他還準備對他賠罪呢：買一千個大砲竹，十萬個小鞭炮，劈劈拍拍，劈劈拍拍，通乓通乓的從早響到晚。他走過去譏笑地說：

「恭喜你，恭喜你，阿如老闆……」

於是華生笑了。他是這樣的歡喜，幾乎忘記了腳下狹窄的路，往田中踩了下去。

「哈哈哈……」他忽然聽見後面有人笑了起來，接著低聲地說：「他好像還不知道呢，放了這許多炮仗和鞭炮……」

「一定還睡在鼓裡，所以這樣的快樂……」另一個人說。

華生回過頭去，看見田裡站著兩個人，正在交頭接耳的說話，一面詫異地望著他，那是永福和長福兩兄弟，中年人，一樣地生著一副細小的眼睛，他們看見華生轉過頭去了，故意對他撇一撇嘴，仰起頭來，像不屑看到他的面孔似的，斜著自己的眼光往半空中望了去。

華生立刻轉過頭，繼續往前走了。他的腳步無意地加速了起來。

他感覺到很不快活。永福和長福的態度使他很懷疑。他覺得他們的話裡含著譏笑，他們像看不起他似的，那神情。

為的什麼呢？在他們看起來，這放炮賠罪的事情顯然是丟臉的。誰錯誰是呢，華生和阿如老闆？他們也許知道，也許不知道，

但總之，誰賠罪了，就是誰錯的，他們一定在這樣的想。或者，他們明知道華生是對的，因為他這樣容易屈服，就此看不起他了。

華生的心開始不安起來。他感覺到眼前的空氣很滯重，呼吸急促而且鬱悶。他彷彿聽見永福和長福還在後面喃喃地說著：

「你這不中用的青年……」

他看見一路上的人對他射著尖利的眼光，都像在譏笑他似的。他羞慚地低著頭，不敢再仰起頭來，急速地移動著腳步，想趕快走進自己的屋內去。

但阿波哥卻在前面擋著。只是緩慢地泰然地走著，不時用手摸摸自己的面頰，繼續地說著閒話，不理會華生有沒有回答：

「你看吧，我們種田的人是最最苦的，要淋雨，要晒太陽，不管怎樣冷怎樣熱都得在外面工作，沒有氣力是不行的，要挑要背要抬，年成即使好，也還要愁沒有飯吃……有錢有田的人真舒服，穀子一割進一晒乾，就背著秤來收租了。我們辛辛苦苦地一手種大的穀子，就給他們一袋一袋的挑了走，還要嫌穀子不好，沒扇得乾淨，沒晒得燥，秤桿翹得壁直的……有一天，大家都不種田了，看他們吃什麼……有錢的人全是吃得胖胖的，養得白嫩嫩的，辛苦不得……你說他們有錢，會到外地去買嗎？這是不錯的。但倘若外地的人也不種田了又怎樣呀……老實說起來，這世界上的人能夠活下去，都是我們種田的功勞呢……」

華生又不安又不耐煩，沒有心思去仔細聽他的話，他心裡只是想著：

現在就報復還是等到將來呢？

六

　　他知道阿波哥的勸告是對的，但他同時又懷疑了起來，看見別人對他不滿意的態度。不，這簡直是恥辱之上又加上了恥辱，放炮賠罪以後還得屈服，還得忍耐，還得忍受大家的譏笑！所謂將來！到底是那一天呢？他這忍耐有個完結的日子嗎？在這期間，他將怎樣做人呢？

　　「放過炮賠過罪呢……」

　　他彷彿又聽見了路旁的人在這樣的訕笑他。不錯，這樣大聲地說著的人是很少的，大多數的人都沉默著。但是，他們的沉默的心裡又在想些什麼呢？他們沉默的眼光裡又說著什麼呢？無疑的，他們也至少記住了這一件事情：

　　「放過炮賠過罪……」

　　他們絕不會忘記，除非華生有過報復，或者，華生竟早點死了。

　　華生這樣想著，猛烈的火焰又在他心中燃燒起來了。他兩手顫慄地搖著鋤頭，幾乎克服不住自己，又想一直衝到橋西豐泰米店去，倘若不是阿波哥在前面礙著路。

　　「阿波哥到底是個精明的人。」華生又這樣想了。「他的年紀比我大，閱歷比我多，他的意見一定是對的，況且他對我又極其真心……」

　　「你要忍耐，華生，你要忍耐……」

　　阿波哥剛才三番四次的叮囑他，他現在似乎又聽見他在這樣說了。

　　「那是對的，我得忍耐，一定忍耐。」華生心中回答著，又露

著笑臉往前走了。

　　他們已經到了屋前的空地上。約有十來個人站在那裡注意地望著他們。葛生嫂露著非常焦急的神情，迎了上來，高聲叫著說：

　　「華生，快到裡面去坐呀。」隨後她似乎放了心，露出笑臉來，感激地對阿波哥說：「進去喝一杯茶吧，阿波哥。」

　　「好的，謝謝你，葛生嫂。」阿波哥說著從人群中泰然走了過去。

　　華生低著頭在後面跟著，他的面孔微微地發紅了。他覺得大家的目光都集中在他的身上，似乎很驚訝。他還聽見幾個女人在背後低聲地切切談著。談的什麼呢？自然是關於他的事情了。他雖然沒回過頭來，但他感覺得出後面有人在對他做臉色，在用手指指著他。

　　他們對他怎樣批評的呢，這些最貼近的鄰居們？華生不相信他們對他會有什麼好批評。他們絕對不會想到他存著更惡毒的報復的念頭在心底裡的，對於阿如老闆。他們一定以為他屈服了。雖然他們明白這是阿波哥勸下來的，但總之華生屈服了，是事實，要不然，為什麼不跑到橋西去找阿如老闆呢？或者至少不大聲的罵著，竟這樣默默無言的連臉上也沒有一點憤怒的表情呢？

　　「沒有血氣！」

　　他彷彿聽見人家在這樣的批評他。他覺得他的血沸騰了，頭昏沉沉的，兩腳跟蹌地走進了破爛頹圮的弄堂，腳下的瓦礫是那樣的不平坦，踏下去嘰嘰喳喳地響了起來，腳底溜滑著，他的頭幾乎碰著了那些支撐著牆壁的柱子。

六

「走好呀，華生！」葛生嫂在他後面叫著說，皺著眉頭。他懂得華生的脾氣，看見他現在這種面色和神情，知道他心裡正苦惱著。她想拿什麼話來安慰他，但一時不曉得怎樣說起。

華生知道她在後面跟著，但沒有理睬她。他想到了她早上慌慌張張的那種神情，他現在才明白了是她的一種計策。她要他到田裡去，顯然是調開他。葛生哥預備去放炮賠罪，她自然早已知道了的。

「你阿哥到城裡去了。」他記得她當時是這樣對他說的。

但是阿英聾子怎麼說的呢？她說是他哥哥要他回家去，有話要和他說的。這顯然連阿英聾子也早已知道了這事情，是在一致哄騙著他的。

哦，他甚至記起了他在菊香店堂裡阿英聾子的這種突然改變了口氣的神情了，那也是慌慌張張的，在菊香也有一點。她們那時已經知道了嗎？

華生記起來了，他那時是親眼看見保長傅中密往豐泰米店裡進去的。不用說，這問題有他夾雜在內。

「哼！傅中密……」華生一想到他就暗暗地憤怒了起來。

「坐呀，阿波哥──你怎麼了，華生請阿波哥坐呀！」葛生嫂這樣叫著，華生從沉思中清醒過來，知道已經進了自己的屋內了。

「阿波哥又不是生客。」他不快活地回答著，放下鋤頭，首先在床上坐下了。

阿波哥微笑地點了一點頭，在華生身邊坐下，和氣地問葛生嫂說：

「你的幾個孩子都好嗎？」

「真討厭死了！」葛生嫂縐著眉頭回答說，「這個哭那個鬧，一天到晚就只夠侍候他們，現在兩個大的都出去了，小的也給隔壁阿梅姑抱了去，房子裡才覺得太平了許多。」

「你福氣真好，兩男一女……」阿波哥說著又習慣地摸起面頰上的鬍髭來。

「還說福氣好，真受罪呢……氣也受得夠了，一個一個都不聽話……」

「我女人想孩子老是想不到，才可憐呢，哈哈……」

「都是這樣的，沒有孩子想孩子，有了孩子才曉得苦了。這個要穿，那個要吃，阿波哥，像我們這種窮人拿什麼來養活孩子呢？」她說著到廚房去了。

「年頭也真壞，吃飯真不容易……」阿波哥喃喃地憂鬱地說，隨後他轉過頭去對著華生：「你阿哥支撐著這一家頗不容易哩，華生，你得原諒他，有些事情，在他是不得不委曲求全的……譬如剛才……」

「都是他自討苦吃，我管他！」華生一提到他阿哥又生了氣。「他沒用，還要連累我。」

「他是一個好人，華生，剛才的事情也無非為了你著想的……」

「阿波哥說得是。」葛生嫂端著兩杯茶走了出來，聽見阿波哥的話，插了進來說，「沒用也真沒用……這事情，依我的脾氣也不肯休的……但是，阿波哥，他也一番好心呢。我昨天夜裡一聽見他

101

六

　　要這麼辦，幾乎發瘋了，同他吵到十二點……『為了華生呀！』他這樣的說著，眼淚汪汪的。我想了又想，也只好同意了。」葛生嫂說著眼角潤溼起來，轉過去對著華生：「你要怪他，不如怪我吧，我至少可以早點通知你阻止他的……」

　　「哪裡的話，葛生嫂，華生明白的……」

　　華生低下頭沉默了。他心裡感覺到一陣淒楚，憤怒的火立刻熄滅了。他想到了他的阿哥。

　　為了他！那是真的。他阿哥對他夠好了，這十年來。倘若不是親兄弟，他阿哥會對他這樣好嗎？那是不容猶豫的可以回答說：「是的。」他做人，或者是他的心，幾乎全是為的別人，他自己彷彿是並不存在著的。

　　剛才的事情，華生能夠怪他嗎？除了怪他太老實以外，是沒有什麼可怪的，而這太老實，也就是為的華生呀。

　　華生想到這裡，幾乎哭出來了。他阿哥雖然太老實，這樣的事情，未見得是願意做的。那是多麼的委曲，多麼的丟臉，誰也不能忍受的恥辱，而他的阿哥卻為了他低頭下氣的去忍受了。他的心裡是怎樣的痛苦呢……

　　「媽媽！」這時外面忽然有孩子的尖利的聲音叫了起來，接著一陣急促的腳步響。葛生嫂的大兒子阿城跑進了，帶著一陣火藥的氣息。

　　「媽媽——叔叔！」他笑嘻嘻地手中握著一截很大的開花過了的大砲竹，衣袋裝滿了鞭炮，「你們怎麼……」

　　「過來！」葛生嫂瞥見他手中的炮竹，驚駭地把他拖了過去。

「叫波叔叔！」

「波叔叔……」他緩慢地說著，睜著一對驚異的大眼睛。

「阿才呢？」葛生嫂立刻問他，想阻止他說話。

但是他好像沒有聽見似的，溜了開去，奔到華生的面前，得意地幌著那個大砲竹，叫著說：

「叔叔！你怎麼不出去呀……爸爸放炮仗，真有趣呵！喏，喏，我還檢了這許多鞭炮呀……」他挺著肚子，拍拍自己的口袋。

「該死的東西！」葛生嫂連忙又一把拖住了他，「滾出去！」

「真多呀，看的人！街上擠滿了……」

「我揍死你，不把阿弟叫回來……」葛生嫂立刻把他推到了門外，拍的把門關上了。

華生已經滿臉蒼白，痙攣地斜靠在阿波哥的身上。剛才平靜了的心現在又給他侄兒的話擾亂了。那簡直是和針一樣的鋒利，刺著他的心。

葛生嫂駭住了，一時說不出話來。阿波哥拍拍華生的肩膀，叫著說：

「華生！你忘記我的話了嗎？有一天會來到的！忍耐些吧，阿如老闆自有倒楣的一天的！」

「是呀，阿波哥說的是呀！」葛生嫂連忙接了上來，「惡人自有惡人磨的，華生……天有眼睛的呵……」

她說完這話仍低聲地喃喃地翕動著嘴唇，像在祈禱像在咒詛似的，焦急得額角上流出汗來，快要落淚了。

「這是小事，華生。」阿波哥喊著說，「忘記了你是個男子漢

六

嗎？」

華生突然把頭抬起來了。

「不錯，阿波哥。」他用著堅決的聲音回答說。「我是個男子漢。我依你的話。」

他不覺微笑了。他終於克服了自己，而且感覺到心裡很輕鬆。

葛生嫂的心裡像除去了一塊沉重的石頭，跟著微笑起來。阿波哥得意地摸著自己的鬍髭，也露著一點笑意。

「回來了嗎？」這時忽然有人推開門走了進來。「真把我氣……」

葛生嫂立刻沉下了臉，用著眼光釘住了進來的阿英聾子。阿英聾子瞥見華生坐在床上，連忙把底下的話止住了。

「他知道了嗎？」她貼著葛生嫂的耳朵，較輕的問，但那聲音卻仍很高。

葛生嫂點了點頭。阿英聾子轉過身來，張大著眼睛，側著頭，疑問地望著華生。

華生看見她那種古怪的神情，又笑了。

「了不起，了不起！」她接連的點著頭，伸出一枚大拇指來，向華生走了過去，隨後像老學究做文章似的搖擺著頭，挺起肚子，用手拍了幾拍，大聲的說：「度量要大呀，華生，留在心裡，做一次發作！—— 打蛇打在七寸裡，你知道的呀！嘻，嘻，嘻……」

「這個人，心裡不糊塗。」阿波哥高興地說，「你說是嗎，華生？」

「並且是個極其慈愛的人呢。」華生回答說。接著他站起身

來，向著她的耳邊伸過頭去，喊著說，「曉得了！我依你的話！謝謝你呵！」

「嘻嘻嘻……」她非常歡喜的笑了，露著一副汙黑的牙齒，彎下了腰，兩手拍著自己的膝蓋。「這有什麼可謝嗎？你自己就是個了不起的人，極頂聰明的呀……我是個……人家說我是瘋婆子呢……」

「不是的，不是的。」大家回答著，一齊笑了起來。

這時沉重的緩慢的腳步響了，葛生哥從外面走了進來，大家立刻中止了笑聲，眼光集中在他一個人身上。

他顯得非常的可憐：駝著背，低著頭，緊皺著眉頭，眼光往地上望著，張著嘴急促地透著氣，一路咳嗆著，被太陽晒得棕黃的臉色上面露著許多青筋，上面又蓋上了一些灰塵，一身火藥的氣息，背上還黏著許多炮竹的細屑。

他沒有和誰打招呼，沉默地走到長方桌子前的板凳旁坐了下去，一手支著前額，一手扳著桌子的邊，接連地咳嗆了許久。

「你怎麼呀？快點喝杯熱茶吧！」葛生嫂焦急地跑到廚房去。

阿英聾子苦惱地皺著眉，張著嘴，連連搖著頭，用手指指著葛生哥，像不忍再看似的，輕手輕腳地跑出去了。

阿波哥沉默著，摸著鬍髭。華生抑制著心中的痛苦，裝出冷淡的神情，微皺著眉頭望著他的阿哥。

「阿波哥在這裡呀。」葛生嫂端進一碗粗飯碗的熱茶來，放在桌子上，看見他咳嗽得好了一些，低低地說。

葛生哥勉強止住嗽，抬起頭來，望瞭望阿波哥，轉了身，眼光

觸到華生就低下了。

「你好，阿波弟……」他說著又咳了一陣。

阿波哥也欠欠身，回答說：

「你好，葛生哥……你這咳嗽病好像很久了。」

「三年了。」

「吃過什麼藥嗎？」

葛生哥搖了搖頭，皺著眉頭說：

「吃不好的，阿波弟，你知道……我是把苦楚往肚裡吞的……」他苦惱地嘆了一口氣，沉默了。

華生不覺一陣心酸，眼睛裡貯滿了眼淚，站起身，走進隔壁自己的臥房，倒下床上，低聲地抽噎起來。

七

天氣突然熱了。幾天來沒有雨也沒有一點風。最輕漾的垂柳的葉子沉重地垂著，連輕微的顫動也停止了下來。空氣像凝固了似的，使人窒息。太陽非常的逼人，它的細微的尖利的針一直刺進了人的皮膚的深處，毒辣辣地又痛又癢，連心也想挖了出來。天上沒有一片雲翳。路上的石版火一般的燙。晚上和白天一樣的熱。

「啊噓，啊噓……」

到處有人在這樣的叫著和著那一刻不停的像要振破翅膀的蟬兒的叫聲。雖然搖著扇子，汗滴仍像沸水壺蓋上的水蒸氣似的蒸發著。

「是秋熱呵……」大家都這樣說，「夏熱不算熱，秋熱熱死人呵。」

但是過了幾天，一種恐怖來到了人間。大家相信大旱的日子到了。

「天要罰人了！」

不曉得是誰求到了這樣的預言，於是立刻傳遍了家家戶戶，到處都恐懼地顫慄了起來。

河水漸漸淺了，從檐口接下來貯藏在缸裡的雨水一天一天少了下去，大家都捨不得用，到河裡去挑了。每天清早或夜晚，河旁埠頭上就擠滿了水桶。但這究竟是有限的。從河裡大最地汲去的是一片平原上的稻田。碧綠的晚稻正在長著，它們像需要空氣似的需要

水的灌溉。

　　轆轆的水車聲響徹了平原。這裡那裡前後相接隔河相對的擺滿了水車，彷彿是隔著一條戰壕，密集地架起了大砲，機關槍和步槍的兩個陣線。一路望去，最多的是單人水車，那是黑色的，輕快的，最小的。一頭支在裡河，一頭攔在河岸上。農人用兩支五六尺長的桿子鉤著軸轤，迅快地一伸一縮的把河水汲了上來。其次是較大的腳踏水車。岸上支著一個鐵槓似的架上，兩三個農人手扶在橫桿上，一上一下地用腳踏著水車上左右斜對著的丁字形木板，這種水車多半是紅的顏色，特別的觸目。最後是支著圓頂的半截草篷或一無遮攔的牛拖的水車。岸上按置著蓋子似的圓形的車盤，機器似的鉤著另一個豎立著的小齒輪。牛兒戴著眼罩，拖著大車盤走著。伸在河邊的車子多半是紅色的，偶而也有些黑色。

　　各村莊的農夫全部出動了。他們裸著臂膊，穿著短褲，打著赤腳，有些人甚至連笠帽也沒戴，在烈日下工作著。一些婦女和小孩也參加了起來。力氣較大的坐在凳上獨自拉著一部水車，較小的分拉著手車，或蹲在地上扳動著腳踏的板子，或趕著牛兒，或送茶水和飯菜。

　　工作正是忙碌的時候。一部分的農夫把水汲到田裡來，一部分的農夫在田裡踩踏著早稻的根株，有的握著丈餘長的田耙的桿，已經開始在耙禾邊的莠草了。

　　雖然是辛苦的工作，甚至有時深夜裡還可以聽見轆轆的車水聲，但平原上仍洋溢笑語和歌唱聲和那或輕或重或快或慢的有節拍的水車聲遠近呼應著，成了一個極大的和奏。

岸上淙淙泊泊地落下來混濁的流水，一直湧進稻田的深處，禾稈欣喜地微微搖擺著，迅速地在暗中長大了起來。農夫們慈母似的飼育著它們，愛撫著它們，見著它們長高了一分一寸，便多了一分一寸的歡樂和安慰，忘記了自己的生命的力就在這辛苦的撫育間加倍地迅速地衰退了下去——

　　而且，他們還暫時忘記了那站在眼前的高舉著大刀行將切斷他們生命的可怕的巨物。

　　「不會的。」有時他們記起了，便這樣的自己哄騙著自己。「河裡的水還有一個月半個月可以維持呢。」

　　但是河裡的水卻意外迅速地減少了起來，整個的河塘露出來了。有些淺一點的地方，可以站在岸上清澈地看見那中央的河床以及活潑地成群結隊的游魚。

　　本來是一到秋天很少有人敢在水中游泳的，現在又給魚兒引起了願望。一班年青的人和別種清閒的職業的人倡議要「捉大陣」了。這是每年夏際的慣例，今年因為雨水多河水大，一直擱了下來，大家的網兒是早已預備好了的。

　　這七八年來，傅家橋自從有了村長，由村長改了鄉長，又由鄉長設了鄉公所增添了書記和事務員以來，地方上一切重大的公眾事業和其他盛會都須由鄉長為頭才能主辦。只有這「捉大陣」，因為參加的人都是些卑微的人物，除了快樂一陣捉幾條魚飽飽個人的口福以外，沒有經濟的條件，所以還保持著過去的習慣，不受鄉長的拘束，由一二個善於游泳的人做首領。

　　傅家橋很有幾個捕海魚為業的人，歷來是由他們為頭的。他們

七

召集了十個最會游水的人組成了一個團體，隨後來公攤他們的獲得。

華生在傅家橋是以游泳出名的，他被邀請加入了那團體。而且因為他最年青最有精力，便占了第三名重要的地位。

華生非常高興的接受了。雖然田裡的工作更要緊，他寧可暫時丟棄了，去參加那最有興趣的捕魚。葛生哥很不容易獨立支撐著田裡的工作，但為了這種盛舉一年只有一度，前後最多是五天，就同意了華生的參加。

於是一天下午，傅家橋鼎沸了。他們指定的路線是從傅家橋的東北角上，華生的屋前下水，向西北走經過傅家橋的橋下，彎彎曲曲地到了丁字村折向西，和另一個由西北方面來的周家橋的隊伍會合在朱家村的面前。從開始到頂點，一共占了五里多的水路。

傅家橋有四五十個人參加這隊伍。大家都只穿了一條短褲，背上掛著魚簍，背著各色各樣的大大小小的網走了出來，一些十二歲以內的孩子甚至脫得赤裸裸的也準備下水了。兩岸上站滿了男女老少看熱鬧的人。連最忙碌的農夫們也時時停頓著工作，欣羨地往河裡望著。

河裡的隊伍最先是兩個沿著兩岸走著的不善游泳，卻有很大的氣力的人。他們並不親自動手捕魚，只是靜靜地緩慢地拖著一條沉重的繩索走著。繩子底下繫滿了洋鈿那麼大小的穿孔的光滑的圓石。它們沿著河床滾了過去，河底的魚驚慌地鑽入了河泥中，水面上便浮起了珠子似的細泡。這時靜靜地在後面遊行著的兩個重要的人物便辨別著水泡的性質，往河底鑽了下去，捉住了那裡的魚兒。他們不拿一頂網，只背著一個魚簍。他們能在水底裡望見一切東

西，能在那裡停留很久。

　　他們後面一排是三頂很大的方網，華生占著中間的地位，正當河道最深的所在。他們隨時把網放到河底，用腳踏著網，觸知是否有魚在網下。河道較深的地方，華生須把頭沒入水中踩踏著，隨後當他發現了網下有魚，就一直鑽了下去。他們後面也是相同的三頂方網，但比較小些。這十個人是合夥的，成了一個利益均攤的團體。在他們後面和左右跟著各種大小的網兒，是單獨地參加的。

　　第一二排捉的是清水魚，魚兒最大也最活潑不易到手。他們走過後，河水給攪渾了，魚兒受了過分的恐慌，越到後面越昏呆起來，也就容易到手。牠們起初拍拍地在水面上跳躍著，隨後受了傷，失了知覺，翻著眼白出現在河灘上，給一些小孩們捉住了。

　　「啊唷！——一條河鯽魚！」小孩子們叫著搶著。

　　「看呀，看呀！我有一條鯉魚哪！」

　　「呵呵，呵呵，三斤重呢！」

　　「哈哈哈哈……」

　　岸上和水面充滿了笑聲和叫喊聲。水面的隊伍往前移動著，岸上的觀眾也跟著走了去。最引人注目的是前面的兩排，一會兒捉到了一個甲魚，一條鯽魚，一條大鯉魚。頭一排的兩個人忽然從這裡不見了，出現在那裡，忽然從那裡不見了，出現在這裡，水獺似的又活潑又迅速，沒有一次空手的出來。第二排中間，華生的成績最好。他生龍活虎似的高舉著水淋淋的大網往前游了幾步，霍然把牠按下水面，用著全力，頭往下腳朝天迅速地把牠壓落到河底，就不再浮起身來，用腳踏著用手摸著網底。

七

「這是一種新法！」觀眾叫著說。「這樣快，怎樣也逃不脫的！」

隨後看見他捧著一條大鯉魚出來，觀眾又驚異地叫了：

「可不是！好大的鯉魚！碰到別人，須得兩個人槓起來呀！」

但最使人驚異的卻是他的網同時浮起來了：他已經用腳鉤起了牠，毫不費勁地。

「阿全哥的眼光真不壞，派華生當住第二排的中路！」許多人都嘖嘖稱羨著，「沒有一條魚能在他的腳下滑過去！」

「別人下一次網，他已經要下第三次的網了！」有人回答著。

「周家橋就沒有這樣的人！」另一個人說。

「唔，那個抵得上他！真是以一當百。」

「阿全哥年紀輕時，怕也不過這樣吧？」

「他的本領比華生高，因為他是在海裡捕魚的。你看他現在年紀雖然大了，在第一排上還是很老練的。但他從來是按步就班的，可沒有華生這樣的活潑。」

「哈哈，你這樣喜歡他，就給他做個媒吧……」

「可惜我也姓傅，要不然，我老早把我的女兒嫁給他了。」

「哈哈哈哈，說得妙，說得妙……你看，他又捉到一條大鯉魚了……」

但在這歡樂的觀眾中，菊香比任何人都歡樂。她的眼光遠遠地望著華生，沒有一刻離開過他。她最先很給華生擔心，看見他整個的身體沒入了水中，但隨後慣了也就放下了心。當她聽見岸上的人一致稱讚華生的時候，她的心禁不住快樂的突突地跳了起來。她甚

至希望他還有更冒險的，更使人吃驚讚嘆的技能表演出來。她最喜歡看見華生從水裡鑽出來的時候：他的紅棕的皮膚上這裡那裡掛滿了亮晶晶的水珠，手中捧著閃明的紅鯉魚；他老是遠遠地對她微笑著，高高地舉起了手中的魚兒，彷彿對她呈獻著似的。她喃喃地翕動著嘴唇，很少發出聲音來，有時也只是「啊啊」的叫著，驚喜地張著紅嫩的小嘴。她的憂鬱的神情這時完全消失了。

華生本來是喜歡參加這隊伍的，這次占了重要地位，愈加喜歡了。傅家橋這一段河面上全是熟人，又夾著菊香在望著他，更加興奮了起來。他充滿了那麼多的精力，正像是入水的蛟龍一樣。

「看呀！看呀……」岸上的人又突然叫了起來。

驚奇的神情奔上了每個人的臉上。

華生從很深的水裡鑽出來了：他的嘴裡倒咬著一條紅色的三斤重的鯉魚，右手高舉著一條同樣大小的鯉魚：他擺動著身子，壁直的把上身露了出來，水到了他的腰間：他的左脅下緊緊地夾著另一條大小相同的鯉魚。

水裡的和岸上的叫喊聲以及擊掌聲轟天振地的響了。

但他把這三條魚兒一一地擲到岸邊的灘上以後左手又拖出來了一條大鯉魚：牠是那麼樣的肥大，像一個四五個月的嬰孩。華生的整個的左手插進了魚腮，牠的尾巴猛烈地拍著水面，激起了丈把高的浪花。

「阿呀天呀！」岸上的和水裡的人全駭住了。這樣喊了以後，就忽然沉默了下來。

許久許久，等到華生把牠拖上岸邊以後，叫喊和鼓掌聲才又突

七

然響了起來，彷彿山崩地塌似的。

「這怎麼捉的呀！」

「人都會給牠拖了去！我的爺呀！」

阿英聾子簡直發瘋了。她拍著自己的兩膝，叫著跳著，又到處亂竄著。

「這還了得！這還了得！」她大聲地叫著說，「金剛投胎的！金剛投胎的……怎麼捉的呀……不會腳夾縫裡也吊上一條……」

「嗤！你這瘋婆子！說話好粗……」有人提高著喉嚨說，在她面前揮了一揮手。

但是她沒聽見。她走到菊香面前，看見她驚異得出了神，笑嘻嘻地附著她的耳朵說：

「嫁給他吧……這樣好的男人哪裡去找呀……」

「哈哈哈……」兩旁的人聽到阿英這些話，拍著手笑了起來，都把眼光轉到了菊香的臉上。

菊香的臉色通紅了。她罵了一聲「該死的瘋婆。」急忙羞慚地擠出了人群，避到北頭的岸上去。

岸上的和水裡的隊伍很快地往北移動著。將到傅家橋橋頭，就有人在那裡撒下了許多網，攔住著魚的去路。於是這裡的收穫更多了：紅鯉魚，烏鯉魚，鯽魚，甲魚，鳳尾魚，小扁魚，螃蟹，河蝦，鰻，鱔魚，紅的，黃的，白的，黑的，青的，大的小的，長的圓的，生滿了苔蘚的，帶著卵的……一籃一簍的上了岸。

捕魚的隊伍過去的河面，滿是泡沫和汙泥，發散著刺鼻的臭氣，許久許久不能澄清下去。

太陽猛烈地晒著觀眾的頭面，連衣服都像在火上烘著一般，也不能使觀眾躲了回去。菊香的白嫩的後頸已經給烈日炙得緋紅而且發痛了，仍站立在岸上望著。直至他們過了傅家橋的河面許多路，她才跟著大部分的觀眾走回家裡來。

　　但傅家橋的觀眾雖然逐漸退了，兩岸上又來了別一村的新的觀眾。叫聲笑聲拍手聲一路響了過去，直至天色將晚，到了指定的路線的終點。

　　沒有比這再快樂了，當華生和許多人肩著槓著挑著抬著許多的魚兒回來的時候。他在水裡又涼快又好玩，而又獲得了極大的榮譽。不但是捕魚的隊伍中的老前輩和所有的同伴稱讚他，傅家橋的觀眾對他喊采，連其他村莊的人都對他做出了種種欽佩的表示。

　　他們的首領阿全哥特別把華生的那條十幾斤重的大鯉魚用繩子串了，叫兩個人在隊伍面前抬著，給華生的肩膀上掛著一條寬闊的紅帶在自己面前走著。一路走過許多村莊，引起了人家的注意。

　　「啊唷，好大的一條魚，我的媽呀！」見到的人就這樣叫了起來。

　　「是誰捉到的呀？」

　　「傅家橋人呢！」

　　「那是誰呀？ —— 那個掛著紅帶子的！」

　　阿全哥的黑色的臉上滿露笑容，大聲回答說：

　　「我們的華生呀！」

　　「真了不起……」

　　「你們沒看見他怎麼捉的呢……」後面的人接了上來，得意地

七

把華生捕這條魚的情形講給他們聽。

聽的人都驚異地張大了口，駭住了。

當他們回到傅家橋橋西，各自散去的時候，十二個人在阿全哥的屋前草地上坐下了。阿全哥把魚分攤完了，提議把這十幾斤重的大魚也給了華生。

「今天華生最出力，不但使我們得到了加倍的魚，也給傅家橋爭來了極大的面子……」

華生快樂地接受了。阿全哥仍叫人一直抬到他的家裡去，此外還有滿滿的兩籃。

華生向家裡走回的時候，一路上就分送了許多魚兒給他要好的朋友。其中三個人所得的最特別：阿波哥的是一條七八斤重的鯉魚；阿英聾子的各色各樣的魚都有，菊香的是一對光彩閃明最活潑玲瓏的小鯉魚。那一條最大的鯉魚他要留到明天晚上請幾個朋友到他家裡來一道吃。

阿英聾子接到他的禮物以後更瘋狂了。她從來不曾有過許多的魚，她把牠們晒了，醉了，要一點一點的吃過年。每次當她細細地嘗著魚兒的時候，她總是喃喃地自言自語的說：

「大好老……傅家橋出大好老了……」

菊香一接到禮物的時候，滿臉又通紅了。她心中又喜歡又驕傲。她用玻璃缸子把牠們養著，一天到晚望著。

「捉大陣」一連接續著三天，傅家橋上的人幾乎全嚐到了魚的滋味。華生分得最多也送得最多。

天仍沒有一點下雨的意思，河水愈加淺了。大家雖然焦急得異

常，但一看到一頂一頂的網兒出去，一籃一簍的魚兒回來，又露出了笑臉，紛紛講述著華生捕魚的本領。

　　華生太興奮了。他的精力彷彿越用越多起來，每天晚上獨自在河邊車著水，仰望著天上閃閃的星兒，高興地歌唱著。

七

八

　　快樂的日子是短促的。它像飛鳥的影子掠過地面以後，接著又來了無窮盡的苦惱的時光。白露過去了，中秋就在眼前，再下去是寒露，是霜降，一眨眼就該是冬天了。現在卻還沒有一點涼意，和在夏天裡一模一樣。在往年，這時正是雨水最多的季節，不是淅瀝淅瀝地日夜繼續著細雨，就是一陣大雨，一陣太陽。但今年卻連露水也是吝嗇的，太陽幾乎還沒出來，沾在草葉上的一點點潤溼就已經乾了。

　　河流一天比一天狹窄起來，兩邊的河灘愈加露出得多了。有些地方幾乎有了斷流的模樣，這裡那裡露出一點河底來。農人們的工作加倍地艱苦起來，岸上的水車已經汲不到水，不得不再在河灘上按置下另一個水車，堆起一條高溝，然後再從這裡汲水到岸上去。

　　「要造反了，要造反了……」

　　到處都充滿了恐怖的空氣。這恐怖，不但威脅著眼前，也威脅著未來，年老的有經驗的人都知道。誰造反呢？沒有人能預先回答，但總之到了荒年，要太平是不可能的……

　　現在已經到處鬧嚷嚷了。這裡那裡開始把河道攔了起來。最先是一區一區的各自封鎖，隨後是一鄉一鄉的劃開，最後連在同一個鄉村之間也照著居民分布的疏密攔成了好幾段，四通八達的蛛網似的河道現在完全被切成粉碎了。河面的船隻成了廢物，都在灘上或岸上覆著，表示出這河道已經切斷了生命。

八

傅家橋的河道被分成了三段：第一段由東北角上分流的地方起，經過葛生哥那一帶往西北，到平對著河東的一簇樹林為止；第二段經過橋下，平對著河東的鄉公所樓屋；第三段一直到丁字村的南首。第三段最長，後面是曠野；第二段最深，因為這裡靠岸的船隻多，住戶密，常在水淺時挖掘河道；第一段最闊，但也最淺最短，這裡的住戶比較的少。

水車的響聲漸漸減少了。現在橫在大家眼前的是人的飲料了，稻田還是未來的問題，大家只讓它不太乾燥就算完了事。但這樣仍然無濟於事。太陽是那樣的強烈，即使靜靜地躺著的河水，沒有人去汲他，也看得見它一寸一寸的乾了下去。

每天清晨，葛生哥和華生走到河邊，沉默地望望河中的水，望望稻田，車了一點水到田裡，就憂鬱地走了回來。

「不用再來了，這是白費氣力的。」華生懊惱地說。「荒年的樣子已經擺在眼前，再過幾天河水全乾了。這晚稻還會有辦法嗎？」

葛生哥低著頭，沒回答。但是第二天，他又邀著華生到河邊去了。

「你說這幾天會落雨嗎，阿哥？」華生不耐煩地問著。

葛生哥搖了一搖頭。

「那麼，收成呢？」華生問。

「靠不住……」

「明天，你自己來吧，白費氣力的事情，我不幹了！」華生叫著說。「明知道沒有用處，還天天車水做什麼呀……你老是這樣不痛快……」

「說不定老天爺會可憐我們好人的……」葛生哥說著，憂鬱地抬起頭來，望著天空，喃喃地像在祈禱似的。

　　「哼……」華生從鼻子裡哼出聲音來後，忽然停了口，輕蔑地望瞭望葛生哥。

　　「老天爺有眼，我們早就不會弄得這樣了！」他暗暗的想。「這是惡人的世界！」

　　他立刻記起了許多壞人來，尤其是阿如老闆和鄉長傅青山。他們都是壞人，而他們都有錢有勢。老天爺果真有眼嗎？為什麼好人全窮困著，全受惡人欺侮壓迫呢……荒年到了，餓肚子的是誰呢？阿如老闆和傅青山那一類人顯然是受不到影響的，過不來日子的是窮人，是阿英聾子，阿波哥，和他們兄弟……

　　「老天爺果真有眼嗎？」他咬著牙齒，暗暗的說。

　　然而葛生哥卻相信著老天爺有眼的。果報不在眼前，就在未來，不在這一世，就在來世，活著不清楚，死後自然分明，誰入地獄，誰上天堂，至少閉上眼會知道的。荒年到了，就是老天爺要罰人。這是一個齷齪的世界，犯罪作惡的人自然太多了，所以要來一場大災難，一網打盡。但是，好人是會得到庇護的。他從出世到現在，幾十年來不曾做過一件虧心事，甚至任何壞的念頭也不曾轉過。他相信他會得到老天爺的憐憫……

　　因此河水雖然無法可車了，葛生哥還是每天清晨照例的踱到河邊去，望望天，望望稻田，望望河底。他的心在顫慄著，當他看見河水一天比一天乾涸起來，稻田裡的泥土漸漸起了裂痕，壁直的稻稈漸漸低下頭來的時候。然而同時他的腦子裡卻充滿了奇怪的思

八

想。他覺得這是可能的，倘若老天爺憐憫他，在白天，不妨在他的田上落下一陣牛背雨來，救活了他的晚稻；在夜晚，他不妨用露水灌足了他的稻根；或者他竟使稻田中央湧出泉水來；或者，他用手一指，使晚稻早早開花結穗起來⋯⋯無論怎樣也可以，他覺得，老天爺的神力是無邊的。

葛生哥這樣想著，每次失神地在田塍上來去的繞著圈子，許久許久忘記了回家。

「你發了瘋了嗎？」葛生嫂又埋怨了起來。「田乾了就乾了，多去看望做什麼呀？再過幾天，連吃的水也沒有了，看你怎麼辦？」

「河水乾了，我有什麼辦法⋯⋯」

「你昏了頭了！」葛生嫂叫著說。「你白活了這許多年！到現在還不去掘井，吃的水只剩了一缸半了，有幾天好用呀⋯⋯」

葛生哥忽然給提醒了。

「你說得是，說得是⋯⋯」他高興的說。「我真的糊塗了⋯⋯我們老早就該動手了⋯⋯你為什麼不早幾天說呢⋯⋯」

正當陽光最強烈的時候，葛生哥背著鋤頭，鏟子，釘耙，提著水桶，畚箕，到河邊去了。華生相信這是最實際的辦法，也立刻跟著去工作。他們在河底裡看定了幾個地方，希望能夠找出一個泉源來。

葛生哥的身體近來似乎更壞了，老是流著汗，氣喘呼呼的，接著就是一陣咳嗆，不能不休息一會。但華生卻怎樣用力工作著，沒有一滴汗。

「你休息吧，讓我來。」他看見葛生哥非常吃力的樣子，就時時這樣說著。

但葛生哥卻並不願意多休息，他待咳嗆完了，略略定一定神，又拿起了鏟子或鋤頭。這工作最先是輕鬆的，起溝，汲水，爬碎石，掘鬆土，到後來漸漸艱難了，水分少了，泥土一點一點堅硬了起來，人落在狹小的洞中不易迴旋了。華生蹲在洞裡掘著土，葛生哥站在洞外一畚箕一畚箕的用繩子吊了出來。

「呼吸怎麼樣？太潮溼了吧？這比不得水田，你出來休息吧。」葛生哥時時在洞口問著。「慢慢的來，不要心急，明天就可以見到水了，家裡的也還多著……」

「又是慢慢的來，什麼事情都是慢慢的來……」華生喃喃地自語著。但看見葛生哥扯繩索的手在顫慄，他也就息了下來，而且決計回家了。

第二天，傅家橋又熱鬧起來，大家都開始在河底掘井了。女人和小孩也很多來參加這工作。有些地方甚至還有魚可捕。他們把傅家橋的河道分成了更多的段落，一潭水，一段乾的河底，遠遠望去，彷彿花蛇的鱗節，一段明亮一段陰暗。

華生看見葛生哥疲乏了，又提議停止了工作，循著河灘向橋頭那邊走去。

他們這一段裡的人比較的少，前後約有六七處，一半還是住在河的西北方的人，河東北，和華生貼近住著的有黃臉立輝和瘦子阿方。第二段，靠近橋頭的人就多了，每隔一二丈遠掘著洞。那裡有阿波哥和他的妻子。

八

　　華生緩慢地走著，一路和大家打著招呼。

　　「你們掘到了水源嗎，華生？」有人這樣問。

　　「還沒有呢。」華生回答說。

　　「有架機器就好了，一點不費力，我看見過掘井的機器……真快……」

　　「那怕你怎樣聰明，機器造得怎樣多。」另一個人插入說，「天不落雨，總是沒辦法的……」

　　「那自然，這就只有靠老天爺了……」

　　華生沒做聲，微笑地走了過去。到得阿波哥面前，他看見阿波嫂很吃力，便搶了她手中的鋤頭，幫著阿波哥工作起來。

　　「你休息一會吧，阿嫂。」

　　阿波嫂感激地在旁邊坐了著。

　　「我們就是缺少了這樣的一個兄弟。」她說，「要不然，多種十畝廿畝田也不會吃力的……」

　　「多種了一百畝也沒用！」阿波哥截斷了她的話。「我們種田的人全給人家出力。把一粒穀子種成一顆稻好不辛苦，結果望著東家裝在袋裡挑了走。收晚稻時候，這一筆帳還不曉得怎樣算呢，這樣的年成……」

　　「我們的早稻差不多全給東家稱足了。」華生嘆著氣說，「我的阿哥真沒用。」

　　「所以人家叫他做彌陀佛哩！」阿波嫂接著說。

　　「好人沒飯吃的，這世界……」阿波哥也嘆著氣說。

　　「但是他說老天爺有眼的哩。」

「等著看吧！」阿波哥說著，恨恨地用鋤頭掘著洞。

華生沒做聲，也恨恨地用力掘著泥土。兩個人的鋤頭一上一下，呼呼地，托托地應和著，很快的掘了一個深洞。阿波嫂看得出了神，低聲地自言自語著：

「真像兩個親兄弟……」

但過了一會，她固執地要華生休息了。華生想起了菊香，也就停了下來，循著河灘往橋邊走了去。隨後他挑釁似的走上橋西的埠頭，輕蔑地望了一望阿如老闆的豐泰米店，才緩慢地過了橋，向街的東頭走去。

「哈哈哈哈……」

將近菊香的店門口，忽然出來了一陣笑聲。華生抬起頭來，看見一個年青的人從豆腐店裡走了出來。那是阿珊，阿如老闆的第二個兒子。他梳著一副亮晶晶的光滑的頭髮，穿著整齊的綢褂褲，絲襪。繡花拖鞋，搖搖擺擺地顯得風流而又得意。

「哈哈哈哈……是嗎……你真漂亮……」

他走出店門口，又回轉身，朝裡面做了一個手勢，說完這話，輕狂地朝著華生這邊走了過來。

華生的眼裡冒出火來了。這比他見到阿如老闆還難受，他一時昏呆起來，不知怎樣對付才好，兩腳像被釘住在地上一般。

阿珊用著輕快的腳步就在華生的身邊擦了過去，他含著譏笑的眼光從華生的頭上一直望到腳上。

「哈……」他輕蔑地笑了一聲。

華生突然轉過身，清醒過來，握緊了拳頭。但阿珊已經走遠

八

了，輕飄飄地被風吹著的飛絮一般。

「媽的……」華生許久許久才喃喃地罵出了這一句。

那是一個多麼壞的人，連傅家橋以外的人都知道。他憑著他父親有一點錢，什麼事情都不做，十八歲起，就專門在外面遊蕩，不曉得和多少女人發生了關係，又拋棄了多少女人。他是有名的「花蝴蝶」，打扮得妖怪似的，專門誘惑女人。

而現在，他竟去調戲菊香了……

華生氣得失了色，走進寶隆豆腐店，說不出話來，對著菊香望著。

「啊……你……來了……」菊香吃驚地叫著，滿臉紅了起來。

華生沒回答，在帳桌邊坐下，只是望著菊香的臉。他看見她的臉色漸漸白了，露著非常驚惶恐懼的模樣。

「是的，我來了。」華生透了一口氣緩慢地說，「剛巧在這個時候……」

菊香的臉色又突然通紅了。她看出華生生了氣，彷彿是對著她而發的。

「你怎麼呀，華生……」

「那畜生做什麼來的？」

「你說的是誰，我不明白……」菊香回答說。

「不明白……那畜生阿珊……」

菊香的臉色又變了，她知道華生為什麼生了氣。

這正是她最恐懼的。她知道華生對阿如老闆的氣恨未消，現在再加進阿如老闆的兒子來，正和火上加油一般，會闖下大禍來。她

覺得不能不掩飾一下了。

「哦？他嗎……」菊香假裝著笑臉說，「沒有什麼……來找我父親的……」

「他對你，說什麼呢？」

「沒有……」菊香恐懼地說，她怕激起了華生更大的憤怒。「他沒有說什麼……幾句平常的話……」

華生突然站起來，用眼光釘住了她，心中起了懷疑。

「我明明聽見他說……阿，平常的話嗎……」

「你多問做什麼呀，華生……那不是平常的話嗎……」菊香假裝著微微生氣的模樣，想止住華生的口，但她的心裡是那樣的不安，她的聲音顫慄了。

華生看出她驚惶的神情，掩飾的語氣，懷疑漸漸滋長了。

「這是平常的話嗎？」他想，「一個這樣的人對她說這樣的話：你真漂亮……」

他為什麼憤怒呢？他原來是感覺到她受了侮辱的。然而，她卻掩掩飾飾的不肯明說，最後忽然說這是平常的話了！而且還對他生著氣，怪他不該多問！

華生的心突然下沉了。他沉默了一會，苦笑地說：

「你說得對，菊香，他說的是平常的話……他也真的漂亮呢！」他尖刻地加上這一句話，頭也不回，一直往街上走了。

菊香立刻明白華生誤會了她的意思，想把華生追回來，但心頭一酸，眼淚湧滿了眼眶，趕忙走進裡面的房子，獨自抽噎起來。為了華生，她按捺下了自己心頭的苦痛，卻不料華生反而對她生了疑

八

心，而且他的態度又是那樣的決絕，連給她申辯的機會也沒有。她的心裡已經飽受了阿珊的侮辱，現在又受了華生的委曲，這苦楚，除了自己，是只有天知道的……

阿珊那東西，早就對她存了壞心的，她知道。他近來來她這裡的次數更多了，每次總是假托找她父親，實際上卻是來調戲她。她對他多麼厭惡，屢次想避開他，但父親常常出去打麻將喝酒，店堂裡沒人照顧，逼得她躲避不開。

「但是。」她流著眼淚，暗地裡自言自語的說，「我並沒對他露過笑臉，多說過一句話，甚至連頭也常常低著的……」

將近中午，寶隆豆腐店的老闆朱金章，菊香的父親，回來了。他昨夜在鄉長傅青山那裡打牌才息了下來，睡眼蒙的，跟跟蹌蹌進了店。他的臉色很蒼白，顯然是疲乏過甚了。他的長的頭髮和鬍鬚表現出了他的失意的神態。

「拿茶來！」他一面喊著，一面躺倒在床上，接著就開始罵人了：「媽的！店堂裡冷清清的，那些小鬼呢！唉，唉，真不是東西，我不在家，就天翻地覆了……怪不得生意不好，怪不得……」

菊香剛才停了眼淚，現在又湧著大顆的淚珠，開始哭泣了。她想到了死去的母親和自己的將來，更覺得傷心起來。

「媽的！你老是哭哭啼啼！」她父親憤怒地說，望著她。「你這樣子，什麼意思呀……」

菊香沒回答，一面倒著茶給他，一面哭得更加厲害了。

「啊，啊，我真怕了你……」她父親不耐煩地說，「為的什麼，你說來……」

「我不管了……這爿店！」菊香哭著說，「你自己老是不在店裡，我是個女孩兒，我不會做買賣……」

「你不管，誰管呢？」她父親冷然的說。「我沒有工夫……」

「你沒有工夫就關門！」

「胡說！我白把你養大嗎？非叫你管店不可！」

「我不管！我不管！媽呀……」菊香大哭了。「我好苦呀……我媽要在這裡，我會受這苦嗎……你自己什麼都不管，通夜打牌，倒把這擔子推在我的身上……我是個女孩兒，我不是給你管店的……」

「啊啊，這話也有幾分道理，你不管店，你想做什麼呢……」

「我不想做什麼……我跟著你受不了苦，我找媽媽去……」

「啊啊，你這女孩兒……哈！我懂得了，你不要怪我，不要怪我。」他說著笑了，覺得自己猜到了她的心思。

「我不怪你，只怪自己命苦……我媽這麼早就丟棄了我，你現在越老越糊塗了……」

「哈哈哈，一點沒有糊塗，你放心吧。」他諷示著說。

「還說不糊塗，你只管自己打牌喝酒，幾時給我想過……媽呀，我好命苦呵……」

「好了，好了，不要再哭了……打牌喝酒，也無非是一番應酬，也多半為的你設想的……你看吧，菊香，我並沒糊塗呢……你年紀大了，我早就給你留心著的，只是一時沒有相當的人家……但現在，傅青山和我很要好，他要來做媒了，你說男家是誰？我想你也猜得到的，和傅青山來往的人都是有錢的人家……男孩子只比你

大兩歲，很漂亮，怕你早就喜歡了的……」

「你說什麼呀……」菊香伏在桌上又哭了。她想不到她父親又誤會了她的意思，而且婚姻的問題正是她最不願意聽的。

「我覺得這頭親事到是門當戶對的。」她父親繼續說著。「兩邊都是做生意開店鋪的，並且他比我有錢……我只有你這一個女兒，你阿弟還小，我又年老了，我不能不慎重選擇的……現在做人，錢最要緊……」

「我看不起有錢的人！」菊香揩著眼淚回答說。

「你現在年紀輕，哪裡知道。我是過來人，我不能害你一生。你將來會曉得的，菊香。哈哈，有了錢，做人真舒服……吃得好，穿得好，養得好，名譽也有了，勢力也有了，哈哈，真所謂人上人呢……」

「有錢人十個有九個是壞人……」

「你且先評評看吧，不要這樣說。傅家橋有幾個有錢的人？」

「我不嫁有錢的人……」

「那是個好人。你不信，我明白的告訴你。鄉長最稱讚的好人……那是……」他把菊香扯到身邊，低聲的說：「阿如老闆的第二個少爺呢……哈哈，你現在可喜歡了吧……」

菊香突然變了臉色，用力把她的父親一推，自己昏暈地倒在椅子上。

「那是狗東西……」她蹬著腳，扯著自己的頭髮，叫著說。「你昏了，你老人家……我的媽呀……我跟你一道去……」

菊香的父親霍的從床上坐起來了。

「你說什麼！」他憤怒地睜著疲乏的通紅的眼睛說。「我真的白養了你嗎？你竟敢罵起我來！好好的人家，你不願意，難道你願意嫁給叫化子？你看見嗎，天災來了，老天爺要餓死的是窮人還是富人？哼！你說窮人好富人壞，為什麼老天爺偏偏要和窮人作對，不和富人作對呢……你不聽我的話，你就是不孝，你嫁給窮人就會餓死，這年頭，災過了，還曉得有什麼大難來臨！哼！富人不嫁，嫁窮人，餓死了連棺材也沒有著落的……」

　　「餵狗餵狼，我甘心！」

　　「除非你不是我生的……我辛辛苦苦把你養大，你現在竟敢不聽我的話！啊，啊！」他氣得透不過氣來了。「你，你……塞屙的孩子……你，你媽的……我費了多少心血，給你揀好了上等人家，夠你一生受用了，你卻……你卻……啊，啊……」他說著重又倒在床上。

　　「你只看見眼錢。」菊香哭著回答說。「你以為別人也和你一樣，但是我，不，不！你把我看錯了……」

　　「住口！」她父親轉過身來，睜著惡狠狠的眼睛說，「不許你做主意，一切由我，你是我生的。」

　　「別的都由你，這事情不由你！」菊香堅決地說。

　　她父親又突然坐起來了。他的凶狠的眼光忽然掃到了門口一個十二歲孩子的身上。那是阿廣，菊香的弟弟。他剛從外面玩了回來，一進門看見父親生了氣，就恐懼地貼在門邊，縮做了一團，不敢做聲。

　　「過來！」他父親對他惡狠狠地叫著說。

八

　　阿廣緊緊地扳著門，顫慄了起來。

　　「是我生的，死活都由我！」菊香的父親叫著說，「你看吧……」

　　他伸手拿過一隻茶杯來，突然對準著阿廣的頭上摔了去……

　　阿廣立刻倒下了。他的額角上裂了一條縫，鮮紅的血跟著茶水和茶葉從頭上湧了下來。

　　「阿呀，媽呀！」姐弟兩人同時叫了起來。菊香奔過去抱住了她的弟弟，一齊號哭著。

　　但是他們的父親卻勝利地微笑了一下，重又倒在床上，合上眼，漸漸睡熟了。

九

　　華生一連幾天沒有去看菊香。他把所有的忿恨，厭惡和傷心全迸發在工作上了。從早到晚，他都在河底裡掘著洞，幾乎忘記了休息。葛生哥當然是吃不消的，但華生卻給他想出了方法：他在上面搭了一個架子，用繩索吊著洞內的土箕，自己在洞內拖著另一根繩子，土箕就到了上面。這樣，葛生哥就只須把那上來的土箕傾倒出了泥土，再把空箕丟入洞內，就完了。

　　「哈哈，年青人到底聰明。」葛生哥笑著說，「我不算在工作，像是遊戲……但你底下再能想個法子就更好了，你太辛苦……」

　　「這樣可涼快。」華生回答說，「連心也涼了。」

　　然而事實上華生的心卻正在沸滾著。他沒有一刻不在想著關於菊香的事情。

　　「那是什麼東西，那阿珊！」他一想到他，心頭就冒出火來。「像妖怪，像魔鬼……他害了許多女人還不夠，現在竟想來害菊香了……哼！」

　　他不覺又對菊香忿恨了起來。他明明聽見阿珊那鬼東西對著菊香說「你真漂亮。」是想侮辱她的，但菊香竟會高興聽，還說是「平常的話。」她那種掩飾的神氣，虛偽的語音，忽紅忽白的面色，表示出她心裡的驚懼和張惶。這是為的什麼呢？華生懷疑她和阿珊在他未來到之前有了什麼鬼祟的行動。

　　「一定的。」他想，「如果行為正當，為什麼要那樣恐慌呢……」

九

但是她為什麼會喜歡阿珊呢？那個人的行為是大家都知道的，她絕不會不知道。喜歡他漂亮嗎？喜歡他有錢嗎？華生相信是後面的一個理由。

「女人只要錢買就夠了。」他不覺厭惡了起來，「菊香那能例外……水性楊花，從前的人早就說過，咳，我沒眼睛……」

他懊悔了。他懊悔自己對她白用了一番心思，上了她的當。他以前是多麼喜歡她，多麼相信她，他無時無刻不想著她。她過去也對他多麼好，對他說著多麼好聽的話，連眼角連嘴唇都對他表示出多麼甜蜜來。

「誰又曉得都是假的……」他傷心的說。

她和阿珊什麼時候要好起來的呢？他忽然想起了葛生哥放爆竹那一天的事情。

他清清楚楚地記得當阿英聾子走到街上，蹬著腳往橋西望著，驚詫地叫喊出「阿呀呀，我的天呀」以後，菊香就搶先走到櫃檯邊擋住了他的視線，故意不讓他看見葛生哥走進豐泰米店的背影，後來彷彿還對阿英做著眼色，阿英這才變了語氣，說是葛生哥在家裡等他回去。他記得自己當時就覺得詫異的，但因為匆忙，終於聽信了她們的話走了。「你來得太久了。」他記得菊香還對他做著眼色的說。「這裡不方便……」這簡直是強迫他離開了街頭。

為的什麼呢？華生現在明白了。

「正如做了一場惡夢……」他恍然大悟的說。「原來那時候，菊香就偏坦著阿如老闆了……要不是她，那時的爆竹絕不會放得成，豐泰米店就會打成粉碎……」

他想到這裡，咬住了牙齒，幾乎氣生痙攣了。

「好吧，好吧！看她有什麼好結果……」他冷笑著說。

他用力掘著土，彷彿往他的仇人頭上掘了下去一般，泥土大塊大塊的崩下了。

從開始到現在，一共是八天，華生掘成了三個井了。頭兩個都有二丈許深。浸流出來的水是很少的，只有最後的一個，華生發瘋了似的一直掘到了三丈多深，水起著細泡湧了出來，而且非常清澈。這時傅家橋一帶的河水已經全乾了，許多掘成的井很少有華生那一個的井那麼深，水自然是不多的。葛生哥心裡空前的歡喜，連連點著頭，對華生說：

「你看，我早就說過了，老天爺是有眼睛的，現在果然對我們好人發了慈悲了……要是沒有這個井，我們簡直會渴死呢！」

「不掘它也會湧出水來嗎？」華生不信任地問著。

「那自然。」葛生哥回答說。「有氣力不去掘，是自暴自棄，老天爺自然也不管了。」隨後他又加上一句說：「可是也全靠了你，你真辛苦……」

這最後的一個井也真的奇怪：別的井每天約莫只能分泌出幾擔水來，這個井卻隨汲隨滿了，它的水老是不會漲上來，也不會退下去，汲了一桶是那樣，汲了五桶六桶也是那樣。

「這是神水！」葛生哥歡喜地說。「說不定吃了會長生不老的。」

於是這話立刻傳遍了傅家橋，許多人都來向葛生哥討水了。這個提了一桶，那個提了一桶，都說是討去做藥用的，但實際上卻是

儲藏起來怕斷了水源。葛生哥是個有名的「彌陀佛」，向來是有求必應的，無論多少都答應了。傅家橋還有不少的寡婦孤老，葛生哥還親自挑了水去，送到他們門上。

「要你送去做什麼呀？」葛生嫂埋怨他了。「他們自己不會來拿嗎？」

「女人家，老頭子，怎能拿得動……」

「拿不動，他們不會托別人來嗎？你真是不中用……」

「他們還不是托我……」

「總有幾家不托你的。」

「順路帶了去，有什麼要緊，橫豎閒著的。」

「自討苦吃！」

「算了，算了，都是自己人……」

他說著又挑著空水桶到河邊去了。

「這一擔給誰呀？」

「阿元嫂……」

葛生嫂真有點忍耐不住了。阿元嫂就住在她廚房後面，雖然是寡婦，年紀可不老，很會做事情的，河頭又近，為什麼要葛生哥挑水給她呢？她們平日就不大來往，面和心不和的。為了她脾氣古怪，為了葛生哥脾氣太好，葛生嫂受了一生的苦了。那就是廚房的後門老是不准開，害得她燒起飯來，柴煙燻壞了她的眼睛。其實那後門外是一個院子，有什麼關係呢？而且那院子正是公用的，葛生嫂一家也有份。

「我不答應！」她說著往外面迎了出去。

但她剛走到破弄堂，華生已經挑著水來了。

「這是給阿元嫂的。」華生大聲的說，「我看阿哥有點吃不消了的樣子，代他挑了來。」

「好吧，我看你也吃力了，息一息吧。」她望著華生往東邊繞了過去，自己也就進了屋子。「她的水缸就在後門外，我讓華生走那邊回來，總可以吧……」

她這樣喃喃地說著，就走到廚房，搬開一條凳子，把門打開了，彷彿出了一口氣似的，心裡痛快了起來。

華生已經在院子裡倒水了。阿元嫂正站在旁邊手裡拿著一串念珠，望著。她聽見開門的聲音，詫異地抬起頭，看見是葛生嫂，立刻沉下臉，厭惡地望了她一眼就偏過頭往裡走了。

葛生嫂看見她那副神情，也就不和她打招呼，驕傲地笑了一笑，說：

「華生，走這裡來吧，大熱天……」

華生回過頭去一望，已經看不見阿元嫂，不快活地挑著空水桶走到自己的後門邊，牢騷地說：

「這樣不客氣，不說一句話就走了，人家送水給她……」

他砰的關上了後門，頗有點生氣。但他因為河裡正忙碌著，又立刻走了，走到河岸上，他忽然看見他的井邊好些人中間，有兩個人挑了兩擔水上岸來。華生覺得很面熟，但一時記不起來是誰。他望望水桶，水桶特別的新，紅油油的，外面寫著幾個黑漆大字：「豐泰米號」。

華生突然發火了，他記起了那兩個人就是豐泰的米司務。

九

「挑到哪裡去？」他站在岸上，擋住了他們的路。

「豐泰……」他們回答說，驚異地望著華生，站住了腳。

「放下！」華生憤怒地命令著。

「阿如老闆叫我們來挑的……」

「放下！」華生重又大聲的叫著，睜著眼睛。

他們似乎立刻明白了，恐懼地放下了擔子。

「告訴他去吃混水吧！休想吃老子挖出來的神水！」

華生說著，舉起腿子，把四個水桶連水踢下了岸。有兩個滾到底下裂開了。

「哈哈哈哈……」井邊的人都笑了起來。「華生報了仇了……」

「不干我們的事，華生……」那兩人恐懼地說著重又走到河底，檢起水桶，趕忙回去了。

「那真是自討沒趣！」井邊的人笑著說。「華生辛辛苦苦地掘到了神水，阿如老闆居然也想來揩油了。我們早就猜想到華生是不會答應的。」

「華生到底比彌陀佛強，有男子漢的氣概。」另一個人大聲的說，「彌陀佛要在這裡，恐怕又是沒事的。」

「說不定還會親自送上門去哩……」

「請大家給我留心一點吧。」華生叫著說。「我絕不能讓那狗東西挑這井裡的水的……」

「那自然，那自然。」大家回答說。「你要打，我們幫你打……」

井邊洋溢著笑語聲。大家都覺得自己出了一口氣的那般痛快。

但是第三天清晨，這地方忽然發出喧嚷了。

有人汲水的時候，發現了井中浮著一條死狗。這是一個可怕的惡毒的陰謀。牠不但汙穢了井水，害得大家吃不得，而且死狗的血正是井神最忌的。

「這還得了！這還得了！我們傅家橋的人都要給害死了⋯⋯」

「誰下的這劣手呀⋯⋯」

「那還待說嗎⋯⋯你不想也會明白的⋯⋯」

「呵，那個鬼東西嗎⋯⋯我們不能放過他！」

「去呀⋯⋯我們一齊去！」

「誰又曉得呢。」另一個慎重的人說。「這不是好玩的，這許多人去，他就什麼也完了，我們先得調查確實，沒有憑據，慢些動手吧。」

「這話也說得是，但我們且問華生怎麼辦吧。他要怎樣就怎樣⋯⋯」

華生氣得幾乎說不出話來了。他只是咬著嘴唇，繞著井邊走著。

「不能胡來，華生。」葛生哥著急地跟著他繞著圈子，說。「先找憑據是不錯的。不要冤枉了人家⋯⋯這一次，你無論如何要依我，我總算是你的親兄弟⋯⋯」

葛生哥用著請求的口氣對華生說著，他知道這時如果華生的脾氣一爆發，禍事就空前的大了。他見著那洶洶的人眾，嚇得顫慄了起來。

過了許久許久，華生說了：

九

「好吧，就讓他多活幾天狗命，我們先找證據。」

葛生哥立刻高興了，彷彿得到了命令似的，大聲地對大家說：「聽見嗎？華生說：先找證據！先找證據，不要胡來呀……」

「又是彌陀佛！」有人叫著說。「什麼事情都叫人家忍耐……」

「算了，算了，做我們自己的事情吧。」葛生哥笑著說。「你們年青人都愛闖禍的……」

大家只得按下氣，開始商議了：第一是祭井神，取出狗屍，換井水，放解毒的藥，第二是每天夜派人輪流看守，防再有什麼惡毒的陰謀。

這些事情立刻照著辦到了。現在大家都把華生當做了一個領袖看待，不要他動手，只聽他指揮了。

華生指定了每夜四個人帶著鐵棍在附近看守，他自己也不時在四周巡邏著。一遇到什麼意外，他們就吹起警笛來喚起別的人，一齊攔住了要道。

那是誰下的惡毒的陰謀呢？不用說，華生也相信是阿如老闆幹的。因此他特別注意他，第三夜就一直巡邏到了橋頭。

究竟是秋天了，夜裡很涼爽。傅家橋人已經恢復了過去的習慣，八九點鐘就睡了覺。到處都冷清清的，很少過路的人。中秋後的月光還是分外地明亮，遠處的景物都一一清楚地映入了華生的眼簾。

華生細心地四面望著，腳步很輕緩；時時站到屋子的陰影下去。約莫十時光景，他看見有兩個人走過了傅家橋的街道，他辨別得出那是丁字村人，急急忙忙地像是報喪的人。過了一會一陣

臭氣，三個衣衫襤褸的人挑著擔子往西走了過去。那是掏缸沙的，華生知道，他們都袒露著一條手臂，專門靠掏取糞缸下的沉澱物過活的。

隨後沉寂了許久，街的東頭忽然起了開門的聲音，低語的聲音。華生蹲在一家店鋪門口的石凳後傾聽著。

「這辦法好極了……」一個熟識的人的聲音。「我照辦，一定照辦……」

「費心，費心……」另一個人低聲說著，「事情成功了，我們都有好處的。」

隨後門關上了，一個往東邊走了去。華生遠遠地望著他的背影，知道是黑麻子溫覺元，鄉公所的事務員。這邊送到門口的是餅店老闆阿品哥。

「這兩個東西，鬼鬼祟祟的不曉得商議著什麼。」華生想。「一定沒有好勾當……」

這時街的東頭的一家店門又低聲地開了。

「不要客氣，自己一家人。」一個老人的聲音，「明天一早來吧……多來坐坐不妨的……」

「打擾得太多了……」年青人的聲音。

華生霍然站起來了。他立刻辨別出了是誰的聲音：一個是菊香的父親，那一個是阿珊。

「鬼東西！」華生咬著牙齒，想。

「我常常不在家。」朱金章又說了，「菊香會陪你的……她很喜歡你哩……」

九

「哈哈哈……」阿珊笑著往西走了來，搖搖擺擺地彷彿喝醉了酒。

「走好呀！」朱金章說著關上了門。

「哈哈哈哈……」阿珊一路笑著。

華生氣得發抖了。

「哈哈哈哈……」這聲音彷彿是鋒利的螺釘從他的腦殼上旋轉著旋轉著，鑽了進來。

阿珊漸漸向他近來了，踉蹌地。

華生突然握緊了拳頭，高高地舉了起來，霍的跳到了街道的中心，攔住了去路。

阿珊驚駭地發著抖，痙攣地蹲下了。

「不，不……」他吃吃地說，「不是我，華生……饒恕我呀……」

華生沒做聲，也沒動，只是睜著憤怒的眼睛望著他。

「我……我敢發誓，我沒做過……我到這裡來是看人的，他們把我灌醉了……」阿珊說著跪在地上哭了起來。

華生笑了。

「滾你的！」他厭惡地望了他一眼，走了開去。

阿珊立刻抱著頭跑著走了。

「這樣東西，居然會有許多女人上他的當！」華生喃喃地自語著。「多麼卑劣，無恥……」

「哈哈哈哈……」笑聲又響了，彷彿是從橋西發出來的。

華生憤怒地轉過身去，看不見什麼，笑聲也沉寂了。

「可惡的東西！」他說著往東走去，特別留心菊香的店鋪。

但裡邊沒有一線燈光透露出來，也沒有一點聲音。顯然都已安靜地睡了。華生忽然記起了自己已經許久沒有到這裡來，不覺嘆了一口氣，很有點捨不得立刻離開這裡。這店門外的石版，門限，窗口，是他太熟識了，他以前幾乎每天在這裡的。

菊香是一個多麼可愛的女孩，細長的眉毛，細長的眼睛，含情脈脈的，帶著憂鬱的神情，使人生情也使人生憐。那小小的嘴，白嫩的兩頰，纖細的手，他多少次數對著它們按捺不下自己的火一般的熱情……

這時倘若是白天，門開著，菊香坐在櫃檯邊，見到他站在門外，菊香將怎樣呢？無疑的她又會立刻微笑起來，柔和而甜蜜的說：

「華生，進來呀……」

他於是便不由自主的，如醉如痴的走進了店堂，面對面坐下了。他不說別的話，他只是望著她……黑的柔軟的頭髮，白嫩的面頰，紅的嘴唇，細長的眼睛……他的心突突的跳著……

但現在，他的心一樣地突突地跳著，門卻是關著，菊香安靜地睡熟了，不曉得他到了這裡，甚至在夢裡還和另一個情人談笑著……

華生苦痛地走了。他不忍再想下去。走完街，他無意地轉向北邊的小路。

前面矗立著一簇樹林，顯得比上次更茂密，更清楚了。只是蟲聲已經比較的低微，沒有上次那樣的熱鬧，還帶著淒涼的情調。走

九

　　進去就感覺到了一股寒氣。華生搖了搖頭，又想到了上次在這裡的事情……

　　樹葉沙沙地響了……悉悉率率的輕聲的腳步……嘻嘻，女孩子的微笑聲……脂粉的馥郁的氣息……一根樹枝打到了他的肩上……

　　「哈哈！毛丫頭……」華生叫著。

　　一陣吃吃的笑聲，隨後低低地說：

　　「蟋蟀呀蟋蟀……」歌唱似的。

　　華生突然覺得自己彷彿就是一匹蟋蟀，被菊香捉到了，而現在又給她丟棄了。

　　為的什麼呢？

　　因為別一個有錢。

　　「哈哈哈哈……」那笑聲又像螺釘似的旋轉著旋轉著，從華生的腦殼上鑽了進去……

　　華生幾乎透不過氣來。

十

　　傅家橋又漸漸熱鬧了。尤其是街上，人來人往的顯得特別的忙碌：定貨的，募捐的，搬東西的，分配工作的，傳達命令的……

　　大家一面禁屠吃素，一面已經決定了迎神求雨。

　　但華生卻反而消沉了。

　　這在往年，華生是非常喜歡的。每年春季的迎神賽會，他從十四五歲起沒有一次不參加。他最先只會背著燈籠跟著人家走，隨後年紀大了一些就敲鑼或放爆竹起來，今年春季他卻背著鄳口廟的大旗在前走了。這真是非常快樂的事情，吃得好，看得飽，人山人海，震天撼地的熱鬧。

　　然而這次他卻拒絕了邀請，裝起病來。他從那一夜在街上碰到阿珊以後，他的心就突然冷了下來，對什麼事情都感覺不到趣味，不想去做，只是沉著臉，低著頭，躲在屋子裡呆坐著，或在樹林裡徘徊著。

　　誰在他的井裡丟下一條死狗，這是很明白的，要報復也容易，只要他一舉手，自有許多人會擁了出來。但他卻對他原諒了。

　　誰在奪他的情人，誰在送他的情人，這也是明白的。要報復也一樣地容易，他當不起他一枚指頭。但他對他也原諒了。

　　因為他們原來就是那種卑鄙無恥的人物。

　　唯有最不能原諒的是菊香。

　　她，她平日在他的眼中是一個有志氣，有知識，有眼光，有感

情，有理性的女人。她，她豈止有著美麗的容貌，也有著溫和的性格，善良的心腸的女人。她，她和他原是心心相印，誰也聽見了誰的心願的……她，她現在居然轉了念頭了，居然和阿珊那東西胡調起來了……

和別人倒也罷了，阿珊是什麼東西，她竟會喜歡他起來？除了他老子的一點錢，除了那一身妖怪似的打扮，他還有什麼嗎？

然而菊香卻居然喜歡了他，居然和他勾搭了起來！居然，居然……

華生想著想著，怎樣也不能饒恕菊香。他幾乎想用激烈的手段報復了。

「看著吧！」隨後他苦笑著想，「看你能享到什麼清福……」

華生相信，倘若菊香真的嫁給了阿珊，那未來是可想而知的。他覺得這比自己的報復痛快多了，現在也不妨冷眼望著的。於是他的心稍稍平靜了。他只是咬定牙齦，不再到街上去。他絕不願意再見到菊香。

但菊香卻開始尋找他起來了。她沒有什麼事情可以藉口，不敢一直到華生家裡來，她只是不時的踱到橋頭，踱到岸邊，假裝著觀看河底井邊的汲水，偷偷地望著華生這邊的屋子和道路。她知道華生對她有了誤會，她只想有一個機會和他說個明白。她的心中充滿了痛苦，她已經許久沒有見到華生了。

這幾天來她的父親幾乎每天喝得醉洵洵的，一看見她就拍桌大罵，毀東西，想打人。隨後酒醒了，就完全變了一個人，比母親還能體貼她，撫愛她，給她買這樣那樣，簡直把她看成了珍珠一般。

她現在真是哭不得笑不得，滿肚子的委屈。

而阿珊，卻越來越密了。屢次總是嬉皮笑臉的露著醜態，說著一些難入耳的話來引誘她。

「菊妹……」有一次他一見到她就嬌滴滴的叫了起來，彷彿戲臺上的小丑似的。

「誰認得你這畜生！」菊香扳著面孔，罵他說。

但是他並不動氣，卻反而挨近來了，一面笑著，一面柔聲地說：

「好妹妹……」

菊香不願意聽下去，早就跑進後間，的一聲關上了門。

阿珊毫不羞慚，當著店堂裡外的人哈哈地笑著走了出去，第二天又來了。

整整的三天，菊香沒有走到外面的店堂。

「怎麼呀，菊香？」她父親似乎著急了，「難道關店不成嗎，你不管？」

「趁早關了也好，這種討飯店……」菊香哭著說，「還不是你找來的，那個阿珊鬼東西……」

她父親這次沒有生氣，他只皺了一會眉頭，隨後笑著說：

「以後叫他少來就對了，怕什麼。你這麼大了，難道把你搶了去！現在是文明世界，據我意思，男女界限用不著分得太清楚的，你說對嗎……哈哈哈……」

他不再提起訂婚的事了。阿珊也不再走進店堂來，只在街上徘徊著，彷彿已經給她的父親罵了一頓似的。但是菊香依然不放心，

遠遠地見到他，就躲進了裡面，許久許久不敢走出來。

她想念著華生，只是看不見華生的影蹤。一天晚上，她終於傷心地流著眼淚，寫了一張字條，約華生來談話，第二天早晨祕密地交給了阿英，托她送去給華生。

「我老早看出來了。」阿英低聲地說，高興地指指菊香的面孔。

但她並不把這事情洩漏出去，她小心地走到華生那裡，丟個眼色，把那張字條往他的袋裡一塞，笑著說：

「怪不得你瘦了！嘻嘻嘻……」她連忙跑著走開，一面回過頭來對華生做著鬼臉。

華生看了一看字條，立刻把它撕碎了。

「還能抱著兩個男人睡覺嗎？」他忿恨地說。

他不去看她，也不給她回信。

隔了一天，菊香的信又來了。華生依然不理她。

菊香傷心地在暗中哭泣著不再尋找華生了。她不大走到店堂裡來，老是關著房門，在床上躺著。她心裡像刀割似的痛苦。

自從她母親死後，她沒有一個親人。沒有一個人了解她，沒有一個人安慰她。可憐她怎樣過的日子，只有天曉得……又寂寞又孤苦，一分一秒，一天一月的挨著挨著……好長的時光呵……別的女孩一天到晚嘻嘻哈哈的叫著「爸爸。」叫著「媽媽。」她卻只是皺著眉頭苦坐著。十五歲時死了母親，父親就接著變了樣，喝酒打牌，天天不在家，把一個弟弟交給了她，還把一個店交給了她，好重的責任，好苦的擔子！然而他還要發脾氣，一回來就罵這個打那個，對她瞪眼，對她埋怨。她受過多少的委曲，過的什麼樣的生活！

「媽呵！」她傷心地叫著，握著拳頭敲著自己的心口。

這幾年來，倘不是遇到華生，她簡直和在地獄裡活著一樣。她尊敬他，看重他，喜歡他，她這才為他開了一點笑臉，漸漸感覺到了做人的興味。到得最近，她幾乎完全為了他活著了。她無時無刻不想念著他，一天沒有見到他，就坐臥不安起來。她沒想到嫁給他，但她可也沒有想嫁給別人。倘若華生要她，她會害羞，可也十分心願的。她本來已經把自己的整個的心交給了他的。他要怎樣，盡可明白地說出來。

然而，華生卻忽然對她誤會了，對她決絕了。

「天呵……」她想起來好不傷心，眼淚又紛紛落了下來。

她幾時做過對不起他的事情？她並沒錯。她並沒對阿珊說過什麼話。他甚至是最厭惡阿珊的。而華生卻冤枉了她，竟冤枉她喜歡阿珊了。

而且正在這個時候，正在危機四伏的時候：阿珊竭力的來引誘她，她父親竭力的想把她嫁給阿珊。她受盡了阿珊的侮辱，受盡了她父親的威嚇，她正像落在油鍋裡，想對華生訴苦叫喊，請求他的援助的時候，華生卻再也不理她了，怎樣也找他不來。

「好硬的心腸！」菊香也生氣了。「決絕就決絕，各人問自己的良心，看誰對不起誰……」

但她雖然這樣想，卻愈加傷心起來。她覺得世界全黑了，沒有一點光。她的前途什麼希望也沒有。她彷彿覺得自己冷清清的，活在陰間一樣。

於是，她立刻憔悴了。這一個瘦削的身子平日就像獨立在田野

裡的葦蘆，禁不起風吹雨打的，現在怎能當得起這重大的磨折。她
更加消瘦起來，臉愈長，顴骨愈高，眼皮哭得紅腫腫的，顏色愈加
蒼白了。好不容易看見的憂鬱的微笑現在完全絕了跡，給替代上了
悲苦的神情。

「你怎麼呀，你……」阿英聾子一見到菊香，就驚愕地問著，
皺著深刻的眉頭。

「沒有什麼……」菊香回答著轉了臉。

「他來過嗎？」阿英聾子低聲的問，貼著菊香的耳朵。

菊香哽咽地搖了一搖頭。

阿英聾子立刻明白了。她皺著眉頭，歪著嘴，眼眶裡噙著眼
淚，呆了一會，靜靜地轉過身走了。

「可憐這孩子……」她低聲地嘆息著，眼淚幾乎滴了下來。

菊香卻伏著桌子哭泣了。她瘦了肥了，快樂悲傷，沒有人去過
問她，只有阿英，被人家當做神經病的人，卻對她關心著。倘若她
是她母親，她早就伏到她的膝上去，痛快地號哭了，她也就不會這
樣的痛苦。但是她不是，她不是她的母親，不是她的親房，也不是
她的最貼近的鄰居。她不能對她哭泣，她不能對她申訴自己的心中
的創痛，她更不能在她面前埋怨自己的父親。她四周沒有人。她是
孤獨的，好像大洋中的一隻小船，眼前一片無邊無際的波濤，時時
聽著可怕的風浪聲。

但在外面，在整個的傅家橋，卻是充滿了歡樂的。雖然眼前擺著
可怕的旱災，大家確信迎神賽會以後，一切就有希望了。況且這熱鬧
是一年只有一次的，冷靜的，艱苦的生活，也正需要著暫時的歡樂。

日子一到，傅家橋和其他的村莊一樣鼎沸了。大家等不及天亮，半夜裡就到處鬧洋洋的。擔任職務的男人，天才微微發白，就出去集合。婦女們煮飯備菜，點香燭供淨茶，也特別的忙碌。

這一天主要的廟宇是：白玉廟，長石廟，高林廟，熨斗廟，魯班廟，罌口廟，風沙廟，上行宮，下行宮，老光廟，新光廟……一共十八廟。長石廟的菩薩是薛仁貴，白袍白臉，他打頭；殿後的是傅家橋的罌口廟，紅袍紅臉的關帝爺。此外還參加著各村莊的蟠桃會，送年會，蘭盆會，長壽會，百子會……這些都是只有田產沒有神廟的。路程是：從正南的山腳下起，彎彎曲曲繞著北邊的各村莊，過了傅家橋，然後向東南又彎彎曲曲的回到原處，一共經過二十五個村莊，全長九十幾里，照著過往的經驗，早晨七點出發，須到夜間十時才能完畢，因為他們要一路停頓，輪流打齋。

這次傅家橋攤到了六十多桌午齋，是給上行宮和老光廟的人吃的。傅家橋的人家全攤到了，有的兩桌，有的一桌，有的兩家或四家合辦一桌。因此傅家橋的婦女們特別的忙碌。

「這次不必想看會了。」葛生嫂叫起苦來，「三個孩子，這個哭，那個鬧，備茶備茶，煮飯炒菜，全要我一個人來！兩兄弟都出去了。一個去敲鑼的，那一個呢？咳，這幾天又不曉得見了什麼鬼，飯也吃不下的樣子，什麼事情都懶得做，蕩來蕩去……」

幸虧她的大兒子阿城已能幫她一點小忙，給她遞這樣遞那樣，否則真把葛生嫂急死了。倘不看菩薩的面，她這次又會罵起葛生哥來：自己窮得不得了，竟會答應人家獨辦一桌齋給上行宮的人吃。

「早點給華生娶了親也好，也可以幫幫忙。」她喃喃地自語著。

　　但她的忙碌不允許她多多注意華生的事。已經十點鐘了，外面一片叫喊聲，奔跑聲。隊伍顯然快要來到。

　　橋上街上站著很多的人，在焦急地等待著。店鋪的門口擺滿了椅凳，一層一層搭著高的架子。這裡那裡叫賣著零食玩具。孩子們最活躍，跑著跳著，叫著笑著，這裡一群那裡一群的圍在地上丟石子，打銅板。大人們也這裡一群那裡一群的擲骰子，打牌九。婦女們也漸漸出來了，穿著新衣，搽著粉。老年的人在安閒地談笑著。他們談到眼前的旱災，也談到各種的瑣事。古往今來，彷彿都給他們看破了。

　　有一天夜裡和華生他們鬥過嘴的阿浩叔，這時坐在豐泰米店的門口，正和一個六十多歲的白頭髮老人，叫做阿金叔的，等待著。他們以前都做過嚳口廟的柱首，現在兒孫大了，都享起清福來，所以今天來得特別早。

　　「世上的事，真是無奇不有……」阿金叔嘆息著說。

　　「唔，那自然。」阿浩叔摸著鬍鬚回答。「所以這叫做花花世界呀。」

　　「譬如旱災，早稻的年成那麼好，忽然來了……」

　　「要來就沒有辦法的。所以要做好人。現在壞人太多了，不能怪老天爺降這災難。」

　　「真是罪惡，什麼樣的壞人都有，什麼事情都做得出來……」

　　「所以我說，現在仰神求雨已經遲了。」阿浩叔說。

　　「真對。立刻下雨怕晚稻也不到一半收成了。」

　　「單是吃的水，用的水，也已經夠苦了。」阿浩叔皺著眉頭。

「不過，我說，現在曉得趕快回頭，也是好的。」

「那自然，只怕不見得真能回頭哩。」

「我看這次人心倒還齊，一心一意的想求雨了，不會再鬧什麼岔子打架的吧？」阿金叔問。

「哦，那也難說，世上的事真難說，只要一兩個人不和，就會鬧的。為了一根草，鬧得天翻地覆的事情太多了。所以我說，這就是花花世界呀……」

「花花世界，一點不錯。」

「其實大家能夠平心想想，什麼爭鬧都沒有了。譬如迎神賽會，求福免災，古人給我們定下來的辦法再好沒有了，你說是不是？菩薩也熱鬧，我們也熱鬧的。但是。」阿浩叔搖著頭說，「一些年青的小夥子，偏要鬧什麼岔子……」

「真不懂事……」

「可不是？我們到底多吃了幾年飯的，什麼事情都看得多了，他們偏不服，罵我們老朽，還說什麼亡國都亡在我們的身上的。哈哈，真好笑極了……」阿浩叔的牢騷上來了。

「這倒也罷了，我們原是老朽了的，不曉得還有幾年好活，可是對菩薩也不相信起來，這就太荒唐……」

「這是迷信呀——哼！」阿浩叔霍然站了起來，憤怒地說。「我們已經拜菩薩拜了幾千百年，現在的小夥子卻比我們的祖宗還聰明哪，阿金叔。」

「這時勢」阿金叔搖著頭說，「真變得古怪。前幾年連政府也說這是迷信，禁止我們賽會……」

「還不是一些小夥子幹的！」

「現在可又允許了，也祭孔夫子了……」

「所以我說亡國，亡在這些地方。一會兒這樣，一會兒那樣……」阿浩叔嘆息地說。「那一年，我們廟裡還出了許多冤枉錢的。」

「聽說現在把蟠桃會送年會當做迷信，要把田產充公呢。」

「把我們的屋子搬去了也好！」阿浩叔憤怒地說。「阿金叔，我們這樣年紀了，早應該在地下的，看什麼熱鬧！」

「哈哈……」

談話忽然停止了，大家都朝西轉過頭去，靜靜地聽著。

遠處已有鑼聲傳來了，接著是炮聲，模糊的喧譁聲。

看會的人愈加多了。橋上，街上，河的兩岸，都站滿了人。到處有人在奔跑，在叫喊。

「到了！到了！」

「遠著呢，忙什麼！」

「半里路了！」

「起碼三里！」

「你聽那聲音呀……！」

聲音越響越近，越大，越清晰了。有喇叭聲，有鼓角聲，有鞭炮聲……一切都混和著彷彿遠處的雷聲似的。

一些孩子已經往西跑了，他們按捺不住好奇心，不耐煩在這裡久等。婦女們也大部份出來了，在打午齋以前，她們至少可以看一會熱鬧的。

突然間，在傅家橋的西邊，大砲，鞭炮，鑼聲一齊響了。滿村都騷動起來。那聲音是傅家祠堂裡發出來迎接大會的。這時祠堂門口已能遠遠地望見隊伍的旗幟和紛飛的爆竹的火花，彎彎曲曲地從西北角上過來，看不見尾，彷彿無窮長的神龍模樣。

　　「來了！來了……」一些孩子已經跑了回來。

　　接著就三三兩兩的來了一些趕熱鬧的人們，隨後長石廟的柱首和幾個重要的辦事人也到了傅家橋。

　　現在先頭部隊真的進了傅家橋的界內了。炮聲，鑼聲，鼓角聲，喇叭聲，叫喊聲……隨時增強起來，傅家橋的整個村莊彷彿給震撼得動盪了似的。

　　人群像潮一般從各方面湧來，擠滿了橋的兩邊的街道，有些人坐在鋪板搭成的高架上，有些人站在兩邊店鋪的櫃檯上，密密層層地前後擠著靠著。萬道眼光全往西邊射著。

　　過了不久，隊伍終於到了街上。首先是轟天的銅炮一路放了來，接著是一首白底藍花邊的緞旗，比樓房還高，從西邊的屋弄裡慢慢地移到了橋西的街上。

　　這真是一首驚人的大旗：丈把長，長方形，亮晶晶地反射著白光，幾個尺半大的黑絨剪出的字，掛在一根半尺直徑的竹竿上，桿頂上套著一個閃爍的重量的圓銅帽，插著一把兩尺長的鋒利的鋼刀；一個又高又大的漢子，兩肩掛著粗厚的皮帶，在胸前用尺餘長的鐵箍的木桶兜住了旗桿的下端，前後四人同樣地用四根較短小的竹竿支撐著這旗桿，淌著汗，氣喘呼呼的，滿臉綻著筋絡，後面兩個人用繩子牽著旗子。

「哦哦……真吃力！颳起風來不得了……」觀眾驚詫地叫著說。

「那有什麼希奇，你忘記了二十年前，有人就背著這旗子把人家打得落花流水嗎……」

「背著旗子怎打人？退著走不成？怕是握著旗杆吧？」

「那自然，是握著的。—— 你嚕嗦什麼，不看會？」

接著大旗的是四面極大的銅鑼，掛在四根雕刻出龍形的木槓上，四個人挑著敲著。鑼聲息時，八個皂隸接著吆喊著一陣，後面跟著四對「肅靜迴避」的木牌。隨後是四個十五六歲的清秀的書僮挑著琴棋書畫的擔子，軟翻翻輕鬆鬆的走著。接著是香亭，噴著馥郁的香菸。接著是轎子似的鼓閣，十三個人前後左右圍繞著，奏著幽揚的音樂：中間一人同時管理著小鼓小鑼小笙小銅鈸，四個人拉著各樣的胡琴，四個人用嘴或鼻子吹著笛，四個人吹著簫。接著是插科打諢的高蹻隊。接著是分成四五層的高抬閣，坐著十幾歲美麗的女孩，打扮得花枝招展的，揮著扇，拉著胡琴，對底下的觀眾搖著手，丟著眼色。接著是十二個人背著的紅布做成的龍，一路滾動著。接著是一排刀槍劍戟，一對大鑼，一對大鼓。於是薛仁貴的神像出來了。他坐在一頂靠背椅的八人轎上，頭戴王冠，腳著高跟靴子，身穿白袍，兩臂平放在橫木上，顯得端莊而且公正。他的發光的圓大的突出的眼珠不息地跳動著，顯得威嚴而且可怕。隨後又是一排刀槍劍戟。前面的鑼鼓聲停息時，後面的喇叭聲便沉鬱地響了起來。

隊伍到得街上，走得特別慢，大家像在原地上舒緩地移動著腳步似的。許久許久，長石廟的過盡了才來了白玉廟，風沙廟，高林

廟的隊伍。他們主要部份的行列是相同的，此外便各自別出心裁，有滾獅子的，有用孩子滾風車的，有手腳鐐的罪人，有用鐵鉤子鉤在手腕下的皮膚裡吊著錫燈的，有在額上插著香燭的神的信徒……

整個的傅家橋已經給各種的喧鬧震動得像波濤中的小舟似的，但隊伍中的每一個人卻靜靜地，嚴肅地，緩慢地，很有秩序地往東走了過去，好像神附著了身一般。放炮的，敲鑼的，奏樂的，抬的，槓的，背的，沒有一樣不是艱苦的工作，但他們不叫苦，也不嘆息，好像負重的駱駝，認定了這是它們的神聖的職務，從來不想摔脫自己身上的重擔。

他們中間比較活潑也比較忙碌的是那些夾雜在隊伍兩旁的指揮和糾察，他們時時吹著哨子調整著隊伍的秩序，揮著小旗叫觀眾讓開道路來。

這賽會，除了多了一些彩色的小旗子，寫著「早降甘露」，「風調雨順」，「國泰民安」，「天下太平」等外，幾乎一切都和春季的例會一樣。

所有的觀眾每當一尊神像抬過面前，便靜默起來，微微地點點頭代表了敬禮，喃喃地唸了三聲「阿彌陀佛」，祈求著說：

「菩薩保佑……」

但當神像一過，他們的歡呼聲又爆裂了。他們完全忘卻了這次賽會的目的。他們的眼前只是飛揚著極其美麗的景物，耳內只聽見奇特的聲音；爆竹的氣息，充塞了他們的鼻子；熱騰騰的蒸氣黏著了他們的身體；他們的腦子在旋轉著，他們的心在擊撞著。他們幾乎歡樂得發狂了。

這真是不常有的熱鬧。

阿英聾子現在可真的成了瘋婆了。她這裡站站，那裡站站，不息地在人群中擠著，在隊伍中穿梭似的來往著；拍拍這個的肩膀，扯扯那個的衣服。

「你真漂亮，嘻嘻嘻……看呀，看呀！好大的氣力……哈哈哈哈……我耳朵亮了，全聽見，全聽見的……天呀！這麼大的銅炮，嚇死人，嚇死人……」

她的所有的感官沒有一分鐘休息，尤其是那張嘴，只是不息地叫著，而且愈加響了，只怕別人聽不見她的話。

但人家並不理她，輕蔑地瞟了她一眼，罵一聲：「瘋婆」，又注意著眼前的行列了。

阿英聾子雖然沒聽見人家說的什麼，她可猜想得到那是在罵她，微微地起了一點不快的感覺，接著也就忘記了，因為那是常事。

太陽快到頭頂，七八個廟會過去了，她漸漸感到了疲乏，靜了下來的時候，忽然想起了今天菊香沒有在看會。

她立刻從人叢中擠進了寶隆豆腐店，輕輕地在菊香的門縫外望著。

菊香伏著桌子坐著，脊背一起一伏的像在抽噎。

阿英今天所有的快樂全消失了。她扯起衣襟揩了揩眼睛，又偷偷地擠出了店堂，一直往華生的家裡跑了去。她知道葛生嫂這時正在忙著齋飯。

「華生背旗子？抬神像？」她一進門看見葛生嫂在擺碗筷，便

急促地這樣的問。

「快來，快來。」葛生嫂意外高興地叫著說，「給我把桌子抬到門外去！—— 天曉得，沒一個人幫我……」

「我問你：華生今天抬神像？背旗子？」

「怎麼呀……」

「你說來！聽見嗎？背旗子？抬神像？」

「你真瘋了嗎？什麼事情這麼要緊……見了鬼了，阿哥叫他去，他躲在床上假裝病，阿哥一出門，也就不曉得往哪裡跑了……」

「你說什麼呀！我沒聽見！」她把耳朵湊近了葛生嫂嘴邊。

「生病了，沒有去！—— 聾子！」葛生嫂提高著喉嚨。

「在哪裡呀？」

「誰曉得，一早就出門的！」

阿英立刻轉身走了。

「你這瘋婆！你不幫我抬桌子嗎……」葛生嫂大叫著，做著手勢叫她回來。

阿英轉過頭來望了一望，沒理她。她換了一條路線，抄近路，急急忙忙地往樹林裡穿了過去……

忽然，她在一株古柏樹下站住了。她無意中發現了華生。

他正躺在左邊樹木最密的一株槐樹下，睜著眼睛望著天，離開她只有十幾步遠，隔著一些樹木，但沒有注意到她。

阿英驚詫地望了一會，皺著眉頭，輕輕地從別一條小路走出了樹林，隨後又急急忙忙地擠進寶隆豆腐店，一直衝到菊香的房裡。

「走！跟我走！」她命令似的說，扯起了菊香的手臂。

菊香含著眼淚，驚惶地仰起頭來，立刻感到了羞慚，側過臉去，用手帕拭著眼睛。

「去呀……」

「不……」菊香搖著頭。

「有事情呀！走……」

「什麼事情都不去……」

「不由你不去！聽見嗎？」她把她拉了起來。

「做什麼呢……」

「你去了就會曉得的。」

「我不看會……」

「誰叫你看會！」

菊香又想坐下去，但阿英用了那麼大的氣力，菊香彷彿給提起來了似的，反而跟蹌地跟著走了兩步。

「你看，你病得什麼樣了。」她搖著頭，隨後附著菊香的耳朵低聲地說：「聽我的話，菊香，跟我去，我不會害你的……」

菊香驚異地望了她一會，讓步了，點點頭就想跟了走。但阿英卻又立刻止住了她。

「你看你的頭髮，面孔……」她用手指著，埋怨似的神情。

菊香這才像從夢中清醒過來了一般，蒼白的臉上浮起了兩朵淡淡的紅雲。她洗過臉，搽上一點粉，修飾了一下頭髮，對著鏡子照了又照，懊惱地又起了躊躇。但阿英又立刻把她拖起來了。

「這就夠漂亮了。」她笑著說，「才像個年青的姑娘……」

菊香幾天沒有看見陽光了，昏昏沉沉的一手遮著眼睛，一手緊握著阿英的手，從人群中擠著走，沒注意什麼人，也沒什麼人注意她，跟跟蹌蹌地像在海船上走著一般，不曉得往哪裡去，也不曉得去做什麼，只由阿英拖著。

　　不久她停住了，大聲叫著說：

　　「喂！睜開眼睛來，看是誰吧！」她放了菊香的手，輕輕把她一推，立刻逃走了。

　　華生驚訝地霍的坐起身來。同時菊香也清醒過來，睜大了眼睛。他們只離開三四步遠。菊香呆望了華生一會，就跟蹌地倒在他身邊。

　　他們沒有說話。菊香只是低低地哭泣著，華生苦悶地低著頭。許久許久，華生忽然發現菊香比往日憔悴了，心中漸漸生了憐惜的感情，禁不住首先說起話來：

　　「你怎麼呀，菊香……」

　　菊香沒有回答，嗚咽地靠近了華生。華生握住了她的手，他看見她的手愈加瘦小了，露著許多青筋。

　　「什麼事情呀，菊香……」

　　菊香把頭伏到他的胸口，愈加傷心地低泣著，彷彿一個嬌弱的小孩到了母親的懷裡一般。

　　這時華生所有的憎恨全消失了。他輕輕地撫摩著她的頭髮，讓她的眼淚流在自己的衣上，柔聲地說：

　　「不要這樣，菊香，愛惜自己的身體呵……」

　　「我……」菊香突然仰起頭來，堅決地說，「我對你發誓，華

生……倘若我有一點點意思對那個下賤的『花蝴蝶』……我……」

華生把住了她的嘴。

「我不好……錯怪了你……」他對她俯下頭去，緊緊地抱住了她。

菊香又嗚咽的哭了。但她的心中現在已充滿了安慰和喜悅，過去的苦惱全忘卻了。一會兒止了哭泣，又像清醒過來了似的突然抬起頭來四面望了一望，坐到離開華生兩三步遠的地方去。

「爸爸有這意思的，我反對，他現在不提了……」

「我知道。」華生冷然的回答說，「無非貪他有錢。」

「他這人就是這樣……」

「但是我沒有錢，你知道的。」

「我不管這些。」菊香堅決地搖著頭說。

華生的眼睛發光了。他走過去，蹲在她身邊，握住了她的手，望著她的眼睛，說：

「那麼你嫁給我……」

菊香滿臉通紅的低下頭去，但又立刻伸手抱住了他的頭頸……

十一

　　過了三天，黑麻子溫覺元，傅家橋鄉公所的事務員，拿著一根打狗棍邁步在前，鄉公所的書記孟生校長挾著一個烏黑發光的皮包，幌搖著瘦長的身子在後，從這一家走到那一家，從那一家走到這一家，幾乎走遍了傅家橋所有的人家。

　　於是剛從熱鬧中平靜下來的村莊又給攪動了。

　　「上面命令，募捐掏河！」

　　溫覺元粗暴地叫著，孟生校長翻開了簿子說：

　　「你這裡五元，鄉長派定。」

　　輪到葛生嫂，她直跳起來了。

　　「天呀！我們哪裡這許多錢！菩薩剛剛迎過，就要落雨了，掏什麼河呀⋯⋯」

　　「上面命令，防明後年再有天旱。」孟生校長說著，提起筆蘸著墨。

　　葛生嫂跳過去扳住了他的筆桿：

　　「五角也出不起，怎麼五元？你看我家裡有什麼東西呀？全是破破爛爛的⋯⋯剛打過齋，募過捐，葛生已經掙斷了腳筋⋯⋯」

　　黑麻子走過來一把拖開了葛生嫂，用勁地捻著她的手腕，惡狠狠地瞪著眼說：

　　「上面命令，聽見嗎？」

　　「你⋯⋯你⋯⋯」葛生嫂苦痛地扭著身子，流著淚，說不出

話來。

正當這時，華生忽然出現在門口了。他憤怒地睜著眼睛，咬著牙齒，嘴唇在不自主地顫慄著。

「華生……」孟生校長警告似的叫著說。

溫覺元縮回手，失了色，但又立即假裝出笑臉勸解似的說：

「不要搶……讓他寫，這數目並不多呢……」接著他轉過身來對著華生說，「你來得好，華生，勸勸你的阿嫂吧……」

華生沒做聲，仍然睜著眼望著他和葛生嫂。

「華生，你看吧。」孟生校長說了，「上面命令，募捐掏河，大家都有好處，大家都得出錢的……」

葛生嫂一聽到錢，忘記了剛才的侮辱，立刻又叫了起來：

「五元錢！我們這樣的人家要出五元錢！要我們的命嗎……迎過神了，就要落雨了，掏什麼河……」

「剛才對你說過，防明年後年再有旱天。」黑麻子說。

「今年還管不著，管明年後年！你不看見晚稻枯了嗎？我們這半年吃什麼呀……五角也不捐！」

「那怕不能吧。」孟生校長冷笑地說。「阿英聾子也出了八角大洋的。」

「什麼？」華生憤怒地問。「阿英聾子也該出錢？」

「那是上面的命令。」黑麻子回答說。

但是孟生校長立刻截斷了他的話：

「也是她自己願意的。」

「命令……」華生憤怒地自言自語說。「也是她自己願意……」

「我看我們走吧。」孟生校長見機地對溫覺元說。「彌陀佛既然不在家，下次再說，橫直現在沒到收款的時候……」他說著收起皮包，往外走了。

「不出錢！」葛生嫂叫著。

「我們自己去掏！」華生說，「告訴鄉長沒有錢捐，窮人用氣力。」

「這怕不行吧。」孟生校長走出了門外，回答說，「那是包工制，早已有人承辦了。」

「那是些山東侉子，頂沒出息的……」黑麻子在前面回過頭來冷笑地回答著華生。

「畜生……」華生氣忿地罵著。

黑麻子又轉過頭來，猙獰地哼了一聲，便轉了彎，不再看見了。

「什麼東西……什麼東西……」華生捻著拳頭，蹬著腳。

「你去找阿哥來，華生！這次再不要讓他答應了！什麼上面命令！都是上面命令！我知道有些人家不捐的，他們都比我們有錢，從前什麼捐都這樣！我們頂多捐上一元，現在只說不捐！只有你那阿哥，一點不中用，快點阻止他……」

「噯，提起阿哥，就沒辦法。他一定會答應的，任你怎樣阻止他吧，我不管。這種人，倘使不是我親阿哥，我……」華生不再說下去了，他終於覺得他阿哥是個好人。「不錯，他是個好人，可是太好了，在這世上沒有一點用處……」

「我一生就是吃了他的虧！」葛生嫂訴苦說。

「所以人家對我也欺侮……」

「這麼窮，生下許多孩子，要穿要吃，苦得我什麼樣……你看，你看。」他忽然指著床上的小女孩，「沒睡得一刻鐘就已醒來了，我一天到晚不要休息！」

華生往床上望去，他的小侄女正伏在那裡豎著頭，睜著一對小眼睛，靜靜地望著他們，傾聽著。

「叔叔抱吧，好寶寶。」他伸著兩手走了過去。

但是她忽然叫了一聲「媽。」傷心地哭了。

「沒有睡得夠，沒醒得清。」葛生嫂說。

「好寶寶，不要哭，叔叔抱你買糖去。」華生一面拍著她的背，一面吻著她的額角，「你閉了嘴，我抱你買糖去，紅紅的，甜甜的，好嗎？這許多，這許多……」

孩子的臉上掛著晶瑩的淚珠，笑了起來。華生高興地一把抱起她，伸手從衣袋內取出一條手帕給她拭著淚。

葛生嫂呆住了。華生拿的是一條紅邊的絲巾，繡著五色的花的。

「華生……」她驚訝地叫著，眼光釘住了那手帕。

華生望了她一眼，立刻注意出自己的疏忽，把那手帕塞進了自己的袋內。

「給我看，那是誰的手帕……」

「自己的……」華生得意地抱著孩子走了。

「自己的！」葛生嫂喃喃地自言自語的說。「現在可給我找到證據了……」

她高興地在門口望了一會，又忽然憂鬱地坐到桌邊，想起葛生哥的負擔和未來的弟媳婦對她的好壞。

　　「孩子呢？」忽然有人問。

　　葛生嫂仰起頭來，見是葛生哥，便回答說：

　　「小的，華生抱去了，大的怕在外面吧。」

　　「真是野馬一樣，一天到晚不在家。」葛生哥縐著眉頭說，「過了年，送他們進學堂。」

　　「你做夢！」葛生嫂叫著說，「連飯也快沒有吃了，還想送他們進學堂！」

　　「生出來了總要教的。」

　　「錢呢……？」

　　「緩緩想辦法。」

　　「好呀，你去想辦法！你去想辦法！這裡扯，那裡借，將來連飯也沒有吃，背著一身的債，叫兒子去還，叫孫子去還！哪，哪，那是爹，那是爺！」

　　「又來了，你總是這樣的性急，空急什麼，船到橋門自會直……」

　　「你擺得平直……」

　　「擺不平直，也要擺它平直……」

　　「好呀好！你去擺！我看你擺！剛剛打過齋，寫過捐，掏河捐又來了，你去付，我們不要吃飯了……」

　　「掏河大家都有好處，自然要付的……」

　　「要付的，要你十元五十元也付……」

「他們只要我們五元。」

「只要五元……阿，你已經知道了，你已經答應了？」

「上面命令。」

「阿，阿，你這沒用的男子！」葛生嫂直跳起來了。「我看你怎樣過日子！華生這麼年紀了，你不管，我看你現在怎樣辦，他已經……」

「自然也得我給他想辦法。」葛生哥不待她說完，就插了進來，「至於現在這個女人，不會成功。」

葛生嫂呆住了。

「什麼？你已經知道了……」她問。

「老早就知道。」

「那是誰呀？」

「朱金章的女兒。」

「阿！」葛生嫂驚喜地叫著說，「菊香嗎？那倒是個好女孩！你怎麼知道的呀？」

「誰都知道了。」

「偏有我不知道，噯，真是枉為嫂子。就給他早點娶了來吧。」

「你才是作夢。」葛生哥憂鬱地說，「我們有什麼家當，想給華生娶朱金章的女兒……」

「朱金章有什麼家當！一爿豆腐店，極小的豆腐店呀！誰又曉得華生將來不發財！」

「空的，不用說了。」

「又是你不中用！你這樣看得起人家，看不起自己！難道華生不該娶一個女人嗎？二十一歲就滿了，你知道嗎？豆腐店老闆的女兒娶不起，該娶一個叫化婆嗎……」

「又來了，同你總是說不清。」葛生哥說著往門外走去。

「你得做主！你是阿哥！」

「你哪裡曉得……」葛生哥說著轉了彎，一直到田邊去了。

他心裡異常的苦。華生的親事並非他不留心，實在是這筆費用沒有準備好，所以一直延遲到了現在。阿弟的親事原是分內的責任。但現在，他卻不能不憂愁焦急了。華生已經有了情人，外面的論調對他很不好，這以後再要給他定親就很困難。其次是現在不能成功，還不曉得華生的痛苦得變到什麼情形。華生是個年青人，他是當不起一點磨折的。倘有差池，不能不歸罪於他不早點給他定親。早點定了親，是不會鬧出岔子來的，然而現在，已經遲了。

「遲了遲了……」葛生哥懊惱地自語著，他感覺到了未來的恐慌。

河底已經起了很大很深的裂痕，田裡的裂痕多得像蛛網一般。稻根已吸受不到水分，單靠著夜間的露水苟延著。稻稈的頭愈加往下垂了，許多綠葉起了黃色的斑點，甚至全黃了。不久以前，它們幾乎全浸沒在水裡，碧綠綠地，蓬蓬勃勃地活潑而且欣悅，現在卻憔悴得沒有一點生氣了。

「唉，正要開花結穗，正要開花結穗……」葛生哥傷心地嘆息著，一面撫弄著身邊的稻葉。

他費了多少的心思，多少的時間，多少的氣力，多少的汗血

呵，在它們上面。從早到晚，從春到秋，沒一刻不把自己的生命消耗在它們上面。狂風怒吼的時候，他在它們中間；暴雨襲擊的時候，他在它們中間；烈日當空的時候，他在它們中間；甚至疲乏地睡熟了，也還做著夢在它們中間。他耕呀犁呀，給它們預備好一片細軟的土；他耘呀耙呀，給它們三番四次刪除莠草；他不息地供給它們滋養的肥料，足夠的水量。他看看它們萌芽，抽葉，長莖。他天天焦急地等待著它們開花結穗，如同等待親生的孩子長成起來了一般。

而現在，似乎什麼都空了。他徒然耗費了自己的生命，把它們培植到了正要成熟的時期，忽然要眼看著它們夭折了。

唉，希望在哪裡呵，希望？迎過神求過雨，三天了，眼巴巴地等待著老天爺降下甘露來，甘露在哪裡呢……

突然間葛生哥覺得眼花頭暈了——像是一條蚯蚓，一條蜈蚣，一條蛇，在他的心上撥動著尾巴似的，隨後慢慢地動著動著鑽到了他的肚子裡，猛烈地旋轉著，旋轉著，想從那裡鑽了出來。

「啊呵……啊呵……」

葛生哥用力壓著疼痛的地方，像失了重心似的跟蹌地走回了家裡。

「你怎麼呀……」葛生嫂驚駭地叫了起來。「你，你的臉色……天呵，什麼樣的運氣……你看看這小的呀……」

葛生哥睜著模糊失神的眼，往她指著的床上望去，看見他的第二個兒子一臉慘白，吐著沫，痙攣地蜷曲著身子，咳著喉嚨，咕咕地哼著。

「老⋯⋯天爺⋯⋯」葛生哥仰起頭，一手按著肚子，一手朝上伸著，絕望地叫了一聲，同時痙攣地蹲下地去。

葛生嫂面如白紙，發著抖，跟著跪倒地上，叫著說：

「老天爺⋯⋯老天爺保佑呵⋯⋯」

她滴著大顆的淚珠，磕著頭。

但是老天爺並沒有聽見他們的呼號，他不肯憐憫世上最好的人，葛生哥終於和他的第二個兒子一起病倒了。

那是怎樣可怕的病：嘔吐，下痢，煩渴，昏睡，不一刻就四肢厥冷，眼窩下陷，顴骨和鼻梁都凸了出來，皮膚蒼白而且乾燥，好像起了裂痕。

虎疫！可怕的虎疫！

同時，恐怖占據了每個人的心，整個的村莊發抖了。患著同樣的症候的並不只是葛生哥父子兩人，傅家橋已經病倒許多人了。平時最見神效的神曲，午時茶，濟眾水，十滴水，現在失了效力。第二天早晨，和葛生哥的兒子同時抬出門的還有好幾個棺材。淒涼的喪鑼斷斷續續地從屋弄裡響到了田野上的墳地，彷彿哀鳴著大難的來到。

三天內，傅家橋已經死去了五個小孩，六個老人，五個女人，四個中年人，這裡面除了葛生哥的兒子還有菊香的弟弟阿廣，阿波嫂，中密保長，長石嬸，吉祥哥，靈生公，華生的鄰居立輝和阿方⋯⋯

一些健康的人開始逃走了。街上的店鋪全關了門。路上除了抬棺材的人來往以外，幾乎絕了跡，誰也不敢在什麼地方久停，或觀

望這裡那裡，除了悽慘的呼號和悲鳴的聲音以外，整個的村莊便死了一般的沉寂。誰要想起或聽到什麼聲音，就失了色，覺得自己彷彿也要作起怪來，下起痴來，立刻要倒了下去似的。

掏河的工人已經到了傅家橋，督工的是阿如老闆，阿生哥，阿品哥，孟生校長，黑麻子溫覺元。但現在只剩了阿品哥和溫覺元偶然跑到岸上去望望，其餘的人都已先後逃出了傅家橋。那些高大的勇敢的經歷過無數次的天災人禍和兵役的北方工人也禁不住起了恐懼。他們只是躲在河床上工作著，不敢跑到岸上去和村中的人接觸。他們工作得非常迅速，一段又一段，恨不得立刻離開了這個可怕的地方。

華生的心裡一樣地充滿了恐懼和悲傷，他親眼看著他的侄兒死去，他又親手把他埋葬。他親自侍候他的阿哥，小心地照顧著他的嫂子和侄兒女，又不時的去安慰阿波哥，去探望菊香。他晚上幾乎合不上眼睛，一會兒葛生哥要起床了，一會兒葛生嫂低低地哭泣了起來，一會侄兒女醒來了。等到大家稍稍安靜了一點，他才合上眼睛，就忽然清醒過來，記起了菊香。

「我……我這次逃不脫了……」菊香曾經嗚咽地對他說過，她也已經患了這可怕的病。「我好命苦呵，華生……」

她幾乎只剩著幾根骨頭了。華生的心像刀割似的痛，想不出什麼話來安慰她，只是忙碌地給她找醫生，送方藥。她的父親到現在仍然很不關心她。他死了兒子，簡直瘋狂了，天天喝得醉醺醺的。

「完了，完了……」葛生哥清醒的時候，嘆息著說，隨後又很快的昏昏睡去了。他瘦得那樣的可怕，彷彿餓了一兩個月似的。

葛生嫂幾乎認不出來了。蓬亂地披著頭髮，穿著一身滿是尿跡的衣服，拖著鞋帶，用眼淚代替了她平時唧唧噥噥的話。

　　傅家橋的消息很快的傳到了城裡，第四天便來了一個醫生和兩個看護，要給村裡的人治病，但大家都不大相信西醫，尤其是打針開刀。

　　「那靠不住，靠不住。」他們這樣說，「動不動打針剖肚皮。從前有人死過……」

　　但華生卻有點相信西醫，他眼見著中醫和單方全失了效力，也就勸人家聽西醫醫治。年青的人多和華生一致，首先給醫生打了防疫針。阿波哥因為恨了中醫醫不活自己的妻子，也就給西醫宣傳起來，其中宣傳得最用力的，卻是阿波哥隔壁的秋琴。她幾乎是第一個人請醫生打防疫針，她又說服了她的七十五歲的祖母。隨後她穿著一件消毒的衣服，戴著口罩，陪著醫生和看護，家家戶戶的去勸說。她是很能說話的。

　　「聽我的話，阿嬸，阿嫂。」她勸這個勸那個，「讓這位醫生打針，吃這位醫生的藥。我敢擔保你們沒有病的不會生病，生了病的很快好起來。我看過許多書報，只有西醫才能醫好這種病的。我沒有病，但是我首先請他打了針了，你們不信，把手臂你們看。」她說著很快的捲起了袖子，「你們看，這貼著橡皮膏的地方就是打過針的，一點點也不痛，很像是蚊子咬了一口那樣，但還沒有蚊子那樣咬過後又痛又癢，他給我用火酒摸了一會就好了。現在這裡有點腫，那是一兩天就會退的。這比神藥還靈，所以我敢跑到你們這裡來。我的祖母也給打過針了，你們不信，可以去問她……」

　　她說的那樣清楚仔細，又比醫生還婉轉，於是村裡人陸續地依從了。

　　同時，華生也已說服了她的阿哥和嫂嫂，連他的侄兒女也打了針。菊香是不用說的，最相信華生的話。隨後他又帶著幾個年青人和秋琴一起去到各處宣傳勸解。

　　過了兩天，疫勢果然漸漸減殺了，患病的人漸漸輕鬆起來，新的病人也少了，傅家橋又漸漸趨向安靜。

　　「華生救了我的命了。」葛生哥覺得自己得了救，便不時感激地說。「我總以為沒辦法的，唉，唉……這真是天災，真是天災……可見老天爺是有眼的，他饒恕了好人……」

　　「孩子呢？孩子犯了什麼罪呀……」葛生嫂聽著不服了，她一面流著淚，一面看著葛生哥好了起來，也就心安了一點，又恢復了她平日的脾氣。「這麼一點點大的孩子，懂得什麼好事壞事，也把他收拾了去……」

　　「那是氣數呵。」葛生哥嘆息著說，「命裡注定了的，自然逃不脫……你也不要太難過了……」

　　但他雖然這樣勸慰著葛生嫂，也就禁不住傷了心，眼淚汪汪起來。

　　華生心裡有話想說，但見到葛生哥這種情形，也就默然走了開去。隨後他到街上看了一次菊香，心中寬舒下來，就站在橋頭上站了一會。

　　橋的北邊，河東住屋盡頭的高坡上，那塊墳地，現在擺滿了棺材了，草夾的，磚蓋的，也有裸露的，橫一個，直一個，大一個，

小一個，每一個棺材旁插著一支綠色的連枝葉的竹子，上面掛著零亂的白紙的旗幡，表示出都是最近死去的。

華生不覺起了一陣恐怖又起了一陣淒涼。

在那邊，在那些棺材裡躺著的盡是他的熟人。無論是男的女的，老的小的，他都清清楚楚地記得他們的名字，相貌，行動，聲音和歷史。幾天前，他們都是好好的，各人做著各人的事業，各人都為自己的未來，子孫的未來打算著，爭著氣，忍著苦。但現在卻都默默無聲的躺下了。過去的歡樂，悲苦，志氣，目的，也全跟著消失得無影無蹤，到現在只留下了一口薄薄的棺材。大的災難一來，他們好像秋天的樹葉，紛紛落下了。而過了不久，他們的名字，相貌，行動，聲音，甚至連那一堆的棺材也都將被人忘卻，被歲月所消滅，正如落到地下後的樹葉不久就埋沒了一樣……

華生不覺淒涼地縮回了眼光，望著近邊的河道和兩岸。過去幾天裡，他不相信他的眼光沒有注意過河道河岸，但他卻一點也記不起來它們的情狀。現在，他可第一次看清楚了它們變得什麼樣子：

河已掏過了。工人們好像離開傳家橋已有兩三天。看不出河道掏深了好多，只看見河底的土換了一種新的，頗為光滑，彷彿有誰用刨刨過一樣。兩岸上堆著一些鬆散的泥土，而且靠近著岸邊，甚至有些已經崩塌到了河灘上。

華生轉過身來望著橋南的河道和兩岸，一切都和橋北的一樣。他走下河底，朝南走回家去。

現在他又開始注意到了河底井邊的吸水的人。雖然沒有以前那樣的忙碌，擁擠，但也還前前後後一擔一擔的聯絡著。許多人許多

人穿著白鞋，手腕上套著麻繩或棉紗的圈子，那顯然是死了長輩的
親人。有些人憔悴而且蒼白，不是生過輕度的病，就是有過過度的
悲傷或恐怖的。

　　他們沒有一點笑臉，看見華生只是靜默地點點頭。華生慢慢的
走著；也不和他們說什麼。他感覺到了無限的淒涼。幾天不到這河
道來，彷彿隔了十年五年似的，全變了樣了。幾天以前，這裡主宰
著笑聲話聲，現在靜寂了。幾天以前，在這裡走著許多人，現在躺
在棺材裡了。而河道，它也變了樣。它在他不知不覺中已經經人家
掏起了一點土，一條條的裂縫給填塞了，變得很光滑。

　　但越往東南走，河道的底卻越多舊的痕跡起來，岸上的土也少
了起來。

　　「這一定是連那些工人也吃了驚，馬馬虎虎完了工的。」他
想，倒也並不十分在意。

　　但同時他忽然聽見了汲水的人的切切的語聲：

　　「噓！閉嘴……他來了……」

　　「唉，唉……」

　　華生驚訝地呆住了。他看見他們的臉上露著驚懼的神情，彷彿
有著什麼不幸的事情對他保守著祕密似的。他禁不住突突地心跳
起來。

　　「什麼事情呀……」過了一會，他問。

　　大家搖一搖頭說：

　　「你好，華生……」

　　他看出他們像在抑制著一種情感，愈加疑惑起來，用眼光釘住

了他們說：

　　「我明明聽見你們在講什麼，看見我來了，停了下來的。」

　　「我們在講掏河的事情呢，華生。」一個中年的人說。

　　「掏得怎麼樣？大家滿意嗎？」

　　「唉，還說它做什麼，我們沒死掉總算好運氣了……」

　　「那自然。」華生說。「我想掏河的人一定也怕起來，所以馬馬虎虎的混過去了。」

　　「一點也不錯，他們簡直沒有上過岸，就從這河底走過去的。這種年頭，我們還是原諒人家一些吧。壞人總會天罰的，華生，我們且把度量放大些……」

　　「你的話也不錯。」華生說著走了。

　　但是走不到幾步，他忽然覺察出了一種異樣：後面的人又圍在一起談話了，聲音很輕，聽不見什麼；前面汲水的人也在咕嚕著什麼；他們都在別幾個井邊，沒在他的井邊汲水。

　　他好奇地往他的井邊走了去。

　　「不得了……不得了……」他聽見有人在這樣說。

　　「阿呀……」他突然驚詫地叫著站住了。

　　他那個最深的井已經給誰填滿了土，高高的，和河道一樣平。

　　華生的眉毛漸漸倒豎了起來，憤怒壓住了他的心口。他急促地喘了幾口氣，回轉頭來，他的身邊站滿了驚慌的汲水的人。

　　「華生！」有人叫著。

　　「什麼？」他窒息地問。

　　「等上三天……」

「什麼……」

「我們這些井裡還有水可汲……」別一個插入說。

「唔……」

「我們相信就要下雨了……」另一個人說。

「哦……」

「你看，你看，太陽的光已經淡了，那裡有了暈，明後天就要下雨了……大家忍耐一些時候吧……」

「誰把那井填塞的……」

「三天不下雨，我們把那個壞蛋吊起來。」

「誰填的？你們說來！」

「你不要生氣，不要問了，暫時放過他，那壞蛋，天誅地滅，他不會好死的……你現在放大度量……」

「不錯，華生，他不會好死的。」別一個勸著說。「現在這裡元氣未復，多一事不如少一事，好在別的井裡還有水……」

「三天不下雨，我們把他吊起來！」

「我們現在咬著牙齒等待著將來報復……」

「將來報復……」

「記在心裡……」

「等待著……」

「等待著……」

華生看大家都是這種主張，也就依從了。

「好，就耐心等待著！」他說著苦笑了一下，回家了。

但他的心裡依然是那樣的憤怒，恨不得立刻把那個填井的人捉

來，一斧頭砍死了他。

「我費了多少工夫！我費了多少工夫……」他蹬著腳叫著說。「再不下雨，井水一個一個都要乾了……」

他吃不下飯，也睡不熟。他推想著那個填井的人一定就是上次丟死狗的人，也一定和他有仇恨的人。

「但這井水是大家都可以汲的害大家做什麼呀……」

「他管什麼大家不大家！」葛生嫂叫著說。「他管自己就夠了！現在誰不是這樣！只有你們兩兄弟這樣傻，自己管不了還去管人家……」

「好人自有好報，惡人自有惡報的……」葛生哥勸慰著他們說。

當天夜裡，華生正在床上氣憤地躺著的時候，他聽見外面起了風了。

胡……胡……胡……

它吹得那樣猛烈，連窗紙也噓噓地叫了起來。

隨後像飛沙走石似的大滴的雨點淅瀝淅瀝地響了。

「雨……雨……」他叫著。

「雨……雨……」葛生嫂在隔壁應著。

「老天爺開了眼了……」葛生哥歡喜得提高了聲音。

隨後風聲漸漸小了，雨聲仍繼續不斷的響著。

整個的村莊都從睡夢中甦醒了過來。到處都聽見開門聲，歡呼聲：

「雨……雨……」

十一

到處有人應和著：
「雨……雨……」

十二

　　雨接連下了三天。河水滿了。稻田裡的早已太多，淙淙泊泊地從岸上湧下了河裡。整個的傅家橋又復活起來，沒有一個人的心裡不充滿了歡樂。許久沒有看見的船隻又紛紛出現在河面。稻田裡三三兩兩的來往著農人。

　　葛生哥已經起了床。他彷彿老了一二十年，瘦得可怕，蒼白得可怕，眼窩深深地陷在眉稜下，望過去只看見凸出的顴骨和鼻子和尖削的下巴，倘使揭去了面上的皺摺的皮，底下露出來的怕就是一個完全的骷髏了。他沒有一點氣力，走起路來跟蹌的厲害。他看看天晴了，便默然走到門邊，勉強地背了一個鋤頭，要走出門外去。葛生嫂立刻著了急，拖住了他。

　　「你做什麼呀？」她叫著說，「這樣的身體！」

　　「去關溝。」葛生哥無力地回答著。

　　「阿弟老早去了。」

　　「去看看關得好不好。」

　　「你糊塗了，你阿弟連關溝也不曉得了嗎？」

　　「就讓我看看稻，會活不會活……」

　　「會活不會活，看不看都是一樣的！」

　　「看過才放心。」他說著推開葛生嫂，走了。

　　「路滑呀！你這樣的身體！」葛生嫂皺著眉頭，說。

　　「走慣了的，你放心……看會活不會活……」

十二

葛生嫂知道固執不過他，只得嘆了一口氣，跟到屋前空地上望著。

「快點回來呀，溼氣重哩！」

她看見葛生哥點點頭，緩慢地跟蹌地走上了小路。隨後他又像失了重心似的幌搖著身子，稍稍停了一停腳步，把肩上的鋤頭放下來當做了手杖，一步一按地向田邊走了去。她看見華生正在那邊和人談話，便大聲地叫了起來：

「華生！華生！」

華生沒聽見，仍指手劃腳地說著話。

她焦急地望了一會，直至葛生哥走近了華生那邊，看見華生走過去扶住了他，她才放了心，走回到自己的屋裡。

「我看你再休養幾天吧，阿哥。這樣的身體⋯⋯」華生憂鬱地說。

「不要緊。」葛生哥回答說，喘著氣，額上流著汗。

「你真關心呵，彌陀佛！」說話的是阿曼叔，瘦子阿方的父親，六十幾歲了，比阿方還瘦。

「哪裡的話，阿曼叔。」葛生哥支著鋤頭，說。「我們的心血全在這田裡，怎能不關心。你看你這樣老了，也還要出來呢，何況我這樣年紀⋯⋯」

「你說得是，彌陀佛，我們的心血全在這田裡，唉⋯⋯」阿曼叔說著搖起頭來，顫慄著兩唇，顯得很頹唐的模樣。「阿方的心血也全在這田裡，可是，他年紀輕輕，比我先走了，無兄無弟，弄得我今天不得不出來⋯⋯」

「但願你加壽了，曼叔……」

「加什麼壽呵，彌陀佛，我這樣年紀早該走了，愈活愈苦的。老天爺真不公平，我兒子犯了什麼罪呵……」

「可不是犯了什麼罪呵，連我那第二個兒子也收了去……唉，什麼也不懂，什麼也懂得，真好玩……」葛生哥說著，眼眶裡有點潤溼起來了。

「過去了，還想他做什麼！」華生插了進來。「你看，稻活了！」

葛生哥這才把他的注意力集中在眼前的稻田裡。

稻果然活了，抬起了頭，挺直了莖葉，溼漉漉的像在流著眼淚，像在回憶著幾天前陷入在奄奄一息的絕望中的情景。

「怕不到一半呵……你們看，這些沒有希望了。」葛生哥說著，指著許多完全枯萎了的稻。

「有幾成也算夠了，彌陀佛。」阿曼叔勸慰著葛生哥也像勸慰著自己似的說。

「可不是，譬如一成也沒有，譬如我們也遭了……」葛生哥忽然把話停住了，他想竭力推開那襲來的陰影。「看呵，這些活著的稻不曉得多麼喜歡呵，只可惜不會說話……華生，你把水溝全關緊了吧？」

「全關緊了。」

「看看有沒有漏洞？」

「沒有。」

「再看一遍也好，小心為是。」葛生哥對阿曼叔點了點頭，往

十二

岸邊巡視了去。華生在後面跟著。

「這樣很好，華生。正是一點也不能讓它有漏洞。你原來是很聰明的。做人和這水溝一樣，不能有一個漏洞。倘使這水溝沒關得好，只要有一枚指頭大的漏洞，過了一夜這塊田裡的水就都乾了。所以大事要當心，小事也要當心。我們的父親是最謹慎小心的，他常常對我說：『差之毫釐，失之千里，』做人要是有了一個小漏洞，也就會闖下大禍，一生吃苦的⋯⋯」葛生哥停住腳，休息了一會，隨後又轉過身來對著華生嘆息似的說：「我這次總算逃脫了，華生，但是我精力太不濟，還不曉得能拖延多少時候⋯⋯你很能幹，又年輕，只有希望你了，我已經不中用⋯⋯唉，我心裡很不安，到現在沒有給你成大事，不是我不關心，實在是負的債拔不清，但是我現在打定主意，不再拖延了，我要趕快給你成了大事⋯⋯遲早在明年二月底初。我們家裡的幫手太少了，以後怕要你獨自支撐起來，你阿嫂也不大能幹，弟媳婦應該是個又能幹又有德性的。哎，你那時真快活⋯⋯」

葛生哥忽然微笑了一下，同時額角上掛著汗珠，筋絡綻了起來，顯得非常疲乏的樣子，緊緊地靠著鋤頭的柄。

華生扶住他的手臂，感動得眼眶潤溼起來。他心中又淒涼又羞慚又感激，低著頭說不出一句話。過了許久，他才回答說：

「你還要多休息幾天，阿哥，田裡的事情，我會管的⋯⋯」

隨後他就扶著葛生哥慢慢走回了家裡。葛生哥的身體真的太差了，華生從來沒看見過他這樣的乏。他扶著他的手臂，兩腳還是放不平穩，把整個的重量落在阿弟的手臂上，彷彿就要倒了下去似

的。華生很明白他的脾氣，只要他有一分精神，一分氣力，他也要掙扎的，無論什麼時候都不肯依靠別人。現在明明是他覺得自己沒有希望了，所以說出那樣的一場話來，好像還在恐懼著活不到明年二月裡的模樣。華生不覺起了一陣恐怖。

　　一直到現在，他可以說是快活的。雖然從小就失了父母，他卻有一個和父母一樣的阿哥。他雖然歷來就幫著阿哥工作，然而他是無憂無慮，一切責任都由阿哥負擔，一切計劃都由阿哥做主的。有時他不高興，或者反對他阿哥的意見，他甚至可以逍遙自在的旁觀著，不負一點責任。但是以後呢？倘使他的阿哥真的……

　　他反對他阿哥做人的態度，他常常埋怨他，不理他，有時甚至看不起他。他相信倘若什麼事情都由他做主，阿哥依他的話去行，他們就不會處處吃虧，處處受人欺侮，或許還不至於窮到這樣。他阿哥的行為幾乎是太和人家的相反了。人家都是損人利己的，他只是損己利人。人家是得寸進尺的，他只是步步退讓。人家作威作福，他低聲下氣。給人家罵也罷打也罷，他絕不還手，也不記在心裡。無論他對誰怎樣好，沒有誰把他放在眼裡，只換得一個滿含著譏笑的名字：彌陀佛！他上次為什麼和他爭吵呢？也就是為的這個。倘若他是阿哥，而阿哥變成了他的阿弟，他和阿如老闆的事情就絕不肯如此休場。只要有一次，他相信，打出手，占了勢，誰也不敢再來欺侮他們。然而他阿哥不，只是受委屈，自願受委屈。他老早就恨不得比他大上幾歲，一切來自己做主了。但是，倘若他阿哥真的永久撒了手，把一切放在他手裡呢……

　　現在他覺得害怕了。他到底沒負過什麼責任，一切都茫然的。

十二

雖然是一個小小的鄉村，可是知人知面不知心，什麼的人都有，什麼事情都會發生，他將怎樣去應付呢？做人不可有一個漏洞，一點小事會闖下大禍，這是他的阿哥剛才所說的。他怎樣知道這個那個就會闖下大禍呢？照著他阿哥那樣的事事忍耐，樣樣讓步嗎？他不能。照著他自己的脾氣，一拳還一拳，直截了當嗎？這顯然是要闖禍的。倘若只有他一個人活著倒也罷了，然而他的責任卻又那樣重。他還得負起一家的責任……

阿哥說他應該有個能幹的幫手，他也覺得這是必需的。不但在做事上，就是在心境上，生理上，他現在也很需要了。結了婚，也許他那時會更加老成，精明，有勇氣的吧？但是阿哥將給他一個什麼樣的女人呢？他已經知道了他想和誰結婚嗎？有什麼人對他阿哥說過他和菊香要好嗎？他顯然還不知道，這事情除了他和菊香以外，怕只有阿英聾子知道的。現在，他阿哥準備要給他娶親了，他要不要讓他知道？誰對他去說呢？他會不會答應？他覺得很少希望。他阿哥是個安分的人，他絕不想和比他家境更好的人配親。即使贊成，他也不會提出去。在人家不可能的事情，他是不肯做的。菊香的父親不會答應，誰都看得明明白白。他從來就看不起無錢無勢的人，從來就只和鄉長老闆們來往。和他一樣家境的人家，他尚且不肯把女兒相許，他怎會配給比他更不如的呢？不用說，即使他阿哥有勇氣向朱金章提起親事，那也是沒有希望的……

華生心裡非常的苦惱，他把葛生哥扶到家裡，把他按倒床上叫他躺下後，便獨自往外面走了去，一面默想著。但他的思想很紊亂，一會兒想到菊香和她的父親，一會兒想到阿如老闆和阿珊，一

186

會兒又想到傅青山和黑麻子⋯⋯葛生哥病前病後的印象和他的話又時時出現在他的腦子裡。他恍恍惚惚地信步走著，忽然發現自己到了街的東頭，將近菊香的店鋪門口了。這使他自己也覺得驚訝，他想不起來剛才是從那條路上來的。

但是他現在雖然走到了菊香的店鋪門口，他的心在突突地跳著，他的腳步卻沒有停留，一直走了過去。

以前當他和菊香並沒有發生特殊感情的時候，他幾乎是天天在她的店堂裡的，只要他有空閒。他那時很坦白，當著眾人有說有笑，完全和在自己的家裡一樣。這原是傅家橋的習慣，街上有消息可聽，有來往的人可看，無論男女老少沒有事做的時候都到街上來，隨便那一家店堂都可以進去坐著。華生從來沒有想到避嫌疑，也從來沒想到人家會對他起疑心。但自從他和菊香要好以後，他們倆都不知不覺的忌憚起來了，常常總覺得像有人看出了他們的破綻似的，像有人在特別注意他們似的。因此他們愈要好愈相思卻愈加疏遠了。只有當虎疫盛行的時候，菊香和她的弟弟染著這可怕的病的時候，他來看她的次數最密，一則是勇氣和憂愁鼓動著他，二則那時街上的行人也絕了跡。但現在可不同了，菊香的病已好，而街上又熱鬧起來了。

不，今天甚至要比往日熱鬧的多，本來是市日，靠橋頭的兩邊街上是擁擠得很的，同時傅家橋人今天夜裡又預備要超度亡魂。

像最近那樣，人死了就立刻抬出去，在傅家橋可以說是幾十年來空前的潦草。傅家橋人從來就重視喪事的。他們寧可活著受苦受難，死後卻想升天自在。照向來的習慣，一個人斷氣以後，

便得擇時辰合生肖，移屍到祖堂裡去，在那裡熱鬧地唸佛誦經，超度亡魂，打發盤費，然後入木收殮，停靈幾天，再擇日出喪殯厝。七七四十九天之內也少不了唸佛誦經做道場。過了這些日子，靈魂才走遍了十八層地獄，自由自在，升天的升天，投胎的等候著投胎。但是這次卻什麼也管不著了。這個沒入木，那個又死了，祖堂裡容納不下，大家也知道這病傳染得屬害，和尚道士和幫忙人沒處尋找，只得慌慌張張放入棺材，趕忙抬出去了。現在瘟疫和旱災都已過去，大家要補做佛事。其中不少窮鬼和外來的冤魂，還有很多人家因著那二重災難窮了下來，單獨做不起佛事，也就通通湊在一起共同舉行了。有錢的人家自然是另外借庵堂寺院大做一番的。

這一天街上人來人往的辦齋菜，買香燭，忙得異常，華生感覺到這時大家的眼光好像都射在他的身上，因此不敢朝菊香的裡堂裡窺望，就匆匆地在人群中擠了過去。等到過了橋，人漸漸少了，他才想起了自己究竟要往哪裡去。

他原是沒有目的的。現在既然過了橋，也就記起了阿波哥，一直向他家裡走去。

「或者和他商量一下，看他怎樣說」，華生想，「我還沒告訴他我和菊香的事情，現在阿哥既有意思要給我訂親，要不要請阿波哥對阿哥去說明我的意思呢？」

阿波哥是個精明能幹的人，和他又要好，倘若需要他，他自然是一定幫他的，華生本來早就想告訴他，但這事情說出口總覺得有點羞答答的，所以他一直對阿波哥也保守著祕密。現在華生覺得有和他商量的必要了。

他走進門，就看見阿波哥捧著頭靠著桌子坐著，顯得很悲傷的樣子，他的鬍髭和頭髮蓄得長長的，許久沒有剃了。桌上擺著一些新買來的香燭和紙箱，當然他也預備今晚上要供拜阿波嫂的。華生想起阿波嫂過去的親切，忽然成了另一世界的人，也禁不住一陣心酸。

「你好，阿波哥，終於下雨了⋯⋯」華生像想安慰他似的說。

阿波哥點了點頭，指著一條凳子，請他坐下，隨後沒氣力的說：

「下雨不下雨都是一樣的。」

「到底稻有些活了，阿波哥。」

「活了也是人家的。」阿波哥冷然回答說。

華生靜默了一會，隨後又把話轉到別的問題上去，想使他高興：

「我阿哥今天到田裡去了，這是第一次呢。」

阿波哥痛苦地閉了一會眼睛，回答說：

「那很好⋯⋯」他的聲音很淒涼，「我可是完了⋯⋯」

華生又靜默了下來。他想不出用什麼話來轉換阿波哥的思想。過了一會，他又突然做出極喜歡的樣子叫著說：

「我要結婚了，阿波哥！」

阿波哥這才驚訝地抬起頭來，望著他說：

「結婚嗎？」

「是的。」

「同誰呢？」

十二

「阿哥有這意思,他剛才對我說的。」華生又轉變了口氣。

「好吧,你遲早要結婚的。」

「我可不願意。」

「為的什麼呢?做人都是這樣的。」阿波哥感慨地說,「做兒女,做夫妻,做父母,然後……」

「這樣說來,結婚是沒意思的。」華生覺得懂得了阿波哥的意思,雖然他沒說下去。

但是阿波哥像醒悟了過來似的,趕忙改變了語氣:

「不是這樣說,華生,我是說人人都要經過的。你阿哥要你結婚,我很贊成,只不曉得他想給你配一個什麼樣的人?」

「誰曉得!」

「由他去辦,想必不會錯的。他是個老成人。」

「錯不錯,誰曉得,我不想要。」

阿波哥微微笑了一下,懂得了華生的意思:

「想是你已有了意中人了。」

華生沒做聲,紅著臉,低下了頭。

阿波哥立刻搖了搖頭,接下去說:

「我看那個人做不到的,華生,還是打消了主意吧。」

「誰呀,你說的?」華生驚訝地抬起頭來。

「我早就知道了。朱金章的女兒。」

華生的臉色忽然青了起來,又忽然紅了起來。他一直沒想到阿波哥竟已知道了這事。

「你怎麼知道呢?」

「誰都知道。許多人說，你已經和她……但我相信那是謠言，只恐怕要好是真的。」

華生突然站了起來，一臉的蒼白。

「這又是誰造謠言，說我和她有過不正當的行為，我們要好是真的，阿波哥……但是，那事情，我發誓……我們沒有做過……」

「我相信。」

「誰造謠言，你能告訴我嗎，阿波哥？我要他的命！」華生氣忿地捏著拳頭說，「我不怕那謠言，但叫她怎樣做人呀！我不能放過那個人！」

華生不安地在房中來去走著，恨不得一腳踏死了那個造謠言的人。他的眼睛裡冒著火，面色由青變了紫。

「我猜得出，那是誰！」華生繼續著說，「一定是那最卑鄙無恥的人！他想勾引菊香，而菊香沒有上他的當，所以他要造我們謠言！」

「這事情大家也知道。」阿波哥回答說，「看起來你輸了，華生，朱金章愛著那樣的人做女婿呢……她父親有錢有勢……」

「就是看中意了這個，你話一點也不錯，阿波哥……」

「朱金章是個糊塗人，他不知底細。人家已經只剩一個空架子了，誰都知道，只有他一個人不明白。你看著吧，華生，女孩兒多的是，何必單要他的女兒……老婆無非是管家生小孩，你該娶一個身體更加結實的。」

華生低下頭靜默了。他明白阿波哥的意思，那事情在他看起來是枉費心血的，所以勸他另外娶一個。華生向來相信阿波哥的見解

是正確的，這次他也一樣地相信和菊香的事是絕望了。但是勸他另外娶一個女人，他絕不能接受。他覺得這樣太對不起菊香，也太對不住自己的良心。他覺得阿波哥這一點是錯誤的。

「那麼我一生不結婚！」過了一會，華生痛苦地說。

「不要這樣想，華生。」阿波哥搖了搖頭。摸著自己的鬚髭，「我是過來人。我從前也有過這種故事，也是這樣想的。但是後來女的終於嫁了別人，我也另外娶了一個女人。都是父母做的主，沒見過面，完全是舊式的。我們起初不願意，可是結了婚都成了兩對恩愛的夫妻。你看我的女人癩臉小腳，不能再難看了，我從前的情人比她漂亮到幾萬倍，我會喜歡她嗎？可是你不會曉得，華生，她有一顆什麼樣的好心，我後來是怎樣的喜歡她呵……」

阿波哥說到這裡，眼眶有點潤溼了。他遏制著自己的情感，靜默了一會又繼續說了下去：

「那時我的父母都在世，這女人是他們給我娶的，但他們也不知道她生得這樣難看，他們上了媒人的當，說是她生得很漂亮。結婚後一個月我簡直沒有和她說話，也沒有和她同床。我父母看了那樣子也偏袒我起來，給她許多難堪，我於是也就更加看不起她，故意虐待她，一面什麼事情都不願做，只是野馬似的日夜遊蕩，弄得家裡一天比一天窮了。但是她卻沒有一句怨恨的話，煮飯洗衣，**疊**被鋪床，家裡的事情全是她一個人做的。她出身本來還好，沒有做過什麼粗事，到得我家裡，種菜弄田頭都來了。不到一年半，她的嫁裝都給我變賣完了，慢慢蓋破棉絮起來，她仍然沒有一句怨恨的話……有一次我母親病了，叫她到半裡外文光廟去求藥，她下午三

點鐘出去，一直到夜裡九點鐘沒回來。我們以為她並不把母親的病放在心裡，到那裡去閒談了；正在生她的氣，她卻回來了。一身是泥，衣服破了好幾處，前額又腫又紅，像和誰打過架。父親氣沖沖地罵她說：『你這不爭氣的女人，你還見得人嗎？』但是她卻拿出來一包藥，一張千秋山廟的簽，說：『婆婆一兩天會好的。』你知道，千秋山廟離開這裡有二十多里路，要過好幾條溪溝，好幾個刺樹林，她是一雙小腳，又不認得路，她卻到那裡求藥去了。她到得那裡天已經快黑了，怎樣回來的，連她自己也不知道。那是個最有靈驗的神廟，自然比文光廟靈了幾千倍，她又在那裡磕腫了頭，母親吃了藥，果然三天就好了。『我們看錯了，』父親和母親懊悔地說，從此對她特別好起來……對我呢，她更有許多使我不忍回想的事情，兩年後我慢慢喜歡她起來，也曉得好好做人了。但家產已經給我敗光，什麼都已來不及補救，我非常懊惱。但是她卻安慰著我說：『只要你回頭了，都會有辦法的。』這十年來，我們的生活能夠稍稍安定，也全靠她的鼓勵和幫助，那曉得她現在……」

阿波哥說到這裡低低地抽噎起來，華生也感動地滿噙著淚。

靜默了許久，他們突然聽到隔壁房裡有人在發氣的說：

「這數目，怎麼好意思，你們比不得別人家，你們出這一點，別人家就不要出了！」

華生聽那聲音是阿品哥。接著他聽見了秋琴的回答：

「這數目也不少了，簿子上明明寫著隨緣樂助。我們並不是有錢的人家。」

「還說沒有錢，你家裡有著幾十畝田，兩口子吃飯，難道留著

全做嫁裝嗎？」阿品哥的聲音。

「你說什麼話，阿品哥！」秋琴顯然生氣了。「我們沒開店做生意，沒有人賺錢進來，吃的穿的全靠這些田，每年要完糧納稅，像今年這樣年成，我們就沒有多少收入。不是為了你的面子，老實說，我們連這數目也不想出的。我根本就不相信這一套，這是迷信。好處全是和尚道士得的。還有一些人呢。」她特別提高聲音譏刺地說：「渾水捉魚飽私囊！」

「什麼話！你說什麼話！」阿品哥拍著桌子。

「走！到鄉公所去，這是鄉公所的命令！」黑麻子溫覺元的聲音。

「這不關鄉公所的事，你只能嚇別人，我可知道！」秋琴回答說。「這是迷信，這是鄉公所應該禁止的，政府老早下過命令！」

「我是鄉公所的事務員！」

「一個當差，一個走狗！」

「走！你這婊子！我看你長得漂亮，原諒了你，你倒這樣罵我……我捉你到鄉公所去！」

華生聽見黑麻子跑到秋琴身邊去了。

「滾開，你這走狗的走狗！滾開！放手……」

「不去嗎？不去就親個嘴，我饒你……」

華生和阿波哥同時跳出了門外，搶著跑進了秋琴的房裡。

黑麻子正雙手捧著秋琴的面孔，想湊過嘴去，秋琴一手扯著他的耳朵，一手撐著他的下巴，抵拒著，滿臉青白。阿品哥站在旁邊微笑著。

華生和阿波哥猛虎似的撲了過去，一個從背後拖住黑麻子的臉，一個就是拍拍的幾個耳光，接著把他按在地上，拳腳交加的痛打了一頓。

　　阿品哥發著抖，不曉得怎樣才好，呆了一會，忽然拿著捐簿奔跑了出去。但阿波哥早已追上去，拖著他的手臂拉了轉來。

　　「我們不為難你，只請你做個證人……」阿波哥說著，關上了房門。「秋琴去拿紙筆，叫他寫服狀！青天白日，調戲良家婦女……」

　　秋琴立刻跑進裡面，丟出來一根繩子，說：

　　「你先把他綁起來，華生！」

　　「他敢逃嗎？老子要他狗命！」華生叫著說，又在黑麻子的背上拍了一拳。

　　黑麻子嗯的一聲哼著，口中吐出白沫來，低聲叫著：

　　「饒命，華生……我再也不敢了……」

　　「就寫一個服狀，饒了你！」阿波哥叫著說。「阿，秋琴不要你的紙筆，就用他們帶來的，扯一頁捐簿下來。」他惡狠狠地搶去了阿品哥手中的捐簿和紙筆。「我說，你寫，秋琴……立服狀人溫覺元綽號瘟神黑麻子，傳家橋鄉公所的事務員 —— 說他調戲良家婦女，被人撞見，自知罪重，特立服狀悔過自新，準不再犯……底下寫證人阿品，叫他們親手畫押蓋指印……寫明今天日子……」隨後他轉過身去對著他們：「你們答應嗎？不答應休想出去！」

　　「是，是，是，我答應……」黑麻子伏在地上懇求說。

　　「也不怕你不答應，你這狗東西！」華生揚著拳頭，又把黑麻

子嚇得閉上眼睛，不敢動彈。

「我答應，我做證人。」阿品哥縮瑟地說。「這原是他自己不好，我們本來是寫捐的，今晚上要做佛事。」

「現在捐五角大洋夠了嗎？」秋琴一面寫著字，一面譏笑地問阿品哥說，「再要多，等我祖母回來再收吧。」

「你既然說這是迷信，不捐也可以，不捐也可以，本是隨便的。」阿品哥回答說。

「不是命令嗎？」

「那是他的話，不要信他的……」

「到底是自己人呵，都姓傅，都是傅家橋人。」

「是呀，是呀，請看自己人的面孔吧……」

「看自己人的面孔，捐錢就寫上十元五元嗎？」

「不，不，一角也不要了，收了一樣……」

「現在要強迫你們收去了。」阿波哥插入說。「捐條不能不再要一張，將來好拿你們的押畫來對。還有，我這裡的是一角小洋，華生是十個銅板，一併寫了收條，畫了押，也不勞你們再跑了。」阿波哥說著把錢摸出來。

華生笑著，也摸出十個銅板，丟在地上：

「你檢去做本錢吧！」

阿品哥顫慄地望著，不敢動。

「我命令你，檢去！聽見嗎？」華生凶狠地睜著眼睛，揚了一揚拳頭。

阿品哥立刻伏到地上爬了過去。

「這就像樣了——呸！」華生吐了他一口唾沫。

阿品哥半晌不敢動，檢了錢，在地上伏著。

「起來吧，來畫押！」秋琴叫著說。

「是，是，是，我先畫押。」阿品哥這才起了身。

「你們聽著，我先讀一遍。」秋琴微笑地說。「立服狀人溫覺元，綽號瘟神黑麻子，柴岙人，現任濱海縣第二區第三鄉鄉公所事務員，為鄉長傅青山之走狗，平日橫暴恣肆無惡不作，或則敲詐勒索，或則調戲婦女，自知罪惡深重，立誓悔過自新，特立此服狀為憑，如敢再犯，任憑發落處死，並將保人傅阿品一律治罪，此據……立服狀人溫覺元，保人傅阿品具……底下是日子……這樣好嗎……」

「好的很，秋琴，你真有學問。」阿波哥叫著說。「比我說的清楚多了。——你以為怎樣呢？」他轉過頭去問阿品哥。

「好的，好的……」阿品哥戰戰兢兢地說，走過去畫押，打手印，又寫了三張收條。

「黑麻子呢？」阿波哥問。

「好的，好的……我真的悔過自新了……但懇你們饒恕我……」他說著爬了起來，去畫押打手印。

「本想打你幾個耳光。」秋琴笑著說，「怕汙了我的手，也就饒了你吧。」

「是，是，是，懇你大量……」

他們兩人依然呆著，不敢動。

「可以滾了！站著做什麼！」華生收了條子，對準著黑麻子狠

十二

狠地一腳踢去。

　黑麻子跟跟蹌蹌地給踢到門邊，趕忙開了門，拐著腿子逃走
了。阿品哥發著抖，在後面跟著。

十三

　　「哈哈哈⋯⋯」華生高興得手舞足蹈起來，看見黑麻子溫覺元和阿品哥狼狽地逃了出去。「也有今天，也有今天⋯⋯剛剛碰到了我們⋯⋯看他們怎樣做人，怎樣見人⋯⋯去鑽地洞還是去上吊呢⋯⋯」

　　「不會鑽地洞，也不會上吊的。」阿波哥冷淡地回答說，用手摸著鬍髭。「要能這樣想，他們就是好人，就不會做壞事了。」

　　「阿波哥的話不錯。」秋琴插入說，「他們沒有面皮，也沒有良心，什麼事情都做得出來。」

　　「我們以後要時刻留心他們。」阿波哥繼續著說，「他們今天吃了虧，絕不肯干休的。黑麻子那東西所以敢橫行無忌，靠的是鄉長傅青山⋯⋯」

　　「我不怕傅青山！」華生大聲叫了起來，「今天如果不是黑麻子，是傅青山，我一定把他打死了！那害人的東西⋯⋯」

　　「阿品哥也靠的傅青山，阿如老闆也靠的傅青山⋯⋯他是鄉長，有權有勢，他手下都是些壞人，我們不能不防備。」

　　「阿品哥也好，阿如老闆也好，傅青山也好，來一個，打一個。我不怕，我要他們的命！」華生叫著。

　　「防備是應該的。」秋琴插入說，「他們有地位，有勢力，有金錢，有走狗。」

　　「隨便他們有什麼，我有拳頭！」華生憤怒地回答。

十三

阿波哥搖了搖頭。

「他們肯明來相打，也就不在乎了。但是，華生，他們絕不這樣的，他們有的是陰謀毒計，這正是我們應該防備的。」

「那麼，照你意見，我們應該怎樣防備呢？」華生問，口氣有點軟了。

「我現在還不能夠曉得他們將來怎樣，但他們要報復我們，會用陰謀，是敢相信的。我們只能隨時留心，不要上他們的當。尤其是你，華生，我覺得你太直爽了，你什麼事情都不大能忍耐。這是你的好處，也是你的缺點。你以後凡事要多多忍耐，要細細考慮他們有沒有陰謀。」

「阿波哥說的是。」秋琴應聲說。「我最喜歡直爽坦白的人，但我也明白在這種惡劣的社會裡，是不能太直爽坦白的。因為人家都狡詐，你坦白，是一定會吃虧的。」

「我生成是這樣的脾氣呀！」華生叫苦說。「我不會說謊話，不會假做作，快樂就笑，有氣就發。我管不了許多，讓他們來陰謀我吧！」

「你只要多忍耐，多靜默，華生。」阿波哥說，「有些事情，你當做沒有聽見，沒有看見，當做不曉得，尤其是少發氣。」

「你的好意我知道。但是，裝聾作啞，我不能。那種人正是我最看不起，最討厭的，我為什麼要學呢？至於忍耐，你看我阿哥吧，世上應該沒有誰再比他能忍耐了，但是他有什麼好處呢？他越忍耐，人家越看他不起越玩弄他，越欺侮他。我不能忍耐，那是真的，但你看呀，誰敢動我一根汗毛！阿波哥，我以為做人是應該凶

一點的，只要不欺侮別個就是了。」

「你的話很對，華生。」阿波哥回答說。「像葛生哥那樣的忍耐到底，我也不贊成。我說你應該忍耐，那是暫時的忍耐，在小處忍耐，並不是忍耐到底。因為你太直爽容易發氣，最怕上人家的當，所以我勸你凡事細細考慮，小的地方且放過人家，眼前的事情且放過人家，留待將來總報復。」

「大丈夫要能屈能伸，華生。」秋琴接著說，「阿波哥就是這意思了。他說的忍耐並不是像葛生哥似的永不反抗，永不報復的。打蛇要打在七寸裡，倘若打在別的地方，不但打不死，反而給牠咬一口，這是犯不著的。我們以後對付那些壞人，應該找最好的機會動手，使他們永久抬不起頭來。今天這服狀寫得是好的，但也還不是最厲害的辦法，他們不會從此就低下頭去，他們一定會想出種種方法來報復我們，尤其是你，華生，他們對你本來有著許多仇恨的。他們那邊是傅青山，阿如老闆，阿品哥，黑麻子，以及別的有錢的人，我們這邊是些窮人；他們年紀大，經驗多，我們這邊年紀輕，缺少經驗。所以我們更應十二分小心。這兩邊形勢已經擺成了，用現在報章雜誌上的新名詞來說，這叫做鬥爭……」

「唔。」華生笑著說，「應該是爭鬥吧……」

「不，叫做鬥爭……叫做階級鬥爭。」秋琴笑著回答。「這名字已經很普遍了，我在書上常常見到的，你有工夫看，我可以借一本給你……是兩個階級：窮人和富人，好人和壞人，青年和老人……他們永久是合不起來的……」

「秋琴平日真用功。」阿波哥稱讚說，「一天到晚總是看報讀

書。現在新名詞真多，你說的話我們從來沒有聽見過。」

「我倒懂得一點的。」華生應聲說。「不過階級兩字這樣解說，我不大同意。我以為窮人不見得個個都是好的，富人也不見得個個都是壞的。你說是嗎……？」

「你最好多看一點書，慢慢會明白的。」

「我現在不大有工夫。」華生回答說，「你不曉得我現在正為了一件事情苦惱得厲害呢。」

「我曉得，老早就曉得了。」秋琴笑著說。「但願你早點成功呀，華生，我們等著那日子喝杯……」

「什麼？你也曉得了？你曉得的是什麼呢？」華生驚詫地問。

「不必問，也不必說了。就是那事情……但你得努力，並且小心，這也是一種爭鬥……」

「好。」華生笑著回答，「就算是一種爭鬥 —— 一種鬥爭吧，你們且看我的勝利……」

他說著走了。一種強烈的熱情在他的心裡擊撞著，他需要立刻見到菊香。

菊香已經完全是他的。他們兩個人的心緊緊地連成一個了。她的父親的反對，他的阿哥的不同意，阿波哥認為不能成功，以及其他的人所造的惡劣謠言 —— 這種種能夠使他和菊香分離嗎？不，絕不，他相信。他甚至得意地微笑著，想對大家說出一句這樣的話來：

「我們的姻緣是前生注定的！」

葛生哥不同意，不照著他的意思請媒人去說合，同時想給他另

外做媒了，他回去將怎樣對他說呢？自然，他不照著他的意思是可以諒解的，但可不能讓他請媒人往別家去做媒。他覺得他現在就該老早阻止他了。那不是好玩的事情，媒人說來說去，兩邊家長同意了，當事人卻出來反對。他和菊香的事情且留待慢慢解決，他決定先對阿哥堅決地說出「不要別的女人」的意思來。

「只要菊香！不然就一生不結婚！」他早已打定主意了。

「哈哈哈哈……」

一陣尖利的笑聲忽然衝進了華生的耳內，他驚詫地仰起頭來，迎面搖搖擺擺地來了一個風流的人物。

阿珊！阿如老闆的第二個兒子……

華生這時才注意出自己已經走到了傅家橋的橋上，而阿珊彷彿正是從街的東頭，菊香的店鋪裡出來的。

「唔你在這裡，華生！」阿珊略略停了一下腳步，驕傲地譏笑似的說，「你們成功了……」

「什麼……」華生站住腳，憤怒地問，捏緊了拳頭。

「哈哈哈哈……沒有什麼。」阿珊笑著，飄灑地從他身邊挨了過去，「你好，你們好……好到老……」

華生憤怒地轉過身去，阿珊已經過了橋，立刻走進豐泰米店了。一股可厭的酒氣刺著他的鼻子。

「這小鬼……」華生喃喃地罵著，望了一會豐泰米店；又復轉過身，朝街的東頭望了去。

原來市集已經散了，街上很清靜，一個長頭髮的人站在寶隆豆腐店的門口，後面立著瘦削的女孩，他們正朝著橋上望著。華生一

十三

眼望去就知道是菊香父女兩人。

他不由自主地往街的東頭走了去。

「哈哈……你好，華生，剛才你阿嫂還到這裡找你呢，說有極其要緊的事情，你趕快回去吧……」朱金章露著假笑，帶著一股燻燻的酒氣，就在店門口擋住了華生。

華生驚詫地望了一望他的面色，望了一望店堂。他沒有看見菊香。

「好，我就回去……」華生回答著，「菊香好了嗎？」

「很好，很好，謝謝你，生病的時候全靠你幫忙。」朱金章非常客氣的說。「她一早到親戚家裡去了，怕有幾天擱擱呢。」

「唔……」華生疑惑地走了，重又往店堂內望了一望。

店堂內沒有一個人。方桌子上擺著一些吃過了的碗碟，菜蔬似乎是好的，有魚肉海味。三雙筷子，三個酒杯。

華生匆忙地走著，一面起了很大的疑惑。

朱金章酒氣燻燻，他的店裡又擺著酒菜，顯然是在這裡喝的。阿珊也帶著一股酒氣，在哪裡喝的酒呢？他剛才沒有十分看清楚，但彷彿是從寶隆豆腐店出去的。難道他也在這裡喝的酒嗎？三雙筷子，三個酒杯，另一個是誰呢？店裡的夥計是沒有這資格的，這不是便飯，況且有阿如老闆的兒子在內。有資格的只有菊香一個人。

「她一早到親戚家裡去了。」朱金章是這樣說的。

然而他剛才站在橋上卻明明看見朱金章後背站著一個女人，瘦削的身材，極像是菊香。

那真的是她嗎？為什麼他到得店門口就不見了呢？不是她嗎？

剛才他看見的又是那個？而且又為什麼要躲避他呢？

　　菊香到親戚家裡去了？這很難相信。她似乎沒有親戚的，而且病剛剛好，正需要休養，怎會出去呢？

　　是朱金章騙了他嗎？但他對他的態度是很好的。他為了菊香的病向他道謝。他以前也很感激他盡力幫助他女兒。他願意把菊香嫁給阿珊，但他對華生也不壞，雖然看不起他的窮。菊香會給他管店算帳做買賣，是靠的華生的幫助，朱金章很明白。這次菊香的病能夠死裡逃生，是靠的華生，朱金章也明白的。結婚是另一件事。通常他和菊香見面，朱金章從來不會反對或阻礙過。

　　「今天自然也不會的。」華生想。「也許我站在橋上心裡生著氣，看錯了。說不定菊香真的出了門，店堂裡的酒席是別家店鋪裡的人和朱金章吃的，沒有阿珊在內……」

　　他已經到了家。他忽然記起了朱金章的話，說阿嫂在找他，有很緊要的事，他的心不覺忽然跳起來。他想起了葛生哥早晨從頭田回來那種過分的疲乏，他怕他身體有了意外的變化。

　　「阿哥」他一進外間的門就不安地叫了起來。

　　但葛生哥卻正睡熟了。葛生嫂抱著一個小的孩子，一面在補衣服，顯得很安靜，沒有什麼事情似的。

　　「阿哥好嗎？」華生問。

　　「好的。」葛生嫂回答說。「你該餓了吧，華生？時候不早了，該吃中飯。」

　　「你找我有什麼要緊事嗎？」

　　「我……」葛生嫂驚訝地問。「我沒有找你呀！」

「沒有找我⋯⋯你沒出去嗎⋯⋯」

「沒出去。」

「叫誰帶信嗎？」

「沒叫誰帶信。」

「阿⋯⋯」華生叫了起來，「果然受騙了⋯⋯哼⋯⋯我知道⋯⋯」

「誰說我找你呀，華生？」

「你不用管⋯⋯阿，我問你，有誰來過嗎？」

「黑麻子⋯⋯」

「什麼⋯⋯還有阿品哥？」

「是的。」葛生嫂點了點頭。

「捐了多少錢去⋯⋯」

「他們說在秋琴家裡看見了你，你答應捐兩元？」

「我？答應用捐兩元⋯⋯」華生直跳了起來，「真不要臉的東西⋯⋯阿嫂，他們幹的好事呀⋯⋯真是便宜了他們！」

「你阿哥立刻答應了，但我們沒有現錢⋯⋯」

「我已經捐了現錢了！十個銅板，一頓⋯⋯哼！真不要臉，還敢到我家裡來，說我答應捐兩元⋯⋯」

「是呀，我當時就不相信的，但你阿哥立刻答應了，還答應過幾天送去⋯⋯」

「好，讓我送去，我看他們敢收不敢收⋯⋯」

「華生！」葛生哥突然在床上坐了起來，叫著說，憂鬱地抹著自己的額角。「你靜下來吧⋯⋯我請你⋯⋯」

華生驚異地靜默了下來，望著葛生哥的蒼白的面孔。

　　「這是我願意出的，華生。」葛生哥繼續著說。「為了死去的兒子呵。我不相信黑麻子的話，我也知道你不會答應捐那麼多的，我知道你不相信這事情。但我是相信的。為了我的兒子……這兩元，在我是少的……我願意再多捐一點，倘若我有錢……你曉得他是多麼傷了我的心呵……這樣小，這樣好玩……但是老天爺……」

　　葛生哥說著，一時呼吸迫促起來，重又躺倒了床上。葛生嫂流著大顆的淚珠，傷心地哭泣了。

　　華生也不覺一陣心酸，闌珊地走進了自己的房來。

　　但不久他又憤怒了起來，一想到捐錢的事情：

　　「這樣卑鄙，連做夢也不會想到！我以為他們會鑽地洞，會上吊，那曉得在那裡被我打了，立刻就跑到我家裡來捐錢……阿波哥說他們不會鑽地洞或上吊，但他可絕不會想到這樣……他把他們也估計的太高了。他竭力說要防備他們，又怎樣防備呢……」

　　然而葛生哥居然又一口答應了捐錢；這使他更氣憤。他既然知道這兩個人不可靠，為什麼不想一想他捐了錢去做什麼呢！做佛事 —— 這很明顯的是藉口，他們為的飽私囊……倘不是他的侄兒子剛剛死掉，他可忍耐不住，又得和葛生哥大吵一場的。

　　「忍耐忍耐，退讓退讓。」他會這樣的對葛生哥說，「世上的壞人就是你養出來的！你養著壞人害自己，還養著壞人害大家……」

　　突然，華生咬住了嘴唇。

　　「朱金章騙了我……騙了我……」

十三

　　他說葛生嫂在找華生，葛生嫂可沒有上過街，也沒托誰找過他，家裡也並沒什麼極其要緊的事情。

　　朱金章為什麼騙他呢？華生現在明白了，那是不讓他和菊香見面。菊香明明是在店裡的，或許剛才還陪著阿珊吃過飯，阿珊走時還送到店門口，見到華生到了橋上，朱金章就叫她進去了……不，或許那正是菊香自願的，不然，她為什麼送阿珊到門口呢？華生到了門口在和她父親說話，她當然聽見的；為什麼不出來呢……她父親強迫她，那是一定的，但她就屈服了嗎？她不是說不願意見到阿珊嗎？她又為什麼要陪他吃飯，送他到門口呢……

　　華生想著想著，非常苦惱起來，等到葛生嫂要他過去吃飯時，他只胡亂地吃了半碗，再也吃不下去了。

　　葛生哥也不大吃得下，酒也不喝，不時皺著眉頭望著華生。

　　「你怎麼呀，華生？」他緩慢地說，「大清早起來，到這時還吃不下飯。年青人比不得我又老又病，一口氣吃上三碗也不算多。咳，菜也的確太壞了，老是這幾樣東西……但你得好好保養呵……希望全在你身上呀……」

　　「我有什麼希望……」華生不快活地說，「我根本和你是兩個人，什麼事情都看法不同，做法不同……」

　　「我們可是親兄弟，一個母親生下的。」葛生哥憂鬱地回答說，「這叫做同胞，譬如一個人；這叫做手足，是分不開的……儘管我的腦子比你頑固，做人比你沒用，你的脾氣和行為有該痛改的地方，但我沒有看你不起……你有你的好處，你年青，你比我有用，我自己沒有什麼希望了，老是這樣潦倒，受苦一生。但我可希

望你將來什麼都比我好的……你應該愛惜你自己，首先是保養身體……我看你近來瘦了，我真心裡著急呵……」

「因為我看不見一樣快活的事情。」

「噯，快活的事情多著呢，你凡事想得開些就好了……養心第一要緊……」

「眼前就有許多事情叫人不快活……」

「你不管它就好了。」

「不管它，它可會碰到身上來的。」

「你就當做沒有看見，沒有聽見，多想些將來的事情吧……阿，我忘記告訴你了，丁家村和周家橋都有人來說過媒，你說答應哪裡的好呢？一家是……」

「一家也不要！」華生站起身，截斷了葛生哥的話。「我，不結婚！」

他走進了自己的房裡。

華生哥剛剛露出一點笑臉來，又突然消散了。

「我叫你不要提起，你說什麼呀！」葛生嫂低聲地埋怨著。

「我不提，誰提！你只曉得說風涼話。你是嫂子，也得勸勸他。」

「勸勸他？你去勸吧……我根本就不贊成你的意思……糊裡糊塗……你給他細細想過嗎……」

「我怎麼沒有細細想過……」

「想過了，就這樣嗎？虧你這個阿哥，說什麼同胞手足……他要往東，你要往西！他要這個，你答應他那個！他要……」

「你又來了，唉。」葛生哥嘆了一口氣，「你哪裡曉得……」

「我不曉得，倒是你曉得……」

「你哪裡看得清楚，我不同你說了。」葛生哥說著重又躺倒在床上。

「好了嗎，彌陀佛？」阿英聲子忽然出現在門檻內，滿臉笑容。

「好了。」葛生嫂代他回答著。

「天保佑，天保佑，老天爺到底有眼睛，把好人留下了……」她大聲的說。

「你這一晌到哪裡去了呀，老是不看見你的影子？」葛華嫂大聲問。「你真忙呵，這裡那裡……」

「住在這裡等死嗎？哈哈……多麼可怕，那虎疫……不逃走做什麼呢，不逃走？我家裡沒有什麼人，又沒有金子和銀子……」

「你真是好福氣，要走就走，要來就來，我們卻是拖泥帶水的沒辦法……」

「你們才是好福氣，熱熱鬧鬧的有說有笑，死活都在一道。像我，孤零零的，沒有一個著落的地方，這才苦呀，活也不好，死也不好，有兒子像沒有的兒子……」阿英說著眼睛潤溼了。「喂，華生呢？」

葛生嫂指了一指房邊的房間。阿英立刻跑進去了。

「我道你哪裡去了，卻躲在這裡！來，來，來。給我看看這封信寫錯了字沒有。我怕她不夠程度。家信寶貴，不是好玩的！」她從袋內抽出一封信來，放在桌子上。那是菊香的筆跡，代她寫給兒

子的，墨跡才乾。

華生瞪著眼望著。

「你看！」她把信紙抽了出來。

「什麼時候寫的呢？」

「剛才。」

「剛才……」

「是呀，我剛剛從她店裡來的。」

華生靜默了。他的心強烈地跳著，變了臉色。他把那信封和信紙翻來覆去看著，想從這裡找到一點什麼，但始終看不見。

「收到了他的信，是嗎？」

華生點了點頭。

「要他過年一定回來，對嗎？」

華生又點了點頭。

「呀，還有什麼呢，你說，華生？」

華生失神地瞪著那信沒理她。

「喂，她寫著什麼呀？」她愈加提高喉嚨叫著。「你也聾了耳朵嗎？怎麼不說呀？」

「還不是說來說去是老調子。」

「什麼？你重一點！」

「老調子，我說！」華生提高了聲音，顯出不耐煩的神色「過年回來，一定要回來！對嗎？還有，叫他冷熱當心，多穿衣服，早起早睡！對嗎？」

「對呀，對呀。」

十三

「拿到城裡去印幾張吧，說來說去老是這幾句話！」

「沒有寫錯嗎？」

「一筆不多，一筆不少，拿去寄了吧，你這神經病！」

華生把信向她一推，瞪了她一眼。她立刻高興地笑了起來，收下信，叫著說：

「我又不是她，你做惡相做什麼呀？嘻嘻嘻……我可不怕你的，一會對我好，一會對我不好……隨你橋東也好，橋西也好……」

「什麼？你說什麼？」華生驚愕地扯住了她的手臂。

「橋東也好……橋西也好，嘻嘻嘻……主意拿得穩一點呀……」

她笑著溜走了。

華生呆著許久沒有動。他不明白她說的什麼，但她的話卻像晴天霹靂似的使他吃驚。

十 四

　　菊香好幾天沒見到華生了。她的身體已經漸漸恢復了以前的健康，但卻不見得怎樣肥起來，比病前清瘦了許多。她想念著見到華生，而華生卻老是不到她店裡來。她常常走到櫃檯內望著街上，也不見華生走過。

　　她的父親近來突然變了態度了，彷彿從夢中覺醒了過來似的。他不常出門，一天到晚守在店堂裡。

　　「是我不好，菊香。」他懊悔地說，「我把這重擔交給了你，你年輕，身體本來不大結實，經不起這重擔，所以你病了……幸虧天保佑，把你留了下來，不然，我怎樣活下去呀……你現在且多多休養，店裡的事仍歸我來管，不要你操心了……」

　　「我慣了，不要緊的，吃了飯總要做點事才有意思。」菊香感動地回答說，仍時常走到店堂裡來。

　　但他父親立刻推著她進去了：

　　「外面有風，外面有風，你還得小心保養……」

　　有時他這樣說：

　　「你看你顏色多麼不好，你沒睡得夠，你趕快多去休息吧……」

　　有時他又微微生著氣，說：

　　「你怎麼呀，菊香，老是不聽我的話，我要你身體早些好起來，你偏不讓它好嗎……」

十四

「我不是已經好好的嗎？」菊香回答說。

「遠著呢，你自己哪裡曉得。進去，進去，這店裡的事不要你管了。」

菊香固執不過他，只得走進裡面的房子去。但他像怕她不耐寂寞似的，也就立刻跟了進來。

他說著這樣，說著那樣，懊悔著自己過去的行徑。

「酒和賭最傷神，我發誓戒絕了！我給它誤了半生……咳，真對不起你阿弟，我對他太壞了。要是我對他關心些，應該不會死的……現在懊悔不及了……你太好了，菊香，你應該忘記了我過去的糊塗，讓我從新做一個人……你倘若不忘記我對你的養育之恩，你應該體貼我的意思，你第一要保養自己的身體……我的生命現在全在你一人身上了……」

菊香聽著感動得嗚咽地哭了起來，這是她母親死後第一次得到的父愛，也第一次給了她無窮盡的做人的希望。

他天天買了好的菜來給她吃，也買了許多補品零食來。

「你愛吃什麼，想吃什麼，儘管說吧，我會給你辦來的。」

他不大離開店堂，但他常常帶來了許好看的貴重的東西：衣料，首飾，化妝品。

「我託人到城裡買來的。」他說。

「你那有這許多錢？」菊香驚異地問。

「我少賭一次就夠了，我本有一點積蓄的……只要你歡喜，我什麼都做得到……女孩子本應該穿得好一點，打扮得好一點的，比不得男人家。你平日太樸素了，做幾件新衣服吧……」

他立刻叫了裁縫來，給她做新的衣服。菊香怎樣反對，也沒用。

「為了我，叫我安心，你就答應了吧。」

菊香終於答應了，但她可不願意穿，一件一件收在箱子裡。

她父親對華生似乎也很喜歡。他知道菊香喜歡他，想念他，他也不時的提到他：

「幾天不看見華生來了，這幾天想必忙著田裡的工作。今年年成真壞，晚稻怕沒有一半收成。但願他的稻子多結一點穀子……華生真是個好人，和他阿哥一樣……我有一個這樣的兒子就好了，又能幹又聰明，唉……」他感慨地說。

「你以前不喜歡他的！」菊香釘了他一句。

「以前是以前。」他笑著回答說。「現在我非常喜歡他了。你的病全靠了他，沒有他，唉，真是不堪設想呀……等他農忙過後，我們應該好好的請他吃一頓飯，還該送他一點禮物。」

「良心發現了。」菊香暗暗地想，「他從來沒這樣清醒過。」

同時她的心裡充滿了快活和希望。她假裝著冷然的說：

「不要病了才好，這許多天不見出來，我倒想去看看他呢。」

「不會生病的，這樣好的身體……你不妨去看看他，但等你再休養得夠一點吧。」他毫無成見似的回答。

過一天，他父親就首先提起了華生：

「你怕他生病，我也給你說得擔心起來，幾乎自己想跑到他家裡去了……但現在你放心吧，我剛才看見他從橋東回到家裡去了，好好的。」

「好好的。」菊香想,「為什麼不來呀?」

但他父親不久就給他解答了,不待她再問:

「這幾天種田的人真忙碌,一天到晚在田裡。他們在起溝了,就要種紫雲英下去。葛生哥的身體好像還不大好,華生自然更加忙了。晚稻再有十幾天就要收割,聽說只有三成可收……」

一天一天過去,華生總不見來,菊香到店堂裡去的時候,漸漸多了,仍然不見華生的影子。她不相信華生是為的農忙,她知道倘若華生想念她,無論怎樣是會偷空來看她的。

但是他為什麼不來呢?

菊香想不出原因來。她對他是真心的,她相信他對她也真心。過去他們中間曾經有過一點小誤會,但那時他們還沒有現在這樣了解和要好,而且這誤會不久也就冰消了的。現在是沒有一點原因可以再引起他們的誤會了。而且誰也不願意再讓誤會來分隔他們自己。

阿珊久已不到她店裡來了。她有時看見他在店門口走過,也並不和她打招呼,甚至連微笑也不大有,他現在似乎也變了一個人了。態度顯得莊重沉著,走起路來不再飄飄灑灑的有輕佻的模樣。手中老是捧著一兩本書。看見她父親就遠遠地行著禮,像一個學生。

「再不上進來不及了,老伯。」有一次她聽見阿珊對她的父親說,「年紀一天比一天大了,眼睛一霎就要過年。我很懊悔我以前的遊蕩,現在決心痛改了。我每天要寫一千個小字,二百個大字,請一個先生教我讀書呢。」

他說著就匆匆忙忙的回到家裡去，彷彿記到了功課還沒讀熟。

「一個人最怕不能改過，能改過就立地成佛……」

菊香聽見他父親這樣自言自語著。她假裝沒有聽見，但她不能不暗地裡贊成這句話。她不喜歡阿珊，但她相信阿珊比華生聰明。她聽到阿珊在用工，她非常希望華生也能再讀一二年書，使阿珊追不上他，她很想把這意思告訴華生，卻想不到華生老是不來。

「一定是病了。」菊香非常焦急地想。她決計自己去看他。但忽然下雨了，一連幾天。

「下起雨來，他該不到田裡去，到這邊來了。」菊香想，眼巴巴的望著他。

但是他仍不來。

「我派一個人去問一下吧。」她父親知道她在想念華生，就自動提議說。

不久去的人回來說：

「沒在家，到橋西去了。」

「橋西去了。」她父親重複著說。「你知道是誰的家裡嗎，菊香？」

「想是阿波哥家裡吧。」菊香回答說。

但那個人卻應著說：

「是的，不在阿波哥家裡就在秋琴家裡呀。」

這話第二天就證明了。

菊香親眼看見華生走過橋去，也親眼看見華生從橋西走過來。但他來去不走街上，只走河東的河岸。他一路低著頭，沒朝街道這

面望過一次，像怕誰注意他似的。

「這就奇怪了。」菊香詫異地想，「不走我門口，也不朝這邊望……」

過一天，她又看見他往橋西去，由橋西回，一樣地走著那一條路，一樣地低著頭。

又過兩天，又是那樣。而且去的時間很久：上午去，天黑時回。

菊香終於生氣了。

「不管怎樣，你就少來幾次也好。」她暗地裡憤怒的想，「居然這許多天不來……難道真的又有什麼誤會了？上次是我寫了信找你，這次可不屈服了……你不理我，我也就不理你，看你怎樣……橋西有什麼東西好吃嗎，去得這樣勤，這樣久？我這裡卻許久不來一次！我就這樣不值錢？真是個醜丫頭不成……」

「你現在可以放心了。」她父親忽然在旁邊說了起來，「華生並沒生病。他常常到阿波哥和秋琴那裡去的。想必有什麼事情吧。」

菊香沒做聲。隨後她躲在房子裡暗暗哭泣起來了。

她又想念他，又恨他。怎樣也想不出他為的什麼不理她。

「有什麼事情呢，他常到阿波哥秋琴那裡去？閒談罷了，這是想得到的。」她想。

然而閒談可以這麼久，而且幾乎是天天去閒談，這又使她不能不懷疑了。

「一定有什麼特別的事情。」她想。

她很想調查清楚。但她雖然認得阿波哥和秋琴，平常卻沒有來往，不能親自到那邊去。她相信阿英聾子會知道，只是等待她來到，但她近來也許久沒到她店裡來了。

他父親像完全知道她心事似的，自言自語著：

「一定是什麼事情怪了我們了，所以華生不理我們……唉，做人真難，我們不是對他一片真心嗎……他倒容易忘記我們……年青人老是這樣，熱起來像一陣火，冷起來像一塊冰……他現在明明變了心了……」

菊香聽見這話像刀割似的難受。「變了心了？」──真的變了心了，華生對她！他完全忘記了她，而且和路人一樣了！

「一個人變好變壞，真是料想不到。」她父親感慨似的說，「可以升天，可以入地。現在世風愈加壞了，今天是最要好的朋友，明天就是最痛恨的仇人……」

菊香靜默著不做聲。她不相信這話。但不認要好的朋友。她是相信的，華生對她就是這樣。

不，她和華生豈止是要好的朋友，她已經是把自己的一生應許了他的。她已經算是完全是他的人。她的心，她的思想和精神全在他身上。他們雖然沒訂婚沒結婚，已經是一對不可分離的未婚夫妻。

而現在──

她的眼淚紛紛落下來了。

「做人要心寬。」她父親勸慰她說，「眼光要放得遠大，菊香，你年輕，什麼事情但知其一不知其二。像我，看人看得多了，事情

做得多了，所以凡事都比你看得清楚。譬如錢吧，你是看不起的，你說過窮人比富人好。我也知道有許多人因為有了錢變壞了，害自己害人家，橫行無忌。世上倘若沒有錢，就不曉得會清靜太平了多少。可是你就一筆抹煞說富人都是壞的就錯了。富人中也有很多是好的。他們修橋鋪路造涼亭施棉衣，常常做好事。窮人呢，當然也有好的，可是壞的也不少。做賊做強盜，殺人謀命，全是窮人幹的。你現在看不起錢，那是因為你現在有飯吃，有我在這裡。倘若你將來做了母親，生下了三男四女，自己當起家來，這個要穿，那個要吃，你就知道有錢沒錢的甜苦了。你應該明白，我對你的關心是比無論什麼人都切的，因為你是我親生的女兒。我想給你找一份比我們更有錢的人家，就是給你想得遠，想到了你的一生和你的後代……」

「你這樣說，仍想把我嫁給阿珊嗎……」菊香睜著眼睛，問。

「阿珊不阿珊，現在全由你決定了，我不做主……現在是一個文明的世界，你不同意也是空的。不過我看阿珊近來倒也難得，肯求上進，肯學好……他是很喜歡你的，他的爹娘也喜歡你……鄉長跟我說了幾次了，要做媒……昨天還對我提起……」

「叫他們不要做夢吧……」菊香氣忿地說。

「我不做主，全由你，我現在完全明白了……不過女孩子大了，總是要嫁人的……照我的看法 —— 這在你看起來是頑固的，不過也不妨對你說說……照我的看法，文明結婚和我們舊式結婚差不多的。女人無非管家生小孩，男人無非賺錢養家人。說是那種好，那種壞，也不見得。我們以前全是由爹娘做主的，幾千萬年

了，這樣下來……我和你娘在結婚前就全不相識，結了婚真是夫唱婦隨，好得很……所以，唉。」他深長地嘆了一口氣，停頓了一會又繼續說了下去，「自從她過世後，我簡直失了魂似的瘋……你不要怪我這幾年來糊塗……沒有她，我過不得日子呀……」

他轉過背，偷偷地揩著眼淚，哽咽了。

菊香一聽見提到她母親，又傷心起來，嗚咽地哭著。

她父親這幾年來的糊塗為的什麼，她以前的確不明白，她甚至還以為他沒有心肝，自從母親一死，他就對她和阿弟那樣壞，現在她聽了父親說出原因來，不由得心酸了。她完全諒解了他，而且看出他是一個好人。對於結婚，她以前也是很怪他的，但現在也原諒他了。因為她知道父親太愛她了，所以有這樣主張。

「他的腦子是頑固的，他的心是好的。」菊香想。

第二天下午，當她和她父親坐在櫃檯內的時候，她只是仰著頭往橋上望著。她相信可以望見華生。

華生果然又往朝西去了，沒回過頭往街上望。

「看呀，看呀！」菊香忽然聽見她的店鋪旁邊有人這樣說了起來。「又到那邊去了……」

是阿品哥和黑麻子溫覺元。

「天下反了。所以鬧出這種笑話。」阿品哥說。

「你說這是笑話嗎，阿品哥？」黑麻子說。「這是醜事，怎麼是笑話！你們傅家橋的人倒盡了楣了！」

「誰也料想不到的……」阿品哥回答說，「都是傅家橋人呀……」

十四

「那天我放過了他們，口口聲聲說再不幹了，不到幾天又忘記了。」

「這時正弄得如火如荼，難捨難分，怎樣能忘記！」

「我說，阿品哥，還是讓我發作了吧。」黑麻子憤怒地說。「你這人真是太好了，可是也太沒用，全不想給傅家橋人爭點面子……」

「不，不，事務員，我請求，放過他們吧。」阿品哥說。「家醜不可外揚。你在這裡也夠久了，不也就等於傅家橋人嗎……」

「我？我是柴岙人！這名字是叮叮噹噹會響的，你們送一千一萬，我也不要做傅家橋人……唉，唉，好羞呵……」

「算了吧，黑麻子，你們柴岙人也不見得乾淨得和天堂一樣的！」

「噓！柴岙地方就連一根草一塊磚也乾淨的，比不得你們傅家橋……我這事務員實在不想做了，我來發作，和你們傅家橋人拚一拚吧……」

「你放過他們吧。」

「不是已經放過一次了嗎？我以為他們會改過，那曉得仍然這樣……」

「有一天總會改的……」

「有一天？那一天呢？等他們生下私生子來嗎？」

「你做好人做到底吧……」

「噓！你不羞嗎？怪不得傅家橋出阿波狗養的，給人家拉皮條……我不答應！我把他們雙雙綁了來給你們看……我是鄉公所的

222

事務員，我有公事上的責任！我把他們綁在橋上，赤裸裸的，給你們傅家橋人看……我不要這飯碗了，你們不答應，我同你們拚一拚！」

「你不要逞強吧，我們這裡單是華生一個人就夠把你按在地上了。」

「哈，哈，哈……」黑麻子笑著，「等他醒來，我早已把他和秋琴綁在一條繩子上了，赤裸裸的。隨他有多大的氣力……」

菊香覺得屋子旋轉了起來，櫃檯升得很高，又立刻翻了轉來落到了地上。她再也支持不下去，附著桌椅，走進了自己的臥室，失了知覺，躺倒在床上。

許久許久，她才清醒了過來，看見她的父親用冷水抹著她的額角。

「你怎麼呀，菊香？你清醒，你清醒……」他哭喪著聲音說。

「我……我……」她哽咽地回答不出話來。

「你喝一點水吧，唉唉，真想不到……」他提給她一杯開水。「你得保重自己身體呵，菊香，為了我，為了我這個可憐的父親……」

「是嗎……」她喃喃地說，「我……我……」

隨後她緊緊地牽著父親的手，傷心地哭了。

「是的，我……我還有一個父親……一個可憐的父親……一個最疼我的父親……」

「可不是？我最疼你……」

「我受了騙了……我……」

十四

「我可沒有騙過你呀……」

「是的。華生可騙了我……」

「那是人家人，你傷心做什麼呀……我早就看出來了，不是個好東西……但我可沒想到他會壞到這步田地……」

「誰能想到呵……」

「真是知人知面不知心呀，菊香，尤其是年輕的男子……」

「看我對他報復！」菊香突然坐起身，忿怒地扯著自己的頭髮。「看我對他報復……」

「放過他吧，以後再不要理他就是了。他是他，你是你……」

「不，絕不……」

「我去把華生叫來，當面罵他一場，從此分手也好……」

「我不再見他的面了！」

「我來罵！」

「不！」她站起來，走到桌子邊，拿了紙筆。她的手氣得發抖了。

「你做什麼呀，菊香？好好休息一會吧。」

菊香彷彿沒有聽見她父親的話，立刻顫慄地寫下了一張條子：

華生，你幹的好勾當！我把你當做人看待，哪曉得的你狼心狗肺！你以為我會想你嗎？我其實恨你已極。我和你從此絕交，且看我對你報復！

「呵呵，這些話不必說的。」她父親笑著說，「你孩子氣，太孩子氣了。」

「你不必管我，叫人把它送去！」

「好，好，你去休息吧。我叫人給你送去。」

他叫人把這信送到了華生家裡。但是華生天黑才回家。他一見到這信，立刻瘋狂地把它撕成粉碎了。

「你才是幹的好勾當呀……」他叫著說。「一次兩次去看你，不見我，叫人擋住了門。等我走了，你出來了，等我來了，你進去了。阿珊來了，你陪他，有說有笑……你以為我不知道嗎……人家都是這樣說的，誰不知道你們的事……現在，你收了人家的戒指，收了人家的聘禮，怕我來責問你，卻來一封這樣的信，其實我早已不把你放在眼內了……」

他提起筆，寫了一封回信，第二天一早走到阿英聾子那裡去。

「給我送給那丫頭！」他冷然的說。

「什麼？」阿英聾子驚訝地問。「那丫頭？」

「是的，那丫頭，豆腐店的！」

「你自己不去，倒叫我送去？我不去呀！」

「你不去就丟在你這裡。」華生說著走了。

阿英聾子呆了半天，望見他走遠了，才把那信揣在自己的懷裡，嘆息著說：

「唉，年輕人真沒辦法，不曉得又鬧什麼了……沒結婚也是這樣，結了婚也是這樣……只有兩個人抱在一起又什麼都忘記了……」

她一路向街上走，一路喃喃地自言自語的說：

「這一對年輕人，也真的太叫人喜歡呀，都是那樣的聰明，那樣的好看，那樣的能幹，並且都是好人……唉好人呀好人……現在

十四

好人可做不得，不曉得他們得罪了什麼人，兩邊都起了謠言了，說是一個和阿珊要好，一個和秋琴要好……天呀，他們自己還睡在鼓裡哪……」

她沒有理睬坐在店堂內的朱金章，一直走進菊香的臥室。

菊香躺在床上，醒著，眼睛非常的紅腫。

「天呀！」阿英聾子叫著說，「什麼時候了，還不起來……怎麼，又哭過了！唉，年輕人真沒辦法……」隨後她抽出信來，低低的說：「現在該笑了，該歡喜了，毛丫頭……真把我煩死了，扭扭怩怩的……」

菊香突然坐起身，開開了信：

豆腐店丫頭，你才是幹的好勾當！你才是狼心狗肺！我其實恨你已久已極，從此絕交，歡迎之至！且看你報復！

菊香氣得變了臉色，半晌說不出話來，隨後用力把那條子撕成了粉碎。

「這……這……」阿英聾子驚駭得發著抖，「你們玩什麼把戲呀……」

菊香沒回答。過了一會，她的臉上露出了苦笑，叫著說，「爸……你來……」

她父親立刻進來了。

「我聽你主意了，無論和誰訂婚……」

「真的嗎……好孩子……」她父親滿臉笑容的說。「那麼，就是……阿珊怎麼樣呢？」

菊香低下了頭。

「你終於自己清醒了，好孩子……這原是你一生的福呵……不瞞你說，人家的……訂婚戒指早就送來了……單等你答應一個『是』字呢……」

他說著從箱子裡取出一枚金戒指，交給了菊香。

菊香沒仔細看，便把它套在自己的手指上舉起來給阿英聾子看：

「告訴他，我已經和別人訂婚了……是傅阿珊，聽見嗎……」

隨後她倒在床上，又傷心地哭了起來。

「這……這……」阿英聾子目瞪口呆了半晌，接著伸伸舌頭，做著哭臉，兩腿發著抖，緩慢地退出了菊香的房子。

走出店門口，她叫著說：

「完了，完了……天呀……」

十四

十 五

　　傅家橋又忙碌起來。一則是阿如老闆和朱金章正式給他們的兒女訂婚了，村裡的人有不少知道其中屈折的，紛紛議論不休，一傳十，十傳百，立刻成為閒談的好資料；二則是這時已到十月初旬，霜降早過，正是立冬節邊，特別地遲熟的晚稻終於到了收割的時候。

　　每天天才發亮，農人們已經吃過早飯，趕到田頭去，隨後便陸續地把潮穀一擔一擔的挑到自己屋前的晒場上，草坪上，空地上。女人們預備好了茶飯，便去篩簸那夾雜在潮穀中間的稻草和秕穀，接著又忙碌地把穀子攤開在篾簟上晒著。孩子們送茶送飯，趕雞犬管穀子，也都沒有一些閒空。

　　這在農人們是一個極其辛苦的時期，但在往年也是極其愉快的時期：那一粒粒金色的成熟的穀粒是他們將近半年來的心血的結晶，所以一到收穫，田野上總是洋溢著活潑的歌聲和叫喊。

　　但是這一次，雖然一樣地忙碌，卻是可怕的沉鬱。田野上只聽見一片低低的絕望的嘆息聲，只看見農人們的憂愁地搖著頭。以前是，穀粒已經成熟了，又肥又嫩的稻莖還在暗地裡長著，鐮刀割下去，發出清脆的嗖嗖的響聲；現在卻是乾癟癟的，又韌又老，但聽見訴苦似的唏咕唏咕叫著。以前是，一把把的滿結著穀粒的稻稈擊著連枷，發出嘭嘭的結實的響聲，被擊落的穀粒像雨點似的沙沙地灑下了稻桶裡；現在卻只聽見嘶啞的哺哺地響著，而且三次四次重

複地敲擊著，很少穀粒落到稻桶裡。

「都是秕子……都是秕子……」農人們皺著眉頭，望著那滿結著秕穀的稻稈，不息地嘆息著。

但在許多農人中，卻有三個人沒發出嘆息聲。那是阿曼叔 —— 瘦子阿方的父親 —— 葛生哥和華生。

阿曼叔近來愈加瘦了，面上沒有一點血色，灰白的頭髮已經禿了頂。不知怎的，他那長著稀疏的黃鬍鬚的下巴，這幾天裡常常自己抖顫了起來。每次當這毛病發作時，他總是用力咬著那脫完了牙齒的下唇，嚥著氣，於是那抖顫才漸漸地停止了。但這也只是暫時的。過了不久，它又會發作，彷彿那下巴已經脫離了他的身軀，獨立起來似的。

「日子不久了。」阿曼叔想，全身起著冷戰。

他已經活上六十幾歲，可以說也夠長壽了。倘若阿方活著，他是絕不會留戀，絕不會這樣怕死的。他以前也曾生過幾次病，心裡便很和平，覺得雖然窮，有著阿方那樣的兒子，又謹慎又勤苦，萬事都可放心了，況且底下有兩個孫子，兩個孫女，福氣也不壞。

「告老也好。」他說，「遲早要走的。」

但現在，自從阿方死後，阿曼叔一想到「死」，就恐怖得發起抖來。媳婦是個女人家，孫子還小，倘若他再死了，以後怎樣過日子呢……

他要活下去，工作下去，一直到孫子大起來。

「返老還童……」他常常祈求似的說，不息地工作著。

但是他精力究竟越來越差了：重工做不得，輕工也繼續得不久

就疲乏了下來。一身筋骨好像並不是他的一般，怎樣也不能聽從他的意思。尤其是背脊骨，不但彎不下去，而且重得像負著幾百斤東西似的。每次當他向田裡檢取他所雇的短工割下的稻稈，他總是楞著腿子，慢慢像孩子似的蹲下去，然後慢慢挺起身子，靠著稻桶休息了一刻，才用力舉起稻稈，向連枷上擊著。

「哼……哼……哼……」他不息地低聲叫著。

他倒並不嘆息今年年成壞，收穫少；相反的，他覺得這一粒粒的，無論是穀粒或秕子，都像珍珠似的寶貴，甚至那些乾癟的枯萎了的稻稈，在他也像稀世的寶物一般，只是用手輕輕捻著，撫摸著。

這並不像是田野上的穀粒和稻稈，這像是他的兒子阿方。他在這裡看到了他的微笑，聽見了他的親切的語聲，摸到了他的瘦削的四肢，聞到了他的落在泥土上的滴汗的氣息……

「他在這裡……在這裡……」阿曼叔暗暗地自言自語著，心中像是得到了無限的安慰，忘記了工作。但過了一會，他便像失了知覺似的，連眼前的田野也看不見了，不知道自己在做什麼，只是幌搖著身子，機械地舉著一把稻稈在連枷上打了又打。

阿曼叔的這種神情和感覺，只有隔著一條田塍工作著的葛生哥注意到，也只有他最能了解。葛生哥自從大病後，身體還未完全恢復康健，也正是勉強掙扎著在那裡打稻。而他的第二個兒子的影子也不時在他的眼前忽隱忽現著。

但葛生哥是向來不肯長噓短嘆的，他總是有苦往肚裡吞。而同時，他又常常這樣想著，來安慰自己：

十五

「注定了的……命運注定了的……」

於是他便像什麼都忘記了一般，一面咳喘著，一面舉起稻稈向連枷上敲了下去。

華生很少注意他，也不和他說閒話，只是彎著腰，迅速地一把把的割下稻稈，整齊地擺在田上。有時覺察出阿哥離開那一排排的躺著稻稈太遠了，便走過去幫他把稻桶推了近去。

「你也該歇歇了。」他說著沒注意葛生哥的回答，已經走到原處割稻去，因為他知道，無論怎樣說，阿哥是勸不轉來的。

此外，他的全部的思想正被憎恨，憤怒和痛苦占據著，沒有一刻安靜。

菊香那丫頭，他知道，已和阿珊那廝正式訂婚了，而且是自願的，大家傳說，所以叫做文明訂婚。鄉長傅青山是媒人，這又是體面極了 —— 哼……

華生簡直不願意想到這些事情，這些事情太卑鄙可恥了。但是不知怎的，他的腦子總是被這些事情緊纏著：一會兒菊香，一會兒阿珊，一會兒阿如老闆，一會兒鄉長傅青山，接著便是黑麻子溫覺元，阿品哥……

「有一天……」華生緊咬著牙齒說，把一切憤怒全拼發在鐮刀上，一氣就割倒了長長的一排稻稈。

隨後他看看割下的稻稈積得多了，便走過去幫著葛生哥打了一會稻；待稻桶裡滿了穀子，他又把它裝在籮裡，挑到屋前去，交給了葛生嫂。

「全是秕子！三成還不到！」葛生嫂不息地叫苦說。「你們辛

辛苦苦割下來做什麼呀！讓它爛在田裡還好些！這種秕子，連雞也不要吃的！」

華生沒回答，挑著空籮走了。他不注意這些。他做工是為的要度過苦惱的時光。

但時光是綿延不盡的，而他的苦惱也像永不會完結的模樣。不但他一個人，他覺得幾乎所有的窮人都一樣。眼前的例子太多了；他的阿哥，阿波哥，阿曼叔……他們的一生都清楚地橫在他眼前了，全是透不過氣來似的過著日子……

「這樣活著，不如早點了結……」他絕望地想，「要不然，就去背槍桿，痛快地殺人放火，跟敵人拚個你死我活……種田不是人幹的……永生永死出不得頭，受辱受恥出不得氣……」

他這樣想著，挑著空籮往田頭走去，忽然望見田野上起了紛亂……

像發生了什麼意外似的，附近的農人們都紛紛背著扁擔，鐮刀和一些零碎的農具向家裡跑了。沒有一聲叫喊，也沒有言語，只是互相用手搖著打招呼，輕手輕腳的在四面溜著。

有好幾個人一臉蒼白，慌慌張張的從華生身邊擦了過去，華生才站住腳想問他們，他們只揮一揮手，表示叫他回家，便已跑遠了。

「奇怪！奇怪……」他喃喃地自語著。往四處望去。

四處並沒有什麼不同，只見農人們四散跑著。他看見他的阿哥和阿曼叔也遠遠地背著一些農具向這邊跑來了。

「天崩了嗎？」他忽然看見永福和長福兩兄弟迎面跑來，他便

十五

用空擔子擋住了路，這樣問著。

　　但是他們沒有回答，對他撅一撅嘴，哭喪地皺了一皺細小的眼睛，就想從扁擔下竄了過去。

　　華生立刻把永福的手臂捉住了，用後面的一隻空籃擋住了長福。

　　「什麼事情呀，這樣大驚小怪？快說！」

　　「噯！走吧……」永福低聲地回答說，竭力掙扎著想溜了走。

　　華生緊緊地握著他的手，不肯放鬆。

　　「說吧！說了放你！」

　　永福慌了，發著抖，東西望了一望，貼著華生的耳朵。

　　「共……」

　　「什麼……」

　　「共……來了呀……」

　　「來了？」華生重複著說，不覺笑了起來，「我們有什麼好共嗎？真見鬼呀！——回去，回去！跟我到田頭去！」

　　「天呀……」永福叫了起來，「別開玩笑了……」

　　「來了，我給你們擔保……哈，哈，哈……」華生愈加大聲地笑了起來，故意不肯放手。

　　長福急得發氣了，握緊了拳頭。但永福一面對他兄弟搖著手，一面哭泣似的說：

　　「饒命吧，華生，我求你……」他屈下膝，想跪了下去。

　　華生鬆手了，露著可憐的神情，說：「想不到這樣膽小……」

　　隨後他看見他們沒命似的跑去，又不覺哈哈大笑起來，喃喃地說：

「我道什麼大禍來了，原來是這樣一回事……」

他挑著空籮，重又向前面走去。他看見他的阿哥和阿曼叔也慌慌張張地來了。他們老遠的就對他揮著手，要他回家。華生笑嘻嘻地搖著頭迎了上去。

「走吧，華生。」葛生哥終於驚駭地把他擋住了。「消息不好，避過風頭再來收稻吧……」

「你怎麼知道？」

「不看見大家都散了嗎……東洋人打來了……」

華生不覺詫異起來：

「一個說是共，一個說是東，到底是什麼呀……」

「我們也不清楚。」阿曼叔插入說，「人家但做著手勢。不管怎樣，風勢緊得屬害了，華生，我們走吧，避過再說……」

「你們回去吧。」華生回答說，「讓我去打聽個清楚。」

「你瘋了嗎，華生？」葛生哥驚駭地握住他的手臂。「人家都回家了，你要出去……」

「我又不是三歲小孩！腳生在我的腿上，自然也曉得跑的……」

他用力掙脫手，一直向街的那邊跑了去，頭也不回。他一點不覺得恐慌，他不怕死。因為他根本就不愛活下去了。

一路上，他看見人家全把門窗關起來了，輕手輕腳的像怕誰聽見了聲音。屋外零亂地丟棄著農具，稻穀和衣物。接著就到處沉寂得死一般。

走近橋邊，他首先注意到阿如老闆的豐泰米店早已關了門，門

口貼著紅紙條，寫著四個大字：「關店大吉」。

橋頭保衛隊的牌子取下了，在橋邊的水上浮著。屋子裡沒有一個兵士，門大開著。

街上靜悄悄的斷了人跡。

寶隆豆腐店門口貼著「空屋出租」，是菊香的筆跡。阿品哥的餅店門口是「遷延通告」，倒填著一個月前的時日，阿生哥的順茂酒店是「漸停營業，宣告破產。」寫著別字。

「真是兒戲……」華生忍不住笑了起來。「怎麼貼這些不吉利的條子呀……」

他覺得這樣的痛快，簡直是有生以來第一次。他的所有的氣忿和苦惱全消失了。住在這條街上的，幾乎都是些壞人，又都是些自以為了不起的人物，平日作威作福猶如皇帝，現在卻都像老鼠似的躲得無影無蹤了。

「且看他怎樣！」

華生忽然想到傅青山，便走完街道，轉了個彎，遠遠地朝那所樓屋望去。

他不看見門前的黨國旗和鄉公所的牌子。門關得緊緊的，也貼著一張紙條，不曉得寫的什麼字。

「好不丟臉！」華生喃喃地說，「從前的威風哪裡去了呀？狐群狗黨，現在全倒了……」

他由原路回到街上，慢慢地往西走著。他已經許久沒到這街上來了。

他厭惡這條街，因為它給過他許多恥辱，無限的恥辱。但是現

在 —— 看吧！這邊那邊貼著什麼樣的條子呀！那些有錢的人，有勢的人，風流的男子和漂亮的女人哪裡去了呀？這條街，甚至整個的傅家橋，現在是誰的呢……他幾乎不想離開這條街，他要在這裡走著，站著，坐著，甚至大聲地笑著，唱著，看他們怎樣度過這日子……

他忽然想起阿波哥來，便過了橋，向西走去。

這邊的屋子也全關上了門窗，靜寂得連雞犬的聲音也沒有。

「這些本領倒不壞！」華生暗暗驚訝說。「小孩子和畜生最難清靜，也給他們堵住口了。現在傅家橋真是全死了 —— 哈……」

他走到阿波哥門口，門也關著。敲了幾下，沒人來開門。

「這就奇怪了。」他想，「連阿波也會害怕起來嗎？」

他靜靜地細聽了一會，彷彿裡面有什麼東西在響。他止不住大聲叫了起來：

「開門呀，阿波哥！我來了，聽見嗎？ —— 是華生呀！」

裡面沒有回答。但過了一會，門忽然呀的開了。

華生驚訝地望著：站在門內的不是阿波哥，卻是一個二十幾歲的青年。

「啊，是你嗎，明生！許久不見了。自從那晚在街頭聽唱新聞後，你這一晌到哪裡去了呀？」

「我嗎，華生？」明生囁嚅地回答說，紅著臉，像有餘悸似的。「我到城裡做買賣去了……剛才回來的……進來吧……我們細細談……」

他說著連忙又把門拴上了。

「阿波哥呢？」華生問。

「他就來……打聽消息去了……你聽見什麼消息嗎……」

「什麼消息也沒有，店鋪全關門了，招租的招租，召盤的召盤，好不有趣——你從城裡來，聽見什麼消息嗎？」

「把我嚇死了。」明生皺著眉頭，摸著心口說。「城裡好好的，不曉得怎麼一過嶺來，到處的人都躲起來了，一路上只看見關門閉戶。我要躲沒處躲，只好硬著頭皮，三步做一步跑，一口氣到了這裡……幸虧阿波哥的門開著，我就衝了進來……」

「到底什麼事情呢？」

「聽說東洋人來了……唉……真糟……做亡國奴的時候來到了……」

「誰說的東洋人來了呢？」

「大家都這樣說的……」

「怎麼知道呢？」

「一路上只見人家做著手勢，比無線電還快，什麼人都躲逃起來……說不定馬上就……」明生的聲音顫慄了起來，失了色。

外面有人敲門了。

「明生，開門！」

明生聽出是阿波哥的聲音，又立刻紅了臉，趕忙走過去開了門。

「怎麼樣呀，阿波哥？你聽到什麼消息？」

阿波哥沒回答，一眼看見華生在這裡，便對著華生笑了起來。

「你真大膽，華生！怎麼這時還出來呀？」

「有什麼好怕的。」華生回答說，「你又到哪裡去了呢？」

「這個這樣說，那個那樣說，問問秋琴，說是報紙上沒一點消息，跑到街上去，店鋪全關了。」

「可不是！」

「從來沒看見過這樣可怕，傅家橋比在夜裡還冷靜 —— 夜裡還叫得開門，現在卻沒一點辦法。」

「那怎麼辦呢，阿波哥？」明生焦急地問。「立刻會來嗎……」

「誰曉得。你且在我這裡過一夜再說。要來總是夜裡來的，明天早晨就見分曉了。急也沒用，不如安心下來吧。」

明生應聲說，但是心裡仍轆轆的不安。

「好，且看明天。」華生接著說。「看起來今晚上有人要挖地洞了，把鄉公所的屋子搬到地下去，把豐泰米店開到地下去，然後 —— 嗳，阿波哥，你說我們那時候出多少捐錢呀？」

阿波哥笑了笑，沒回答。

「那時捐錢才多呢。」華生繼續了下去。「地洞捐，馬路捐，掏河捐，埠頭捐，保衛捐，住戶捐，這樣捐，那樣捐……吃得肥肥的，胖胖的。我們呢？填炮眼，塞槍洞，做肉醬，熬阿膏……」

華生停止了話，外面有人在輕輕的敲門，接著聽見帶嗆帶說的聲音：

「阿波哥……」

華生辨得出是他阿哥，立刻開了門。

葛生哥喘著氣，驚惶地跑進來，叫著說：

「果然在這裡……你把我們急死了……」

十五

　　阿波哥立刻走近去，扯著葛生哥，說：

　　「坐一會吧；葛生哥。臉色怎麼這樣壞……不要著急……」

　　「風聲多麼緊，華生還要跑出來……你說我們放心得下嗎，阿波弟？」

　　「此刻外面怎麼樣了呢？」

　　「街上在搬家了，說是明天才能到這裡，今晚還來得及逃……」

　　「逃了就完了嗎？」華生問。

　　「不逃怎麼辦呀？快走吧。」

　　「暫時躲開吧，華生。」明生漸漸活潑了起來，「三十六計走為上著！—— 大家都逃了，不走做什麼！」

　　「我要看！」華生憤怒地叫著說。

　　「看什麼呀？」葛生哥蹬著腳也叫了起來了，「是東洋人，飛機大砲快來了！」

　　「拚！」華生握緊了拳頭。

　　「算了，算了，華生。」明生推著他說，「我們一道走吧，換一個地方再來想法對付……現在走開再說……這裡不是好玩的，後面就是海口呀……」

　　「明生的話不錯。」葛生哥接著說，「先走……」

　　「我不走！」

　　「我看你們回家商議吧。」阿波插入說，「走也好，不走也好，從長計較。我是不走的，單身漢，祖墳在這裡。」

　　「可不是，阿波弟。」葛生哥感動地說，「就是為的這個，我

也不想走呢……華生，快點回家吧，你不走，就大家不走，諒你阿嫂也捨不得丟棄那破屋的……她是女人家，這時留在家裡，你該曉得她在怎樣著急……」葛生哥說著滿臉都是皺紋，額上淫漉漉地出了汗。

華生終於苦惱地跟在後面走了。

「明天一早再來看你。」他回頭對阿波哥說。

「我去看你吧。」阿波哥在門口回答著。

葛生哥搖了一搖頭，喃喃地自語說：

「年青人真沒辦法……一點小事，怪我不著急，這樣緊急，卻說明天……」隨後他提高聲音說：「走得快一點吧！華生……」

但是華生只是緩慢地走著，一路上這裡望望，那裡看看。

他看見靠近街頭起，真的有些人家在搬了：挑箱子的，背被包的，挾包裹的，抱孩子的，攙女人的……慌慌張張連頭也不敢抬起來，全向橋西溜了走，一點聲音也沒有。

從前連一根草也不願捨棄的人，現在把許多寶貴的東西丟著逃走了；從前穿得好，吃得好，現在故意扮得蓬頭跣足的窮人模樣，不以為恥了；從前橫暴恣肆作威作福，現在低聲下氣，乞助求援了……

華生不覺感到了一陣淒涼。

「可憐呵可憐……」他暗暗嘆息著，拖了沉重的腳走向家裡。

十五

十六

　　時光在恐怖和紛擾中一天天艱苦地挨了過去。直到第六天，傅家橋人已經走了一大半，還不見有什麼意外發生。村莊，田野，房屋，道路，以及蜿蜒的河水，起伏的山岳都安靜地躺著。甚至那些被丟在田野上，草坪上的稻穀和一切東西，也都原樣的擺著，沒有看管的人也沒有偷盜的人。大家今天怕明天，早晨怕夜晚，好像大禍不旋踵就來似的，幾乎連氣也不敢透。

　　但是第七天下午，傅家橋忽然甦醒了。

　　從前不曉得逃到哪裡躲在哪裡的人出來了很多，而且歡天喜地的到處跑著。

　　「鄉長出來了……鄉長出來了……」一路上有人叫著。「開門！開門！天下太平……」

　　鄉長傅青山果然到了街上。前後簇擁著許多人。他似比以前瘦削了許多，但滿臉露著得意的微笑，從黑眼鏡的玳瑁邊外望著人，不時微微點著頭。他一手支著黑漆的手杖，一手頻頻摸著八字鬍鬚。他走得很慢，這裡停一停，那裡息一息。

　　在他周圍是一些保長，年老的阿金叔和阿浩叔，孟生校長，黑麻子溫覺元，阿如老闆，朱金章，阿品哥，阿生哥，阿珊，都穿著整齊的長袍馬褂，嚴肅的面色中帶著一點喜悅，彷彿是去參加什麼莊嚴的宴會模樣。

　　前後走著四個保衛隊丁，全副武裝，精神抖擻。

十六

　　他們靜默地走完橋東的大街，便過橋往西循著大路兜了一個小圈子，然後又沿著橋東的河岸朝葛生哥的屋外走了去。

　　傅家橋立刻顯得熱鬧了。家家戶戶開了門。幾天來像地鼠似的躲藏著的男女老少全從屋子裡溜了出來。

　　「怎麼樣呀……」許多人低聲的問。「不要緊了嗎……」

　　「不看見鄉長在笑嗎？」有人低聲的回答。

　　「呵，呵……菩薩保佑……」

　　鄉長走過後，大家便趕忙開始工作了：田野上，草坪上，埠頭上，立刻忙碌了起來。

　　葛生哥一家人正在家裡悶坐著，忽然聽得外面鬧洋洋，同時看見鄉居們全跑出去，也就一齊跟了出去。

　　葛生嫂一手抱著小女兒，一手牽著大兒子，一路叫著：

　　「天呀！現在見到天日了……七天來，比坐地牢還難受呀……天曉得我們怎麼過的……天曉得……」

　　葛生哥沉默著，加了許多皺紋的臉上也露著喜悅的神情，直至鄉長的隊伍走近來時，他低聲的說：

　　「我老早說過，老天爺會保佑的 —— 不要做聲，鄉長來了……」

　　華生一直從人群中擠了過去，站在一塊貼近大路的石頭上望著。他知道來的是些什麼人。他討厭他們，但他想知道他們做些什麼。

　　他遠遠地望見那一群人穿著整齊的衣服和嚴肅的面孔，就不禁暗暗發笑起來。過去的狼狽情形，現在可還深刻在他的腦子裡。尤其是那漸漸走近來的雄糾糾的保衛隊丁，使他記起了那塊浮在水面

的牌子。

「我們年年出了不少捐錢，謠言一來，他們先跑了，這時卻耀武揚威的保護著那班人……」

華生不覺憤怒起來，睜大了眼睛，正朝著在下面走過的保衛隊丁的臉上射著厭惡的目光。

但他們沒有留心，在他們後面的人們卻注意到了。華生看見那一群可惡的人，本來露著喜悅而莊嚴的神情的，走近他的時候，都故意做出了種種的醜態。

第一個是阿如老闆。到得華生身邊，他故意仰起頭來，翻著眼珠朝著天，露著不屑看他的神情，而同時卻又挺著大肚子，緩慢地用手撫摩著，表示出他的驕傲。

第二個是黑麻子溫覺元，偏著頭，朝著華生這邊，不時射出狡滑的眼光到華生的臉上，又不時撅著嘴，蹙著鼻子，現出凶殘的神情，用大拇指緩緩地點著其他的食指，彷彿在計算什麼刻毒的計策似的。

後面是阿浩叔，一路搖著頭，像在對華生嘆息著。

再後面特別緩慢地走著鄉長傅青山，左手捻著鬚尖，低著頭，從眼鏡邊上射出往上翻著的眼珠的光來，微微蹙著眉毛，顯得十分嚴厲的神情，像對華生一點不肯放鬆的模樣。

傅青山的後面是阿珊，梳著光滑的頭髮，露著得意的微笑，兩隻眼珠滴溜溜地，忽然往右轉，忽然往左轉，伸著嘴唇，呃呃地動著，好像在和誰接吻一般……

華生氣得一臉蒼白，覺得眼前的天地漸漸旋轉了。他的腿發著

十六

抖，已經無力站著，便不由自主地溜倒在那石頭下。

　　直至那快樂的觀眾漸漸散盡的時候，他才有了控制自己的能力，勉強掙扎著回到了自己的屋裡。

　　「一網打盡，狐群狗黨……」他咬著牙齒，惡狠狠的發誓說。

　　他一夜沒睡得熟，頭裡有火在燃燒，耳內轟轟地響著，眼前一陣陣地映現著各色各樣的可恨的人物。天色漸漸發亮，他才軟癱癱的睡熟去。

　　但是不到一點鐘，他忽然被爭吵的聲音驚醒了。他首先聽見的是葛生嫂的叫喊：

　　「我們不要做人了嗎？我們哪裡來這許多錢！天災人禍接二連三的來，我們自己連飯也沒有吃了，還有什麼錢！傅家橋有錢的人多著，卻動不動問我們窮人要錢！我不出！殺了我也不答應！」

　　「不答應也要你答應！不出也要你出！哼！看看外面站著什麼人吧！」

　　華生突然坐起來了。他辨別出那說話的聲音 —— 又是黑麻子溫覺元！

　　他憤怒得火往頭頂衝，一手扯起衣服往身上一披，衝到了外面的一間房子，睜著火一般紅的眼睛凶狠地釘著黑麻子溫覺元。

　　「又做什麼？」他捏緊了拳頭。

　　「要 —— 錢呀！」溫覺元玩笑似的說。

　　「要什麼錢？」

　　「捐錢。」

　　「什麼捐錢？」華生前進了一步，聲音越來越大了。

葛生嫂立刻攀住了他的手臂，叫著說：

「華生！我們真活不下去了！又是斷命的捐錢！聽見嗎？要我們出五元！千刀萬剮的瘟麻子！不答應！不答應！不答應……」

「不止五元呢。」黑麻子微笑地說。「還要備一桌酒席，還要……」

「還要什麼？」華生又前進了一步，準備舉起拳頭來。

黑麻子倒退了一步，說：

「還要你一道去 —— 來！」他回頭對著門外叫著。

門外一陣槍柄聲，衝進來了兩個保衛隊丁，用上著刺刀的槍尖對準著華生。

「帶他走！」黑麻子叫著說。

華生正待抵抗，一個隊丁舉著槍尖，往前走進幾步逼著他，另一個隊丁已經握住他的兩臂，接著用繩索把他捆上了。

「先給你嚐點滋味！」黑麻子說著，走近去就是拍拍的幾個耳光。

葛生嫂發瘋了。她跳過去扯住了黑麻子的衣襟，一手拖著他的手腕，蹬著腳大叫起來：

「救命呀！救命……人到哪裡去了呀！阿曼叔！」她看見鄰居們奔了出來。「救命呀，阿曼叔！救命呀……」

阿曼叔跟蹌地從許多人中奔到了黑麻子面前也攀住了他的手臂。

「看我面子吧，放了他，有話慢慢商量呵……」

「放了他？好不容易呀！」黑麻子回答說。「鄉長命令，他們

捐五元開歡迎會，一桌酒席，派他背旗子去歡迎唐連長 —— 官兵就到了，曉得嗎？」他回過頭去對著華生的臉，「是官兵呀！捉賊捉強盜的！」

華生被緊緊地綁著，動彈不得，臉色蒼白的可怕，左頰連耳朵被打得紅腫腫的，睜著火燒似的眼睛，惡狠狠地回答說：

「狗養的，老子不答應……」

阿曼叔用手捂住華生的嘴，勸著說：

「華生，委屈一點吧，不要動氣，你是明白人呀……看我面孔吧，阿覺哥。」他又轉過頭去對黑麻子求情說，「他到底年青，況且當家的不是他，那是葛生，他一定會答應的……」

「答應的？」葛生嫂又直跳起來了，「那是我！當家的是我！絕不答應！打了人，還能答應嗎？我們一年到頭只夠出捐錢，數目又比人家多，他們眼睛瞎了嗎？把我們窮得波羅詰諦的人家當做了肥肉，今天這樣捐，明天那樣捐……」

「當心點吧。」黑麻子恫嚇說，「要不是醜婊子，就把你一道帶去……」

「你就是醜婊子生的，才一臉黑麻子！你放不放人？你這瘋蟲！你們大家評評看吧！」她對著越來越多的人眾說，「我們是窮人，他要我們出這樣那樣捐錢！全是他和鄉公所幹的！我們要鄉公所做什麼的呀……還要捉人，還要打人……」

圍在門口的人漸漸有點興奮了，臉上多露著不平的神色，喃喃地私相評論起來，勉強抑制著憤怒，彷彿在等待時機準備爆發似的。有幾個農人已經握緊了拳頭。大家把門口圍得水洩不通，並且

一步步向前擠擁著，形成了一個包圍的形勢。

　　黑麻子是個聰明人，他雖然帶著兩個武裝的隊丁，但看見形勢嚴重，知道無法衝出這圍困，心裡也起了恐慌，正想讓步，忽然看見面前的人群讓開一條路，葛生哥來到了。

　　「怎麼呀，阿覺哥？」他顫聲叫著，十分的恐慌。「他年紀輕，總是闖禍的……什麼事情歸我擔保吧……」

　　「你看吧，彌陀佛。」黑麻子沉著臉說，「你的阿弟要打人，你的女人在罵人。我是奉了鄉長命令來的，打我就是打鄉長，罵我就是罵鄉長呀……」

　　「什麼鄉長！狗養的鄉長！」華生罵著說，「你是狗養的子孫！」

　　「哈，哈，哈……」群眾大聲地笑了，笑聲中帶著示威的意味。

　　「華生！」葛生哥叫著說。「你這麼大了，又不是女人，學你阿嫂嗎？ —— 走開，走開！」他回頭對著葛生嫂說，「你懂得什麼！你是女人家！閉嘴！不要你管閒事……阿方弟婦，立輝弟婦。」他又轉過頭去對著旁邊的女人們說，「請你們先把她拉開吧 —— 唉，什麼事情攪進她來就糟了……真沒辦法……」

　　「這就對了。」黑麻子笑著說，「彌陀佛出來了，就什麼事情都好商量……我原來是來找你說話的，那曉得碰到了這兩個不講理的東西！」

　　「是呵，阿覺哥，萬事看我面上……」

　　「那自然，莫說是我，鄉長也要給你面子的！誰不知道彌陀佛

十六

是個好人……唉，傅家橋人都學學彌陀佛就天下太平了……」

「鄉長命令，我都依，阿覺哥……他們得罪了你，是我不是……還請看我面上……」

「好了，好了，阿覺哥。」阿曼叔也接著說，「彌陀佛是家長，他的話為憑……就放了華生吧……」

「就看你們兩位面孔了。」黑麻子說著轉過頭去，對著隊丁，「我們回去！」

隊丁立刻把繩鬆了。華生憤怒地一直向黑麻子撲過去，卻被葛生哥和阿曼叔抱住了腰和背。

「打……打……打……」群眾中有些人在叫著，擋住了黑麻子的去路。

「做什麼呀，華生！」葛生哥叫著，「你讓我多活幾天吧！ —— 走開！走開！」他對著群眾叫著，「大家讓我多活幾天 —— 聽見了嗎？那是我的事，不關你們！天災人禍，還不夠嗎？掀風作浪做什麼！你們要打，就先打我 —— 可憐我呵，老天爺，我犯了什麼罪呀……」

群眾靜默了，華生靜默了。嘆息在空氣中呻吟著，眼淚湧上了一些人的眼裡。大家低下頭，分開一條路來，讓黑麻子和隊丁通過去，隨後搖著頭，一一分散了。

十七

　　一連四五天，華生的臉上沒顯露過一點笑容。他只是低著頭，很少說話，沒有心思做事情。但為著葛生哥的身體不好，咳嗽又變厲害了，他只得每天在田頭工作著，把那未割完的稻全收了進來。

　　他受了黑麻子的那樣大侮辱，竟不能反抗，不能報復，他一想到這事情，他的心就像被亂刀砍著似的痛苦。尤其使他哭笑不得的，是他的阿哥竟和他這樣相反，他被黑麻子捆了打了，他阿哥卻不問皂白，首先就對黑麻子說好話，答應了捐錢，答應了酒席，還跟著一些惡紳，土棍，流氓，奸商和冒充農人的乞丐背著旗子，放著鞭炮，到十里外去歡迎官兵來到！

　　而那些官兵呢，自從到得傅家橋，就占據了祠堂廟宇，學校民房，耀武揚威的這裡開槍那裡開槍：忽而趕走了田頭工作的農人們，推翻稻桶，踏平稻田，平地演習起來，忽而占據了埠頭，奪去了船隻，隔河假襲起來；忽而攔住街道，斷絕交通，忽而鳴號放哨，檢查行人……幾乎把整個的傅家橋鬧得天翻地覆了。這一家失了東西，那一家尋不到雞鴨；女人和小孩子常常躲在家裡不敢走出去，男人們常常靜默著，含著憤怒在心裡。

　　從前很多人想，官兵來了，天下會太平的，所以當時看見華生不肯納捐，給黑麻子打了一場，雖然有點不平，暗中也還覺得華生有點過火。但幾天過後，大家看明白了，並且懊惱著自己不該繳付捐錢。

「不如餵狗……」他們暗暗憤恨地說，「狗倒會管家守夜的！」

他們漸漸不約而同的來看華生了，一則是想給他一點安慰，二則也可申訴申訴自己胸中的鬱積。

「都是那些壞種弄出來的！我們已經知道是謠言了，他們卻去迎了官兵來……現在才做不得人了……有一天。」他們咬著牙齒說，「時機一到，絕不能放過他們！」

這些話使華生又漸漸振作精神起來了。他看出了凡是窮人，凡是好人都是同情於他，憎恨那些有勢有錢的壞人的。大家都已經有了一種決心：剷除那些壞人！

「剷除那些壞人！」華生喃喃地自語說，「是的，剷除那些壞人……我應該給傅家橋人剷除壞人……」

然而，什麼時候才能達到這目的呢？阿波哥最先的意見是等待他們自己動搖了再下手。例如當他從前為了軋米的事情，阿波哥說過阿如老闆已經虧空得很多，不久就要破產了，勸他暫時忍耐著。但是，這幾個月來，雖然外面傳說，他破產的話愈加多了起來，他卻是有傅青山作為靠山，愈加威風了。而傅青山和黑麻子呢，也只看見一天比一天威風起來……

華生覺得非先下手不可了。一直等下去，是只有傅家橋人吃虧的：這樣捐那樣稅，這樣欺侮那樣壓迫，永不會完結。

阿波哥現在也有點不能忍耐了。他贊成華生的意見，先發制人；他還希望在十一月裡趕走那些人，因為阿珊和菊香的婚期在十二月裡。

「我相信菊香終喜歡你的。」他對華生說，「因為有人在造謠，

有人在哄騙，所以她入了圈套。我們的計劃成功了，不怕她不明白過來。那時，她仍是你的。」

怎樣下手呢？秋琴看得很清楚：只要把鄉長傅青山推倒，其他的人就跟著倒了。而這並不是難事，傅家橋人全站在這一邊。只要有人大聲一喊，說不要傅青山做鄉長，無論文來武來都會一齊擁出去的。

「聽說官兵就要開走了。」阿波哥說，「我們且再等幾天，等他們孤單的時候動手。不要讓他們溜走，我們得把他們扣住，和他們算帳第一要傅青山公布各種捐款的數目，第二要阿如老闆招認出把死狗丟在井裡 —— 這事情，我已經有了證據了，並且後來那個井水也是他填塞的哩，華生！」

華生一聽到這話氣得眉毛直豎了。

「你為什麼不早說呀，阿波哥？」他說。「你既然有了證據，我們早就可以對付他了！」

「不，華生。」阿波哥說，「我們要和他們算總帳的。我還有許多可靠的證據，宣布出來了，傅青山阿如老闆，黑麻子，阿品哥朱金章等等都是該千刀萬剮的。現在傅家橋人已經夠恨他們了，推倒他們是容易的。我們一切還得守祕密。」

華生現在高興地工作了。一天兩天，他在計算著那日子的來到。同時他祕密地在計劃怎樣的發動。

傅家橋人很多是和華生要好的，尤其是年青人。華生開始去看望他們了。雖然許多人沒明白說要推翻傅青山，但華生只聽到對傅青山一夥人的憎恨的話，有些人甚至表示了要華生來發動，他們願

十七

意聽他的指揮去做。

華生很高興這種表示，但他不說出他心中的計劃。他只勸慰著人家說：

「我們看吧，總有一天會太平的！」

幾天過後，晚稻收割完了。農人們開始將稻草一把一把的紮起來，成行成排的非常整齊地豎立在田上。同時兵士們似乎漸漸少了。他們不大出現在路上，每天清晨和夜晚，有些兵士抬著子彈箱和兵器往北走了去。隨後鋪蓋，用具也運走了。

最後，一天早晨，傅家橋上忽然不息地放起鞭炮和大爆仗來。官長帶著末批的隊伍，封了船隻離開了傅家橋。傅青山那一夥人在兩岸走著，一直送了許多路。

「啊噓……啊噓……現在可清靜了……」大家互相叫著說，開了笑臉，「最好是傅青山那些壞蛋都跟了走，不再回來啊……」

「不遠了。」華生心中回答著。

他現在愈加忙碌了。什麼事情都不給葛生哥和葛生嫂知道。常常清早和夜晚都在外面，連葛生哥也找他不到。

「華生又變了。」葛生哥喃喃地說，「年青人真沒辦法。」

「我老早說過了，這樣大年紀，應該早點給定親的呀！」葛生嫂又埋怨了起來。

但是幾天過後，傅家橋也跟著變了。它的外表彷彿是平靜的，內中卻像水鍋裡的水在鼎沸。幾乎每個人的心裡都充滿了憎恨和憤怒。

「我們還能活下去嗎？」到處都聽見這樣的話。

葛生嫂並不聽得這話的來源和作用，但她一聽見就立刻叫起來了。

　　「真的，我們還能活下去嗎？這樣的日子：天災人禍，接二連三的來！我們得想辦法了！」

　　「想吧，你想什麼辦法呢？」華生故意問她說。

　　「什麼辦法嗎？──要換朝代！」

　　「什麼朝代呢？」

　　「宣統也好，袁士開也好，終歸朝代要換了！」

　　「這話有理。」華生笑著走開了。

　　「我說你女人家少講空話些。」葛生哥不耐煩地說，「你哪裡懂得什麼朝代不朝代！」

　　「我不懂得，倒是你懂得！」

　　「袁世凱也不曉得，還說懂得。虧得是華生，給別個聽見了，才丟臉。」

　　「丟臉不丟臉，要換朝代還是要換的！你看著吧！」

　　「我看著。」

　　「自然看著！像你這種男人有什麼用處！彌陀佛，彌陀佛，給人家這樣叫著，這才丟臉呀……！」

　　「好了，好了，我不和你爭了……你總是這一套……」

　　「誰先跟我爭的呀……你不插嘴，我會爭嗎……」葛生嫂仍不息地說了下去。

　　但是葛生哥已經走了。他要到田頭去。

　　「誰有這許多閒心思。」他喃喃地自語著，「女人總是說不清

的……」

他走到屋前，忽然迎面來了兩個人：一個是阿如老闆，挾著一包東西，一個是他店裡的長工，挑著兩捆空袋，一支大秤。

「來稱租穀吧，老闆？」葛生哥微笑地點點頭說。他知道是往阿曼叔家裡去的。

阿如老闆沒回答，彷彿沒看見他似的，一直向北走了去。只有他那個長工微笑地和他點點頭。葛生哥不禁起了一點不快，呆立了一會，望見他們的後影消失在破弄堂裡，才默默地向田頭走去。

「不曉得華生又是什麼得罪他了，連我也不理睬。」他想。「唉，做人真難呵……。」

他想到這裡，心底裡的無窮盡的鬱悶全起來了。他實在是最懂得做人困難的。而同時也就是為了這困難最能容忍，退讓，求四面八方和洽的。

「有苦往肚裡吞。」他沒一刻不是抱定這主意。

但是結果怎樣呢？他近來也漸漸覺得有點不耐煩了。彌陀佛彌陀佛，幾十年來只落得一個這樣的綽號。人家對他彷彿都是很尊敬，很要好的，實際上卻非常的看不起他，什麼事情都叫他吃虧，叫他下不去。譬如阿如老闆吧，他以前多少年給他奔走，給他使喚，做過多少事情，既沒收他工錢，也沒受他一點禮物，忽然為了跟華生吵架，就對他也變了態度了。那事情到底誰錯呢？他並非不知道。只為了往大處著想，他才勉強抑制著華生，吃了虧去了結的。然而阿如老闆還不滿足，到處說華生的壞話，對他老是惡狠狠的恨不得立刻把華生宰了殺了一樣。他幾次客客氣氣的和他打招

呼，也總是要理不理，好像沒看見他，好像不認識他，好像他就是華生，就是對頭似的。

別的人呢？傅青山，黑麻子，孟生校長，阿品哥，都說他是好人，一面卻只是往他身上加捐加稅，總之榨得出來就榨，逼得出來就逼，嚇得出來就嚇，並不體諒他窮苦。

「還能活得下去嗎？」

這幾天他時常聽見人家這樣的叫苦。真的，他已經不能活下去了。他的債一天比一天多了起來，肚子裡的苦悶也一天比一天飽滿起來了，想到前程，真使他害怕。什麼都擺不平直，就連自己一家人也擺不平直……

他越想越苦惱，背越往前彎，咳嗽接二連三的發作起來，像心口要炸裂了似的，走進田裡，兩腿抖顫了，只得坐了下去休息著。

過了許久，他才覺得精神漸漸振作起來，同時他的念頭也已經變了：

「做一天和尚撞一天鐘……」他這樣想著，慢慢抬起頭來。

「我看你臉色不好哩，阿哥。」華生一路用鋤頭整理著水溝，到得葛生哥面前，說。「想必大病後沒調理，不如回去歇一歇吧，現在總算清閒些了。」

「沒什麼。」葛生哥回答說，「只覺得不大有氣力，坐一會就好了！你看，稻草快乾了，紫雲英大起來了，事情正多著呢……」

「不過是這一點事情，給我做就很快，你身體要緊呢。」

「那自然。」葛生哥微笑著說，「你年紀輕，氣力大。我從前像你這樣年紀也毫不在意的……做了一樣又一樣，這樣收進了，那

樣又種大了，種田人也有興趣哩⋯⋯你看⋯⋯」

葛生哥說著漸漸忘記了剛才的苦惱，高興起來了。

但是華生已經鏟著滿泥，走了過去，沒聽見他講什麼話。他的精力完全集中在鋤頭上。稻草不久可收了，田野上將是一片紫雲英。他們雖和稻苗一樣，需要雨水，但卻不能長久浸在水裡，有時須得開關著水溝來調節。他不能把水溝弄得外淺裡深，讓雨水倒灌進在田裡，但也不能開得裡面的太淺，外面的太深，讓雨水一直往外流出去。他得把它開得很平勻，關起來時使每一顆的紫雲英的根都能吸收到水分，開開後又到處都乾燥。溝底裡，有著不少的稻根和碎石，這裡那裡突出著，它們是足夠阻礙那田野上千千萬萬的生命的源泉的。他必須把它們一一剷去，又用泥土來填補那留下來的洞窟，並且把那溝底修飾得光滑結實。這事情看起來極其容易，卻需要有極大的耐心和仔細。華生平常像是很粗心，但他做事情卻相當的仔細，尤其是這幾天來他看見所有的農人都對他表示出信任和尊敬，他漸漸地可以實現他的計劃的時候，他心中充滿了快慰，做事愈加耐心了。

從早晨八點鐘起，到現在將近中午，一橫一直的修理著溝道，看看已經完成了五六條，正想稍稍休息一下的時候，他忽然聽見了一陣叫聲：

「救命呀⋯⋯救命呀⋯⋯」

華生驚愕地抬起頭來，看見阿方的女人抱著一個孩子從屋前狂奔了來。

「你看，阿哥！」他轉過身去對著葛生哥，「我們那邊出了事

了⋯⋯」

他不待葛生哥回答，便一直迎了上去，提高著喉嚨叫著：

「什麼事情呀⋯⋯」

但是阿方的女人沒回答，她一直向華生這邊跑，一路顛撲著，一路搖著手。

華生看見她失了色，滿臉流著眼淚，張大著嘴，急促地喘著氣，到得半路栽倒了，她的手中的孩子在驚駭地號哭著。近邊田頭的一些農人首先奔過去圍住了她，華生也立刻跑到了。

「什麼事呀？你說！什麼事呀？」大家問著。

阿方的女人只是呼呼喘著氣，兩手拍著地，面色和紙一樣的白，說不出話來。

「把孩子給我吧。」華生說著抱了她手中的孩子，「不要害怕，你好好坐起來，說給我們聽呀！」

那女人睜大了眼睛，望著華生窒息地哭了。

「他⋯⋯他⋯⋯打死⋯⋯了⋯⋯」她重又把頭伏倒在地上。

華生的眼珠突了出來，他知道是阿曼叔遭了災。

「快去看阿曼叔！」他把孩子交給了別個搶過一把鋤頭來。「你們把她扶回家！」隨後他高高地舉起鋤頭對著遠近的農人們揮著手，作了一個記號，同時他飛也似的首先跑了。

田野上的農人們一齊高高地舉起了鋤頭揮著手，接著從四面八方跑向阿曼叔家裡去。在屋子附近工作著一些人已經先華生跑了進去。同時有些女人從屋裡奔了出來。

葛生嫂像發瘋似的也抱了一個孩子，從屋內追了出來，一路大

十七

叫著：

「天翻了……天翻了……救命呀……青天白日打死人了……還有皇法嗎……」

華生衝上去，一把拖住她的手臂：

「誰打誰？快說，阿嫂！」

「還有誰呀！」她叫著說，「我們還能活下去嗎？可以無緣無故打死一個人……可憐阿曼叔呀，一個好人……一個老成人……」

「誰打死他的，快說來呀，阿嫂！」華生蹬著腳說。

「就是那瘟生呀……阿如……」

華生沒聽完她的話，一直往裡衝去了。

阿如老闆竟敢跑來打死阿曼叔嗎？他渾身冒起火來，握緊了鋤頭。但是剛到破弄堂，阿英聾子忽然從裡面跑出來，把他拖住了。

「華生！」她大聲叫著，蹬著腳，「快捉凶手呀！他們逃走了……」

「逃走了？」華生定了定神，說，立刻轉過身來，想衝了出去。

但外面的人蜂擁地來了，密密層層的只是把他往裡擠，一點也站不住腳。

「捉凶手！聽見嗎？捉凶手！」華生大聲地喊著，「凶手逃走了……往外跑！往外跑……把阿如老闆捉來……把阿如老闆捉來……」

「往外跑……捉凶手……阿如老闆逃出去了……」人群中起了怒吼，一半往裡擠，一半往外擠，華生給夾在中心，忽而朝內幾

步，忽而朝外幾步，半天還在破弄堂裡，完全失了自由。

華生用力推擠著人群，大喊著：

「讓我出去！聽見嗎？讓我出去……」

阿英聾子緊緊地扯著華生的衣襟，呼呼地喘著氣滿臉流著汗。一會兒她的腳被這個踏著了，一會兒她的手臂被那個撞痛了。她一面叫著，一面罵著，忽然生起氣來，不曉得從哪裡扯來了一根木條，一路往人家的身上打了下去。

「滾開！滾開……看老娘的木頭……讓華生出去！聽見嗎……讓華生出去……你們這些人沒一點用……讓華生去捉那瘟生……聽見嗎……」

人群狂叫了起來，憤怒地睜著眼睛，搶住了她的木條，但同時給她的話提醒了，兩邊擠了開去，讓出一條空隙來。

「不錯！讓華生出去！讓華生出去！」大家嚷著。

華生趕忙往外面跑了。擠到大門口，他正想從田野上抄到大路上去，葛生哥忽然一把拖住了他的手臂，瘋狂似的叫著說：

「華生……有話和你說……你停下……」

阿英聾子不待華生回答，就往他們手臂中間撞了過去。

「快走……」她叫著。

葛生哥手臂一松，華生立刻跑了開去。

「你這瘋婆做什麼呀……」葛生哥怨恨地叫著，再也喊不應華生。

「誰理你！難道白白打死人嗎？」阿英聾子說著連跳帶跑的走了。

十七

　　華生走到人群外，把鋤頭舉了起來，做著記號。人群注意出了是華生，靜默了一刻，一齊舉起了鋤頭。

　　「跟我去找凶手！」

　　「走！」大家回答著，「剝他的皮，割他的肉……燒倒他的屋子……」

　　華生首先跑了，幾十個年青的農人在後面緊隨著。他們穿過籬笆，在田裡狂奔著，抄到河塘上，離開橋頭不遠，阿波哥忽然迎面奔了來，拖住了華生。

　　「站住！站住！」他叫著說，並且對後面的人搖著手。

　　華生站住了。

　　「你知道什麼事情嗎？」他問。

　　「我知道。」阿波哥回答說。「不要粗暴，華生！應該讓傅家橋人公斷……」他把華生拉過一旁，低聲地說：「我們要算總帳的，不要讓他們逃走一個……回去商量更好的辦法吧……」

　　「讓他逃走嗎？我要一個一個來……」

　　「逃不了的，一網打盡，正是好機會……走，走，回頭去看阿曼叔……」

　　華生遲疑了一下，終於同意了，回轉身，對大家叫著說：

　　「等一會再說！聽見嗎？回頭去看阿曼叔！」

　　大家驚異地呆著，沒有動，有幾個人叫著了問：

　　「什麼意思呀……」

　　「自有辦法！聽見嗎？逃不了的……相信我！」華生大聲地回答。

大家會意地跟著他回頭跑了。

屋前和破弄裡來去的人仍非常擁擠，男的女的從四面八方跑了來。一片喧譁聲。每個人的臉上顯露非常的憤怒。他們看見華生來了，便把路讓了開來，叫著問：

「凶手捉到了嗎，凶手……」

「立刻就來了！」阿波哥一路回答說，和華生擠到了阿曼叔的門口。

這裡擠滿了人，但很沉默。大家又憤怒又苦惱地搖著頭，握著拳。

華生丟了鋤頭，和阿波哥擠進房中。房中也站滿了人。

阿曼叔睜著眼睛，死挺挺地躺在床上，一臉青白，已經斷了氣。

「唉，一個耳光，想不到就死了……」阿元嫂站在屋角裡，嘆著氣說。「運氣不好，竟會屈死……年紀也實在大了，又沒破又沒腫……」

華生憤怒地瞪了她一眼說。

「你知道那一個耳光輕重嗎？」

「我哪裡知道！」阿元嫂也瞪著眼睛說。「我又不是動手動腳的下流人！」

「為什麼打人呢？」阿波哥插了進來。

「來稱租穀的……」別一個女人回答說。「阿如老闆說打六折，鄉長定的，阿曼叔說年成壞，只肯打對折……阿如老闆脾氣大，就是拍的一個耳光……他立刻暈倒地上，抽著筋，不會說話了……」

十七

「對折，六折……鄉長定的……」華生憤怒地說，「我們收不到三成……種田人不要活了嗎……」

「六成是不錯的。」阿波哥說，「鄉長的紅條子上午貼出的。」

「上午貼出的嗎？我去把它撕下來！什麼狗養的鄉長……」

華生立刻和阿波哥走進自己的屋內，把門關上，一直到廚房裡。

「我們應該動手了，阿波哥。」他低聲的說。「帶著大家到鄉公所去吧！」

「還不到時候。」阿波哥搖著頭，說。「現在大家只知道阿如老闆打死了的人，還不知道傅青山的命令。這六折租穀的定議是大家都不肯答應的。我們應該先讓他們知道這事情，親眼去看那紅條子—— 它剛才貼在橋頭保衛隊門口。我們現在應該冷靜，假裝沒事，今晚上一切都準備好，明天一早……」阿波哥忽然停了口，對著廚房的後門望著。「那外面不是水缸嗎……」

「阿元嫂的水缸。」

「我好像聽見有人在走動……」

「只住著阿元嫂一個人，她剛才不是在阿曼叔房裡嗎……」華生說著，想走過去打開後門來。

但是阿波哥把他止住了：

「不要動……」

他們靜靜地傾聽了一會，只聽見前門外的喧譁聲，後門外並沒有什麼聲響。

「大概我聽錯了。」阿波哥說。「明天一早，我們鳴鑼聚眾，

去開祠堂門，一面請鄉長，黑麻子那一批人到場，照老規矩，要他們來公斷阿如老闆打死阿曼叔的案子，然後再提到六折租穀，再接著跟他算什麼捐，什麼稅，把黑麻子那批人一齊扣留……」

「他們不去呢？」

「不客氣，拖他們去！」

「扣留以後呢？」

「那時要捆要打，可以聽從大家意思了。」阿波哥笑著說。「我還有他們十惡不赦的證據，明天再說吧……」

「好，就這麼辦。」華生快活地說，「但我們現在得派一些人暗中去偵查他們的行蹤。倘使他們想逃走，就先攔了來吧！從天黑起，我們多派些人，遠遠包圍著鄉公所，第一不要讓傅青山逃跑了。保衛隊敢出來，就先對付他們……」

「好吧，但請祕密……」

十七

十八

　　當天晚邊，傅家橋似乎漸漸安靜了。雖然這裡那裡來去著許多人，但已沒有人大聲的叫喊，大家只是憤怒地互相談著話。到得深夜，全村像睡熟了，只有阿方的女人在東北角上忽而高忽而低的號哭著。但在許多地方，卻埋伏著逡巡著一些握著武器的強壯的青年，輕聲地通著祕密的暗號。

　　小雪過後的夜又寒冷又可怕，好不容易挨到天明。

　　早飯後，華生屋前的鑼聲宏亮而急促地突然響了：

　　噹噹噹！噹噹噹……

　　有人在一路叫著：

　　「開祠堂門……開祠堂門……」

　　對河阿波哥那邊的鑼聲也響了：

　　噹噹噹！噹噹噹……

　　接著四面八方都響應起來。

　　傅家橋的房屋，街路，河道，田野和森林立刻震動得顫抖了。這裡那裡只聽見叫喊聲，呼哨聲，怒罵聲。只看見拿棍子的，背鋤頭的，拖釘耙的，肩扁擔的農人們從各處湧了出來，奔向橋西的祠堂去。

　　「打死人要償命！打死人要償命……」到處喧嚷著。

　　老人們，女人們，小孩們站在田裡和路邊觀望著，有的憤怒地蹬著腳叫著，有的發著抖哭了。

十八

橋頭保衛隊緊緊關著門。成群的隊伍圍住了豐泰米店狂叫著：

「叫凶手出來！叫凶手出來……我們要燒屋子了……」

另一個隊伍在敲橋東剛關上的各店鋪的門：

「請老闆夥計到祠堂裡去！各人憑良心說話……」

阿波哥帶著一個隊伍在路上揮著手：

「不要擋住路！趕快到祠堂裡去……趕快到祠堂裡去……」

華生帶了二十幾個人圍住了鄉公所；一齊叫著：

「要鄉長出來！要鄉長到祠堂裡去……請鄉長公斷……」

「鄉長問什麼事！」門裡有人大聲的問。

「什麼事！」有人憤怒地踢著門，叫著說。「青天白日打死了人，難道不曉得嗎……」

「啊，我去回覆！」

過了一會，鄉公所的大門突然開開了。一個男工站在門邊說：

「鄉長知道了，他正在起床，請大家廳裡坐！」

「什麼？」華生不覺驚疑起來。他望了望那個人的面色，望了望裡面的院子。「請他出來，我們在大門外等候！」

「在大門外嗎……我去通知……」那人說著走了。

「大家留神！」有人喊著說。「那是個狐狸精……我們退後三步……兩邊分開……把鋤頭握緊……叫後面的人上來……」

但是裡面沒有動靜。過了一會那男工又來了。

「鄉長說，千萬對不住大家，他在洗臉了……」

「狗養的！」有人罵著說，「你去問他，洗了臉還有什麼嗎？我們這許多人等著他一個，告訴他，休擺臭架子吧……」

「是……」

那男工才答應一聲，裡面忽然腳步響了。

華生非常的驚詫起來，他後面那些人把武器放下了。

出來的正是鄉長傅青山，他前面是黑麻子，孟生校長和阿如老闆。阿如老闆被反縛著，滿臉青筋和創傷，兩個穿便衣的保衛隊丁牽著他。傅青山一路用手杖打著阿如老闆的腿子，一面罵著：

「你這畜生！你休想活了！我平日沒仔細。錯看了你！你居然打死了別人……還不快走……你害得我好苦呀……」他看見華生，和氣地點點頭說，「真是對不起你們，勞你們久等了。我向來是起得遲的，今天給這畜生害死了，連臉也沒有洗乾淨，空肚子跑出門來……」

「到鄉公所再吃東西吧。」華生譏刺地說。

「是呀，我知道。」傅青山苦笑著說。「我自己就該吃棍子的，因為我做鄉長，竟會鬧出這禍事來，咳咳，走吧……這畜生，他昨天竟還敢跑到我這裡來求情，我當時就把他捆起來，要親手槍斃他的，但是仔細一想，打死了他倒反而沒有證據，變做我們也犯罪了，並且也便宜了他，所以只把他打了幾頓……現在可以交給你們了，由你們大家打吧……但不要打得太狠了，暫時給他留一口氣……先開祠堂門公斷了再說……我們要先把罪案定下來，大家說槍斃就槍斃，剝皮就剝皮。開過祠堂門，我們就合法了。是的，開祠堂門是頂好的辦法……今天絕不放過他！把他千刀萬剮……」

傅青山一路這樣的說著，時時提起棍子來趕打著阿如老闆的腿子。大家最先本想扯住他的領子，先給他一頓打，但聽見傅青山的

十八

話，按捺住了。

「這狐狸精想的一點也不錯。」華生想，「我們且公斷了再打他……但是他今天忽然變了，句句說的是公道話，難道改邪歸正了嗎……我們明明是來逼他出去的，難道他怕了我們嗎……」

華生一路想著，一路對人群揮著手，叫大家趕快到祠堂裡去。

跟上來的人漸漸多了，他們聽見說捉到了凶手，都想搶近來仔細看一看。

「惡貫滿盈了……」大家痛快地叫著說，「犯了罪，誰也不會饒恕他的……傅家橋從此少了一個大禍根……」

「今天鄉長說的是公道話……」有人喃喃地說，「別人捉不到凶手，他給捉到了，也虧得他呵……」

大家一路擁擠著，過了橋，不久就到了傅家橋的祠堂。

祠堂裡外已經很擁擠，聽見說鄉長帶著凶手來了，終於勉強地讓出一條路來。

大門內是個極寬大的走廊，兩邊有門通到樓上的後臺和院子中央的戲臺。傅青山和黑麻子，孟生校長帶著阿如老闆從左邊的小門上去到了戲臺上。

擁擠在戲臺周圍，兩邊走廊和正殿上的人群立刻起了嘈雜的吶喊：

「殺人償命！殺人償命……」

戲臺上已經坐滿了人：是保長，甲長和一些老人，其中有阿浩叔，阿品哥，阿生哥……傅青山把阿如老闆推倒在臺上。阿如老闆朝著大殿跪著，低著頭，動也不動敢。

「全在那裡了。」阿波哥把華生拉到一旁，極低聲的說。「不要大意，今天傅青山很可疑，留心他出花樣……我已經派了十幾個人埋伏在後臺了……」

「你我站在臺前，緊急時跳上去……」華生說著，和阿波哥擠到了戲臺前兩個角落裡。

傅青山首先和臺上的人打了招呼，然後站到戲臺的前方，往四處望了一望，接著拍了三下掌。

人群漸漸靜默了，大家用腳尖站著，伸長著頭頸，一齊望著他。

「我把凶手捉來了。」他仰著頭，大聲地說，「聽大家辦……」

「殺！殺！殺……」人群吶喊起來。

傅青山重又拍著掌，待大家靜默後，他又說了下去：

「我們要他償命……」

臺下又起了一陣吶喊。

「國有國法，家有家法，天羅地網，插翅難飛……」他擺動著頭。

臺下又接著一陣吶喊。

「我們開祠堂公斷，要存心正直，不可偏袒一絲一毫，讓凶手死而無怨！所以……我們要照老規矩，先向祖宗發誓……」

臺上的人連連點著頭，臺下又起了一陣吶喊。

「這話有理……這是老規矩……」

「臺上的人跪下。」他說著先首遠遠對著大廳跪了下去。「臺下的人點著頭……」

十八

　　臺上的人全跪下了，臺下的人都點下了頭。可怕的靜默。過了一刻，傅青山捧著一張黃紙，大聲地唸了起來：

　　「本祠子孫青山，率領族人長幼老弱，俯伏在地，謹告祖先，自遠祖創基以來，本族子孫世代興旺，士農工商安居樂業，男女老少孝悌忠信，從無禍延子孫，罪當誅戮……今茲不幸，忽遭大禍，來此開議，驚擾祖先。尚祈在天之靈明鑒此心，杜根絕禍，為子孫世世造福。青山等倘有心存不正，挾嫌懷私，判斷不公，即屬死有餘辜。」他忽然仰起頭來，緊蹙著眉頭舉起右手，提高了喉嚨：「斷子絕孫！」

　　「斷子絕孫！」群眾一齊舉起手來叫著。空氣給震動得呼嘯起來，接著半空中起了低聲的回音，彷彿有不可計數的鬼魂在和著。

　　「斷子絕孫！」

　　宣誓完結了。傅青山把那張黃紙焚燒在臺上，然後顯得非常疲乏的樣子，頹唐地站了起來，坐倒在一把椅子上，喘著氣。隨後他從衣袋裡摸出一隻金錶來，皺著眉頭，望了一望。

　　「九點鐘了。」他說。「我們先來問證人：阿方女人，阿元嫂，葛生夫妻，豐泰米店長工！」

　　「鄉長說，先問證人！」黑麻子大聲叫著：「阿方女人，阿元嫂，葛生夫妻，豐泰米店長工，都到臺上來！」

　　臺下起了喧譁，有的在找人，有的在議論。

　　「這裡都是男人，那來女人！」有人這樣叫著。

　　「到外面去找來！到家裡去喊來！」有人回答著。

　　葛生哥首先跟蹌地走上了戲臺，低著頭，勉強睜著模糊迷濛的

眼睛，靠著角上的一個柱子站著。

接著豐泰米店的長工上來了。他面如土色，顫慄著身子，對著臺上的人行了一個禮，便站在葛生哥的後面。

臺下立刻起來了一陣嘈雜聲：

「正是他！正是他！他和阿如老闆一道去的……」

「彌陀佛什麼事呀……可憐他沒一點生氣……」

華生正對著葛生哥的柱子站著。他目不轉睛地望著葛生哥的面孔，覺得它又蒼白又浮腫，眼珠沒一點光彩，眼皮往下垂著，兩手攀著柱子，在微微地顫抖，彷彿要倒下去模樣。

華生心裡不覺起了異樣複雜的情緒：像是淒涼，像是恐怖，像是苦痛又像是絕望……

突然間，他憤怒了。

「全是這些人害他的！」他暗暗地叫著說，翕動著嘴唇，發出了低微的聲音。

他阿哥是個好人，誰都承認的，但是他為什麼今天弄到這樣的呢？他可記得他阿哥年青時也是和他現在一樣地強壯結實，有說有笑，是一個活潑潑的人，有用的人。十幾年前，他阿哥一個人能種許多畝田，能挑極重的擔子，能飛快的爬山過嶺，而且也不是沒有血氣的人，也常常和人爭吵鬥氣，也常常拔刀助人，也常常愛劈直，愛說公道話。但是現在，他完全衰弱了，生著病，沒一點精神，不到五十歲的人看來好像有了七八十歲年紀。做人呢，雖然仍像以前似的肯幫助人，為人家出力，但已經沒有一點火氣，好像無論誰都可以宰割他一樣。

十八

他怎樣變得這樣的呢？

這個看他肯幫助人，過分的使用他，那個看他老實，盡力的欺侮他，這個看他窮，想法壓迫他……而傅青山那些人呢，今天向他要這樣捐，明天問他要那樣捐……於是他被擠榨得越空了，負累得越多了，一天比一天低下頭，彎下腰，到了今天便成了這樣沒有生氣的人！

「全是這些人害他的！」華生憤怒地蹬著腳，幾乎想跳到臺上，去拖住那些壞人對付他們。

忽然間，他被另一種情緒所占據了。他看見他的阿嫂抱著一個小孩和阿元嫂走到了臺上。他彷彿得到了一種愉快，一種安慰，發洩了自己胸中的氣悶似的，當他聽見他阿嫂的一片叫罵聲：

「你們男人開祠堂門，干我什麼事呀？」葛生嫂蹬著腳，用手指著傅青山，叫著說。「我是女人！我有兩個孩子，家裡全空了！沒人管家！沒人煮飯洗衣！沒人——呸！虧你傅青山！堂堂一個鄉長！人命案子也不曉得判！倒要我女人家來作證人！阿曼叔死在那裡，不就是證據嗎？你還要找什麼證據！你和凶手是一黨！你無非想庇護他……」

臺下的人大聲地叫起來了：

「說得對！說得痛快……！」

葛生嫂還要繼續叫罵下去，但是葛生哥走過去把她止住了：

「閉嘴！你懂得什麼！這裡是祠堂，長輩都在這裡……」

「那麼叫我來做什麼呀，長輩還不中用嗎？」

「做證人！問你就說……站到後面等著吧……」

葛生嫂輕蔑地撇一撇嘴，不做聲了，但在原處坐下，把孩子放在戲臺上，憤怒地望著阿如老闆和傅青山。

　　阿元嫂一走進來就站到傅青山旁邊去，對他微笑了一下，就扳著面孔對人群望著，態度很鎮靜。

　　傅青山坐在中間不息地掏出金錶來望著，顯出不耐煩的神情。黑麻子時時往後臺張望著。阿如老闆雖然跪在那裡，卻和平日一樣自然，只顯出疲乏的樣子，呼吸聲漸漸大了起來，好像要打瞌睡似的。

　　過了一刻，阿方的女人來了。人群立刻從不耐煩中醒了過來，嘈雜聲低微了下去。阿方的女人蓬頭散髮，滿臉淚痕，忽然跪倒臺上，大聲地號哭了：

　　「老天爺！我公公死得好苦呵……叫我怎樣活下去呀……青天白日，人家把他打死了……」

　　臺下完全靜默了。

　　「可憐我有三個孩子。」阿方的女人繼續地叫號著，「都還一點點大呀……我男人才死不久，全靠的我公公，我公公……我公公……現在又死了……我們一家人，怎樣活下去呀……活下去呀……給我報復……給我報復……」

　　臺下起了一陣低微的欷歔聲，嘆息聲，隨後震天價地叫了起來：

　　「報復……報復……報復……報復……」

　　棍子、扁擔、鋤頭、釘耙，全憤怒地一齊舉起了。

　　華生幾乎不能再忍耐，準備跳到臺上去。

十八

　　但這時傅青山看了看錶，站起來走到臺前，揮了揮手，止住了群眾的喧譁。

　　「聽我說！」他叫著，「讓我們問完了話，把凶手交給你們……靜下，靜下……」

　　隨後他回到原位上，叫著說：

　　「阿方的女人，你先說來，阿如老闆怎樣和你公公吵起來的？你親眼看見嗎？」

　　「我……我就在旁邊……他是來稱租的……我公公說年成不好，要打對折稱給他……他不肯，說是鄉長命令要稱六成，我那苦命的公公……說我們收成還不到三成……他，他……他就是拍的一個耳光……可憐我公公呵……」阿方的女人又大哭了。

　　臺下立刻又喧叫了起來：

　　「誰說的六成……誰說的六成……」

　　「鄉長命令！」有人叫著說，「狗屁命令……我們跟傅青山算帳……」

　　「跟傅青山算帳！跟傅青山算帳！」人群一齊叫著，「我們收成不到三成，我們吃什麼呀……」

　　傅青山在臺上對著人群，深深地彎下腰去，行了一鞠躬，然後揮著手，叫大家安靜。

　　「六成不是鄉公所定的，奉縣府命令」，他微笑著說，「我負責，你們跟我算帳吧……但現在，一樣一樣來，先把凶手判決了。我不會逃走的，只要你們不逃走……」他戲謔地加上這一句話，隨後朝著葛生哥說，「你過來吧，彌陀佛，你真是個好人……你是鄰

居，你看見阿如老闆怎樣打死阿曼叔的嗎？」

葛生哥緩慢地拖著腳，走近幾步，低聲的回答說：

「我在田頭，沒看見……出門時，看見他們兩個人從外面走進來，和他打過招呼，他沒回答，我就一直到了田頭，什麼也不曉得……」

傅青山點了點頭。

「唔，葛生嫂呢？」他問，「你親眼看見他打死阿曼叔嗎？」

「我親眼看見嗎？」葛生嫂叫著說，「我看見他舉起手來，我就會先打死他！我不像你們這些沒用的男人！到現在還在這裡囉哩囉蘇……」

「那麼你什麼時候到阿曼叔家裡去的呢？」

「我聽見叫救命出去的，阿曼叔已經倒在地上，那瘟生已經不見了……我要在那裡，絕不會讓他逃走……我不像你們這些沒用的男人……」

「阿元嫂……」

阿元嫂站著不動，也不回答。

「阿元嫂。」傅青山重複地叫著，「你親眼看見他打死嗎？」

「我在唸阿彌陀佛。」她冷然回答說，「誰知道！」

「問凶手！問凶手！」臺下的人不耐煩地叫了起來，「叫他自己說！」

傅青山看了看錶，說：

「好吧，阿如老闆自己說來！」

阿如老闆微微地睜開眼睛，泰然地說了：

十八

「我不抵賴，我打過他……」

「啊哦……啊哦……」臺下一齊叫了起來。

「他罵我畜生，所以我要打他……」

「不是畜生是什麼！」有人首先叫著。

人群又一齊叫了起來：

「不是畜生是什麼……不是畜生是什麼……」

「我舉起手來要打他耳光，但沒打到，他就往後倒在地上……」

「還要抵賴嗎……還要抵賴嗎……」

「打……打……」華生憤怒地叫著。

全場立刻狂叫起來，舉著武器，互相推擠著，想擁到臺上去。

華生對著阿波哥做了個跳到臺上的手勢，一面才攀住臺上的柱子，忽然他的一個腿子給人抱住了。他憤怒地正想用另一隻腳踢過去，卻瞥見是阿英聾子伏在他身邊。

「怎麼呀，你？」

阿英聾子渾身顫慄著，緊緊地抱著他的腿子，像要哭了出來，驚慌地叫著說：

「快走……走……走……」

「有什麼事嗎？」華生詫異地問。

「兵……兵……兵……」

「兵……」

「來了……來了……」

華生抬起頭來，往外望去，看見大門內的人群已經起了異樣的

278

紊亂，震天價地在叫著。

「兵……兵……兵……」

接著大門外突然起了一陣槍聲，祠堂內的人群大亂了，只聽見雜亂的恐怖的叫喊聲，大家擁擠著想從邊門逃出去。

「不准動……不准動……」臺上有人叫著。

華生回過頭來，黑麻子拿著一支手槍正對著他的額角。那一邊是阿品哥的手槍對著阿波哥。不曉得在什麼時候阿如老闆已經鬆了綁，也握著一支手槍對著臺前的人群，雄糾糾地站著。戲臺後端的兩道門邊把守著孟生校長，阿品哥和阿生哥。其他的人都露著非常驚駭的神情，坐著的站起來了，站著的多退到了戲臺的後方。葛生哥發著抖，拖住了黑麻子的手臂。

傅青山站在中間，露著狡猾的微笑，喊著說：「不要怕，把武器丟掉的沒有罪，我保險。你們都是上了別人的當呀……」

群眾站住了，紛紛把扁擔，棍子，鋤頭和釘耙丟在自己的腳邊。同時臺上已經出現了十幾個灰色的兵士，一齊對群眾瞄準著駁殼槍。一個官長走到鄉長面前，行了一個軍禮，遞給他一封公文。

「奉連長命令，單捉主犯！」

傅青山微笑地走前幾步，假裝沒看見華生和阿波哥，往四處望著：「華生和阿波在這裡嗎？連長請他們去說話呀！」

華生和阿波哥一齊憤怒地舉起了手：

「在這裡……」

「啊，啊，啊……」傅青山假裝著驚訝的神情，隨後回頭對著兵士們說，「你們請吧。」

十八

於是一邊三個兵士跑到臺前，連拖帶拉的把他們兩人提到臺上，用繩索捆上了。

華生沒做聲，只是圓睜著眼睛惡狠狠地望著傅青山。但是阿波哥卻已經按捺下憤怒，顯得冷漠的說：

「請問什麼罪名？可以當場宣布嗎？」

「這話也說得是。」傅青山點了點頭。「請大家靜靜地站著，我們今天開祠堂門，是要大家來判斷一些案子的。罪案是——咳，咳，真想不到我們傅家橋人今年運氣這樣壞！旱災過了瘟疫來，瘟疫過了匪禍來，匪禍過了，而今天共產黨想暴動了！」他蹬著腳。

臺下的人群嚇得失了色。

「但你們不要怕，這事情我清楚。我是傅家橋人，傅家橋的鄉長，我絕不會糊裡糊塗不分青紅皂白。我只怪你們太沒有注意上了他們的當。共產黨暴動！這是罪名好大的事情呀……」

「請問證據？」阿波哥冷然地問。

「證據嗎？——多著呢！」

「你說來。」阿波哥好像裁判官似的說。

「你們老早想暴動了，到處散布謠言，教人家喊口號。」

「什麼口號？」

「哈，哈，我們……還能……活下……去……嗎……」傅青山故意拖長著聲音搖擺著頭，輕蔑地說。

「還有呢？」

「昨天下午，開祕密會議，要燒掉鄉公所，燒掉豐泰米店，燒

掉祠堂！」

「誰造的這謠言，有證據嗎？」

「有的是。地點在華生的廚房裡。她就是證人。」他轉過身去指著阿元嫂。「沒有她，今天鬧得天翻地覆了！」

阿元嫂向傅青山走近一步得意地微笑著。

「我老早知道了。」阿波哥說，「她是你的姘頭，我也有證據……」

「閉嘴！」傅青山叫著說，「你到現在還想咬人嗎？你自己可做得好事，專門給人拉皮條……」

「又有什麼證據呢？」

「有的是……」

傅青山正想說下去，臺後忽然又進來了幾個兵士，中間跟著秋琴。她兩手被反縛著，滿臉通紅，低著頭。

「就是她呀……」傅青山指了指秋琴，「她和你們什麼關係，我不說了，說起來傅家橋人都得羞死……但你們三個人常常在一起，可是不錯吧？」

「談天也不准嗎？」

「談天！哼！人家都逃走了，關起門來了，你們也在談天嗎？ —— 你要證人，我可以回答你……」

「知道了，那是誰！」阿波哥輕蔑地說，「那是你的走狗！他當時嚇得失了面色衝進我的屋內避難來的，我一番好心允許了他……」

「你自己明白就是。」傅青山笑著說。

十八

「只可惜你沒有真憑實據。」

「有的是，有的是……我且問華生，那天在街上做什麼……」

「那一天？」華生憤怒地問。

「大家聽說共產黨來了，關門來不及，你一個人到街上溜蕩做什麼？你開心什麼？笑什麼呀？」

「就是笑的你們這些畜生！」

「對了，共產黨要來了，你就快樂了，這還不夠證明嗎？——還有，你不但在街上大笑，你還記得對長福和永福兩兄弟說些什麼嗎？」

「誰記得這些！」

「我可記得！你對他們拍著胸口，說共產黨來了，你給他們保險呀……他們也是農人，可不是資本家了，難道也會冤枉你嗎？現在都在臺下，你去問他們吧！」

「我問他們？我寧可承認說過！你想怎麼辦呢，傅青山？」

「這樣很好。」傅青山點點頭說，「我們且問秋琴……」

「我不同你說話！」秋琴狠狠的說。

「這裡有憑據！」那長官對傅青山說，遞過去一本書。「這是在她房子裡搜出來的……」

傅青山接過來望了一望，隨手翻著，說：

「所以你沒有話說了。哼！《大眾知識》！大眾，大眾，望文生義！你道我是老頑固，連這個也不懂得嗎？」

「就算你懂得！」

「咳，一個女孩子，何苦如此呀！」傅青山搖著頭說。「老早

嫁人生孩子，不好嗎……」

　　華生愈加憤怒了。他用力掙扎著繩索，想一直衝過去。但他不能動，幾個兵士把他緊緊地按住了。

　　傅青山微微笑了一笑，轉身對著那長官說：

　　「請把他們帶走吧。」

　　葛生哥立刻跪倒傅青山面前，用著乾啞的顫抖的聲音叫了起來。

　　「鄉長……開一條生路呀……可憐我阿弟……年青呵……」

　　一直憤怒地站著的葛生嫂忽然哭著跪倒了。但她卻是朝著正殿，一手抱著孩子，一手抱住了華生的腿子。

　　「天在頭上！祖宗在頭上！」她一面叫著，「這是什麼世界呀……開開眼睛來！開開眼睛來……」

　　傅青山對葛生哥背過身子來，苦笑地說：

　　「這事情太大了，我作不得主！上面有連長呀……」

　　「求大家給我求情呵，阿品哥，阿生哥，阿浩叔……」葛生哥對著臺上的人跪著，「可憐我葛生是個好人……阿弟不好，是我沒教得好……救我阿弟一命呵……」

　　「我們愈加沒辦法……」阿浩叔搖著頭說，「現在遲了，彌陀佛……」

　　但同時，臺上一個老人卻走到傅青山的面前說了：

　　「讓我把他們保下吧，看我年紀大。」他摸了摸一頭的白髮，「世上的事，真是無奇不有，但說不定這裡面也有可以原諒的地方呵。都是自己的子弟，保下來了，大家來管束吧……」

十八

　　「阿金叔的話不錯，我和他一道擔保他們以後的行為。」一個有著黃銅色的皮膚的阿全哥也走了過來說。「阿金叔從前是鼉口廟的柱首，現在是享清福的人，請鄉長給他面子……我呢，我是個粗人，從前只會在海裡捉魚，現在年紀大了，連河裡的魚也不會捉了，已經是沒用的人。但像華生這樣的人才是難得的，他今年還給我們傅家橋爭過大面子，捉上了一條那麼大的鯉魚……」

　　臺下靜默著的群眾忽然大膽叫了起來：

　　「交保……交保……阿全哥說的是呀……」

　　傅青山走到臺前，做了一個惡笑：

　　「閉嘴！你們沒有說話的資格！你們忘記了自己剛才的行為嗎……」隨後他看見群眾又低下了頭，便轉過身，對著阿金叔：「兩位的話有理，我是傅家橋人，我沒存心和他們作對……只是這事情太大了，我實在做不得主，我們且問長官可以交保嗎？」

　　「沒有主犯，我們不能繳差的，鄉長。」那長官搖著頭說。

　　「這話也說得是。」傅青山說，皺了一皺眉頭，但又忽然笑了起來，「好吧，阿金叔，阿全哥，我們到鄉公所去說吧，這女孩不是主犯，細細講個情，好像可以保的哩……」

　　隨後他對著臺下的人群：

　　「求祖宗保佑你們吧，你們都是罪人……阿曼叔的事情由我鄉長作主！你們不配說話！」他又對著華生和阿波哥：「你們可怪不得我！」

　　「我並不稀罕這一條命！」華生憤怒地說，「只是便宜了你們這班豺狼，傅家橋人又得多受荼毒了！」

「也算你有本領。」阿波哥冷笑著說。

傅青山沒回答。他得意地笑著走了。黑麻子和阿如老闆做著鬼臉，緊跟在後面。幾個兵士踢開葛生嫂，便把華生，阿波哥和秋琴拖了走，另幾個兵士用槍擬著臺下的群眾，待他們將次地退完，才緩慢地也退了出去。

祠堂裡靜寂了一刻，忽然又紛擾起來。大家看見葛生哥已經暈倒在臺上，臉如土色，吐著涎沫。

「是我不好……鄉長……是我不好……」他喃喃地哼著。

突然間，他掙扎著仰起上身，伸著手指著天，大聲叫了起來：

「老天爺，你有眼睛嗎……你不救救好人嗎……華生……華生……」

葛生嫂把孩子丟下了。她獨自從臺上奔了下來，向大殿裡擠去。她的火紅的眼珠往外凸著，射著可怕的綠色的光。她一面撕著自己的頭髮和衣襟，一面狂叫著：

「老天爺沒有眼睛……祖宗沒有眼睛……燒掉祠堂……燒掉牌位……」

天氣突然冷下來了。天天刮著尖利的風。鉛一般的天空像要沉重地落到地上來。太甲山的最高峰露出了白頂，彷彿它突然老了。東西兩邊的山崗變成了蒼黃的顏色，蜷跼地像往下蹲了下去。遠遠近近的樹林只剩下疏疏落落的禿枝。河流、田野和村莊凝成了一片死似的靜寂。

沒有那閃爍的星兒和飛旋的螢光，沒有那微笑的臉龐和洋溢的歌聲。紡織娘消失了，蟋蟀消失了 —— 現在是冬天。

電子書購買

國家圖書館出版品預行編目資料

野火：它的外表彷彿是平靜的，內中卻像水鍋
裡的水在鼎沸 / 魯彥 著 . -- 第一版 . -- 臺北市：
崧燁文化事業有限公司 , 2023.06
面；　公分
POD 版
ISBN 978-626-357-354-3(平裝)
857.7　　112006469

野火：它的外表彷彿是平靜的，內中卻像水鍋裡的水在鼎沸

臉書

作　　　者：魯彥
發 行 人：黃振庭
出 版 者：崧燁文化事業有限公司
發 行 者：崧燁文化事業有限公司
E - m a i l：sonbookservice@gmail.com
粉 絲 頁：https://www.facebook.com/sonbookss/
網　　　址：https://sonbook.net/
地　　　址：台北市中正區重慶南路一段六十一號八樓 815 室
Rm. 815, 8F., No.61, Sec. 1, Chongqing S. Rd., Zhongzheng Dist., Taipei City 100, Taiwan
電　　　話：(02) 2370-3310　　傳　　真：(02) 2388-1990
印　　　刷：京峯彩色印刷有限公司（京峰數位）
律師顧問：廣華律師事務所 張珮琦律師

定　　　價：375 元
發行日期：2023 年 06 月第一版
◎本書以 POD 印製